LOVE OF LIFE

【美国】杰克·伦敦 著
曹剑 译

天津教育出版社
TIANJIN EDUCATION PRESS

图书在版编目（CIP）数据

热爱生命 /（美）杰克·伦敦（London, J.）著；曹 剑 译. —天津：天津教育出版社，2010. 2

ISBN 978-7-5309-5982-4

Ⅰ. ①热… Ⅱ. ①杰… ②曹… Ⅲ. ①短篇小说—作品集—美国—近代 Ⅳ. ①I712. 44

中国版本图书馆CIP数据核字(2010)第027711号

热爱生命

出 版 人　肖占鹏

策　　划　阿卡狄亚
作　　者　（美国）杰克·伦敦
译　　者　曹 剑
责任编辑　袁 颖
封面设计　史永平

出版发行　天津教育出版社
　　　　　天津市和平区西康路35号
　　　　　邮政编码 300051
经　　销　全国新华书店
印　　刷　小森印刷（北京）有限公司
版　　次　2010年3月第1版
印　　次　2018年7月第6次印刷
规　　格　32开（880×1230毫米）
字　　数　150千字
印　　张　7.75

书　　号　ISBN 978-7-5309-5982-4
定　　价　25.00元

目　录

北方的奥德赛[①]

一

伴随着挽具的“吱吱”声、领队的拉橇狗身上“叮叮当当”的响铃声，一队雪橇一路吟唱着它们亘古以来永恒的哀伤。然而，人与狗此时都已经疲惫不堪，因此大家都默默地不出一声。最新飘落的雪花覆盖着前方的道路，使这支队伍行进起来变得更为艰难。他们来自很远的地方，雪橇上放着的被横竖劈成四块的冻驼鹿，坚硬得仿佛燧石一般。雪橇经过还没有来得及冻结的路面时，橇板固执地粘在积雪上，简直就像一个倔强的人无论如何也不愿前进。

暮色开始降临，可是这支队伍在这个夜晚没有营地可以支搭帐篷。雪从静寂的半空缓缓飘落下来，不是薄薄的雪片，而是图案精美的小冰晶。天气非常暖和——气温仅有 -10℃——一个人们并不在意的低温。麦耶斯和贝特斯已经翻起了他们的护耳，马尔穆特·基德甚至取下了手上的手套。

这天刚过中午的时候，拉橇狗们便开始陷入极度疲惫状态，

①奥德赛，古希腊著名诗人荷马的长篇史诗《奥德赛》中的主人公，又被称为尤利西斯。

可是它们现在仿佛又恢复了活力。其中那些比较灵敏的拉橇狗，开始现出一种不安的神态——急于摆脱缰绳的束缚，想要迅速奔跑却又犹豫不决。它们竖起耳朵，鼻子用力吸着气。对于那些反应有些迟钝的弟兄，它们开始感到恼火，并用各种狡猾的方法咬着它们的后腿，催促它们快快跑起来。于是，那些受到催促的拉橇狗也受着同伴的影响，催促着另外那些同伴。终于，跑在最前面那架雪橇的领队狗蓦然发出一声满足的长吠，然后将身体低低地伏在雪地上，用力向前冲去。其他拉橇狗纷纷效仿着它的样子。于是，它们身后的皮带一收，缰绳绷得紧紧的，一架架雪橇飞快地向前冲去。人们握紧驾驶杆，竭力加快脚步，以免被拖到滑板下。这时，一天的疲惫已经烟消云散，人们大声叫喊着，为那些拉橇狗鼓气。那些动物，则用欢快的吠声回应着人们的叫喊。他们以最快的速度穿过越来越浓重的夜色，雪地上回荡着“咔嗒、咔嗒”的声音。

“向右转！向右转！”当他们的雪橇向一侧倾斜着，仿佛一艘逆风而行的小帆船忽然向左驶离大路的时候，人们依照次序轮流大声命令道。

雪橇向前猛冲了大约一百码①，来到一扇明晃晃的窗户前。木屋内明亮的火光透过窗上糊的羊皮纸照到外面，说明这里正是人和狗休息的地方。育空②地区特有的火炉正在木屋内熊熊燃烧，炉火上的茶壶冒着热腾腾的蒸汽。看来，这个木屋已经被人抢先占据了。突然，屋外的六十多只爱斯基摩狗同时发出挑衅的狂吠，随

①码，美国习惯体系和英国皇家体系中的一种基本长度单位，相当于0.9144米。

②育空，本来是阿拉斯加的一条大河，后来加拿大的一个地区以此为名。

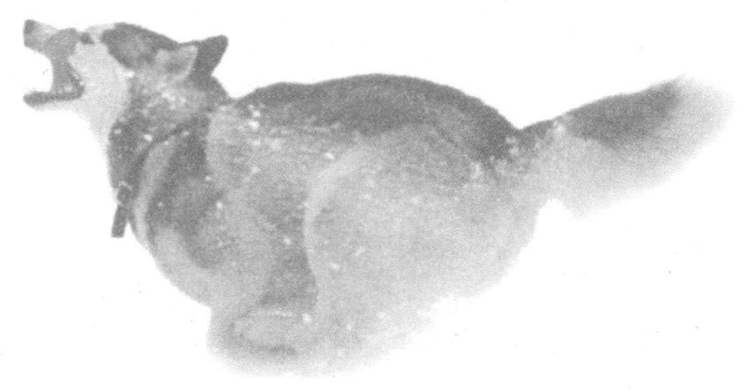

像东西伯利亚人一样，爱斯基摩人和其他极地居民也通常用西伯利亚哈士奇作为雪橇犬。在极地，人们的生活离不开这种能忍受极低气温的强健动物。

即这些全身毛烘烘的家伙愤怒地向拉着第一架雪橇赶到的拉橇狗扑去。这时，小木屋的门猛地打开了，一个身穿猩红色西北警局制服的人出现在门口。他踩着没膝的积雪，走到那些愤怒的畜生中间，冷静而公正地用狗鞭的柄端教训着它们，使它们乖乖地安静下来。然后，他和新来的人握了握手。就这样，马尔穆特·基德被一个陌生人迎接到了他自己的木屋中。

本来，出来迎接他们的人应该是斯坦利·普林斯，因为正是他负责照看上面提到的那只育空式火炉，并准备好滚烫的热茶。而此刻，普林斯正忙着招待他的客人。他的客人大约有十二个人，都是为英国女王服务的执法者和递送邮件的邮差，可是他们混杂在一起很难区分。他们出自不同的血统，可是相同的生活环境却使他们变成了同一种类型的人——一种消瘦、健壮的人。他们的肌肉由于长年奔走而异常坚韧，脸庞被阳光晒成了棕褐色。他们的内心无忧无虑,目光直率地凝视着前方,明亮而又坚定。

他们驱赶着英国女王的狗队,使那些反对她的敌人不得不胆战心惊。他们吃着女王分配给他们的不多的食物,但是却非常快乐。他们见多识广,做过很多了不起的事情,过着传奇一般的冒险生活。然而,他们自己却并不清楚这一点。

此刻,他们完全像是回到了自己的家中。有两个人伸开四肢躺在马尔穆特·基德的床上,嘴里哼着法国歌谣。当年,他们的法国先祖首次踏上西北部这片土地,并与当地的印第安姑娘结婚的时候,唱的就是这样的歌曲。贝特斯的床也遭遇了同样的侵犯。在那里,有三四个健壮的客人围着毯子,一边搓着他们的脚趾,一边在听一个人讲故事。这个人曾经在沃尔斯利①的舰队服役,并随同这位将军远征过喀土穆。

当他讲累了,一个牛仔开始讲述他跟随布法罗·比尔游历欧洲各国首都时曾经见过的宫廷、国王和贵妇。在房间的一个角落,有两个混血儿,他们在一场失败的战争中成了老朋友,他们一边修理着马具,一边谈论着当年西北部的起义热潮以及路易斯·瑞尔②做首领时的情景。

粗鲁的俏皮话和粗野的笑话一个接一个,此起彼落。陆地、河

①沃尔斯利,即盖尼特·约瑟夫·沃尔斯利(1833-1913),爱尔兰裔英国将军和殖民统治者。1860年,曾远征中国;1870年,作为红河谷远征军司令,镇压加拿大西北部起义;1882年,在争夺苏伊士运河控制权时打败了埃及军队。1984年,率军进攻苏丹首都喀土穆。1895年至1901年任英军总司令。

②路易斯·瑞尔(1844-1885),加拿大叛乱者。1869年,他曾在争取土地权利的反抗中组织了红河谷的起义斗争。1885年,在领导萨斯喀彻温起义后,被加拿大当局逮捕并处死。

道上发生的那些重大危险，在他们的口中只不过是家常便饭，他们之所以还会想起它们，仅仅是因为其中的经历还带有一些幽默和滑稽的成分。对于这些无名英雄的故事，普林斯感到格外着迷，这些人亲眼目睹了一些重大历史事件的发生，而他们却将那些伟大、神奇的事件当作了日常生活中一桩普普通通的意外。普林斯满不在乎地将自己那些珍贵的烟草分给他的客人们，于是客人们已经生锈的记忆的链条开始松动，作为对普林斯的慷慨回报，那些已经被遗忘的奥德赛的故事又在这个夜晚焕发了生机。

谈话停下来了，那些旅行者将最后一袋烟装满烟斗，并打开了他们那些捆扎得结结实实的毛皮毯子，这时普林斯退到他的老朋友身边，希望从他那里得到一些详细的补充资料。

“哦，你很清楚那个牛仔，”马尔穆特·基德一边解开他的鹿皮靴鞋带，一边答道，“不难猜出，那个与他同床的伙伴身上带有不列颠血统。至于其他人，他们都是丛林里的孩子，大概只有上帝才会知道他们身上混合着多少血统。睡在门边的那两个人是两个纯种的家伙，或者说是‘木炭’[①]。那个用毛布裹着屁股的小家伙——你只要注意一下他的眉毛和他的下巴的形状——你就会明白，有个苏格兰男人在他母亲那顶冒烟的印第安圆锥形帐篷里流过眼泪。那个看上去很英俊、把斗篷枕在头下的小伙子，他有一半的法国血统——你听到过他说话。他不喜欢睡在他旁边的那两个印第安人。你知道，当这些‘改良品种’在瑞尔的领导下进行起义的时候，那些纯种人竟然毫无反应，后来他们彼此就不再那么相爱了。”

“可是，我说，挨着火炉的那个家伙看上去有些阴郁，他究竟是

①木炭，指那些最初移民到加拿大的法国人，他们在森林中以捕猎为生。

什么人？我保证他根本不会说英语。整个晚上，他都没有开口说过一个字。”

“你错了。他英文说得足够棒。你注意过他听人们说话时的眼神吗？我注意到了。不过，他既不是那些人的同乡也不是他们的同胞。当他们用家乡方言谈话的时候，你可以看出他并不明白那些话的意思。不过，我自己也感到奇怪，他究竟是什么人。让我们来查找一些线索。”

“放几根木柴到火炉里去！”马尔穆特·基德提高音量，直率地盯着那个正被讨论的人，命令道。

那人立刻执行了命令。

“他在什么地方受过训练。”普林斯低声评价道。

马尔穆特·基德点点头，脱掉袜子，然后小心翼翼地绕过那些躺下的人，向火炉走去。在炉火旁，挂有大约二十双袜子，他将自己那双潮湿的袜子也挂在了其中。

“你希望什么时候到达道森①？”他试探着继续问道。

那人看了他一眼，然后答道：“他们说还有二十五英里②。是这样吗？大概还要两天的路程吧。”

可以听出，他稍稍带些口音，可是他的回答并没有出现丝毫迟疑，也没有费心寻找合适的词句。

“你以前来过这儿吗？”

“没有。”

---

①道森，加拿大育空地区西部的一个城镇，位于育空河和克朗代克河的汇合处，兴起于19世纪90年代末克朗代克淘金热时期。

②英里，英美等英语国家所使用的一种长度单位，相当于5280英尺，1760码，1609米。

“西北地区呢?”

“到过。”

“出生在那里?”

“不。”

“哦,那你出生在什么鬼地方？你和那些人完全不同。”马尔穆特·基德对着那些赶狗人挥了挥手,甚至将睡在普林斯床上的那两个警察也包含在了其中,“你来自什么地方？我以前见过长有像你这样一张脸的人,可是我不记得在什么地方见过了。”

“我认识你。”那人有些答非所问地插了一句,立刻将马尔穆特·基德的问题引开了。

“在哪儿？你什么时候见过我?”

“不是你,是你的伙伴,一位牧师,在帕斯提里克,很久以前。他问我是否见过你,马尔穆特·基德。他给了我一些食物。我在那里停留的时间并不长。他对你提到过我吗?”

“啊！你就是那个用水獭皮换了一群狗的家伙?”

那人点点头,敲了敲他的烟斗,将里面的烟灰敲掉,然后拉开他的皮毯子,表示不愿再继续交谈下去。于是,马尔穆特·基德吹灭了油灯,和普林斯一起钻进了皮毯子。

“怎么样,他是什么人?”

“不清楚——不知道为什么,他转移了我的话题,像只蛤蜊一样封住了一切。不过,他是一个能挑起你好奇心的家伙。我听说过他。八年前,海岸一带所有的人都对他充满了好奇。你知道,他的确有些神秘。他在一个隆冬季节从北方下到了这里,那个地方距离这儿有好几千英里。他沿着白令海[①]一路走过来,好像身后有魔鬼在追赶他似的。没有一个人知道他究竟来自哪里,不过那一定是个非常遥远的地方。他到达高乐文海湾的时候已经累坏了,他从瑞典牧师那里得到了一些食物,还向牧师询问了通往南方的路线。所有这些,都是我们后来听说的。之后,他就离开了海岸线,一直沿着诺顿湾前进。那时候,天气可怕极了,暴风雪和飓风一刻不停,可是他却神奇地闯了过来,如果换了其他人,一千个人也早都死光了。由于他错过了圣·迈克尔,所以他便在帕斯提里克上了岸。他一路失掉了一切,只剩下两只狗,而且几乎被饿死。

“他急着向前赶路,罗布神父给了他一些食物,可是神父不能再给他提供拉橇狗了,因为等我到了那儿,神父自己还要上路出发。这位尤利西斯[②]先生非常清楚,没有狗他是无法继续前进的,他因此焦急不安了好几天。在他的雪橇上,有一捆鞣制得非常出色的水獭皮,那是海獭啊,你知道,它们的价值相当于黄金!当时,有一个老夏洛克[③]的同行也在帕斯提里克,那是个俄国人,他手上正好有一些狗要杀掉。好了,他们很快就谈妥了一笔生意。不久,当这个怪人继续向南方前进的时候,他已经有了一支跑得飞快的狗队。夏洛克先生顺手得到了那些水獭皮。我见过那些皮子,简直是太出色了。我们估算了一下,那些狗每只至少给那个俄国人

---

①白令海,是西伯利亚和阿拉斯加之间太平洋向北的延伸,位于阿留申群岛北部,通过白令海峡与北冰洋相连。17 世纪被首次探明。

②尤利西斯,又称奥德赛,荷马史诗《奥德赛》中的主人公。即希腊神话中的奥德修斯,曾参加围攻特洛伊城,智勇双全。

③夏洛克,莎士比亚戏剧《威尼斯商人》中的犹太人,一个黑心的放高利贷者。后来,这个名字泛指狠毒无情的放高利贷者。

“他已经有了一支跑得飞快的狗队。”

带来了五百块钱的收益。这并不是说,那个怪人不清楚海獭皮的价值。他虽然是一个印第安人,可是在他不多的谈话中,人们可以听出他曾经和白人一起生活过。

“海上的冰层解冻后,有人从奴尼瓦克岛带来消息说,他为了食物到过那里。从那以后,他就消失得无影无踪了,八年来人们再也没有听到过他的消息。现在,他到底从哪儿来呢?他在那个地方做过些什么?为什么他又会离开那个地方?他虽然是一个印第安人,可是他到过一些没有人知道的地方,而且他还受过专业训练,这对于一个印第安人来说可是一桩不寻常的事情。看来,又有一个北方的奥秘要你来解开了,普林斯。”

“太感谢你了,可是我手头上这样的奥秘已经太多了。”普林斯回答说。

马尔穆特·基德的呼吸渐渐沉重起来，但年轻的采矿工程师却依旧瞪大了他的眼睛，仰望着眼前的一片黑暗，等待心中那阵奇异而令人兴奋的热潮慢慢平息下去。然后，他终于睡了过去，可是他的脑子却仍在转个不停，因为这时他在梦中也开始穿行在那些无名的雪野，随着那些拉橇狗在无边无际的雪路上挣扎，眼看着人们生活、劳作，最后像个男子汉一样死去。

第二天凌晨，离天亮还有几个小时，赶狗人和警察便动身向道森出发了。然而，为了女王的利益，那些为她统治着这些小人物命运的政府却不允许他们的邮差休息片刻，因此一个星期之后，这些人又出现在了斯图亚特河边，他们携带着沉重的邮件正要赶往盐湖地区。

当然，他们的拉橇狗更换了一批新狗。可是，那些毕竟是狗。

人们本来指望能够停留几天，稍稍休息一下。另外，克朗代克是北方地区一个新兴的城市，他们希望能够参观一下这座黄金城，看一看它那如同流水一样的金砂，还有它那昼夜狂欢不止的舞厅。可是，他们这次和从前到达这里一样，只来得及烤干了他们的袜子，并在夜间吸着他们的烟斗抽了几袋烟，因此已经有一两个勇敢的人开始考虑丢下手中的差事逃走了，并估算着有多大可能穿越人迹罕至的落基山脉到达东部，然后再从那里经马更些山谷，回到他们过去喜欢并熟悉的彻帕文地区。

另外两三个人甚至已经决定，等他们服役期满也沿着这条路线回到家乡去，并毫不迟疑地立刻开始制定返乡计划，期盼着这次冒险行动能够成功。他们的心情正像一个在城市长大的人，渴望到森林中度过他们一天的假期。

那个曾经拥有水獭皮的人似乎非常不安，尽管他对这种讨论毫无兴趣。最后，他将马尔穆特·基德拉到一旁，低声交谈了一会儿。

普林斯用好奇的目光瞥着他们，让他感到越来越神秘的是，他们后来居然戴上帽子和手套走出了房子。当他们回来后，马尔穆特·基德将称黄金的天平放到桌子上，称出六十盎司①的黄金，然后放进那个怪人的口袋里。随后，赶狗人的首领也参加了他们的秘密会议，无疑，他们和那个怪人谈妥了一项交易。

第二天，当那一群赶狗人向上游出发的时候，这个曾经拥有水獭皮的人却单独带着几磅食物，掉头返回了道森。

"我也不知道为什么会这样。"当普林斯询问起来的时候，马尔穆特·基德回答说，"不过，那个可怜的家伙一心想要摆脱眼前的工作总会有这样或那样的理由——至少，那对于他来说是一个非常重大的理由，虽然他并没有透露其中的内容。你很清楚，他这种工作就像是在军队服役，他已经签了工作两年的合约，为了解除这项合约，他只有花钱才能赎回自己，重新得到他的自由。他不能逃跑，否则他便不能继续留在这一带，可是他又疯狂地渴望留下来。他说，他到达道森后便下定决心要留在这一带，可是这里并没有人认识他，他口袋里也没有一分钱，我是唯一和他说过两句话的人。于是，他同副州长谈过了，如果他能从我这儿借到钱，他们就可以解除他的服役合约，这一点你很清楚。他说，他在今年之内就可以

①盎司，美国度量衡制的一个重量单位，相当于28.35克。

把借的钱还给我,如果我愿意,他还可以让我大发横财。虽然他从来没有见过那些财宝,可是他知道它们藏在什么地方。

“听我说!唉,他把我拉到外面,他几乎都要哭了。他又是乞求,又是千方百计说服我,还在雪地上给我跪下,我只好把他拉起来了。他说的那些话,简直就像是一个疯子在说胡话。他赌咒说,他已经拼命苦熬了很多年,现在再也受不了失望的打击了。我问他为什么要这样做,可他却不肯告诉我。他只是说,他可能会被安排在这条路线的另外一半跑来跑去,那样他将会有两年的时间不能前去道森,届时就一切都来不及了。我活到现在,还从来没有见过这种男人。当我答应借钱给他的时候,我不得不再次把他从雪地上拉起来。我告诉他,这笔钱就算是我的投资好了。你认为他会同意吗?不,先生!他发誓说他要把他找到的所有财宝全都送给我,他要让我富得连做梦都没有想到过,总之他反复说的都是诸如此类的话。在这个年头,一个人靠一笔投资拼命工作,通常得到收益后,几乎连一半也不愿回报给投资人。这件事有些不同寻常,普林斯,你记住这一点。如果他继续留在这个地区,我们一定会听到他的消息——”

“如果他没有留下来呢?”

“那么,只当我的好心得了一个教训,我那六十多盎司黄金飞走了。”

严寒随着漫长的黑夜到来了,太阳也沿着南方的雪线玩起了旧日的藏猫猫游戏,马尔穆特·基德的投资毫无消息。后来,一月初一个寒冷的早上,一架载满货物的雪橇被拉橇狗拖到了他那座位于斯图亚特河下游的木屋前。那个曾经拥有水獭皮的人来到了这里，随同他一起来的还有一个男人，而像这种男人大概连上帝也已经忘记当初如何创造的他。每次谈到好运、勇气以及价值五百美元的金砂，人们是决不会忘记阿克塞尔·冈德逊这个名字的。即使人们围坐在营火旁，谈到那些充满勇气、力量和胆识的故事，大家也不会忘记这个人的存在。当人们的谈兴开始冷淡，只要提起那个和他的命运紧紧连在一起的女人，人们的兴致便会重新高涨起来。

正如前面所述，在创造阿克塞尔·冈德逊的时候，上帝大概想起了远古时代那些美好的形象，于是便仿照创世之初的人类样式创造了他。这个人身材高达七英尺①，仿佛一座矗立的高塔，而他那身独特的装束似乎正是黄金国君王的特殊标志。他的胸膛、脖子、四肢，都完全同一位巨人一样。为了承受他那三百磅②的骨骼和肌肉，他的雪鞋比其他人的足足大出有一码。他面部线条粗犷，额头布满了皱纹，下巴很肥厚，一对浅蓝色的眼睛充满无所畏惧的神色。他的这张面孔告诉了人们，这是一个相信力量代表一切的家伙。他那结了一层霜雪的头发，黄得如同成熟的玉米穗，仿佛日光穿过黑夜，散落在他的熊皮大衣上。当他在拉橇狗前面沿着狭窄的道路摇摆着身体走过来的时候，隐隐可以看出常年的海上生活在他身上刻下的烙印。当他用狗鞭柄敲打马尔穆特·基德的房门时，正像一个来到南方进行劫掠的挪威海盗，此刻正雷鸣一般猛烈进攻着城堡的大门。

①英尺，美国惯用的英国法定标准的长度单位。1 英尺相当于 12 英寸，0.3048 米。
②磅，一种重量单位。1 磅相当于 16 盎司，453.592 克。

普林斯露出他那女人一样的胳膊，揉着烤面包的发面团，然后将它们放到模具中，与此同时他的眼睛却经常向三位客人瞥去——这样的三位客人光临这座木屋，可是一生难得一见的新鲜事。那个怪人，马尔穆特·基德称他为尤利西斯，这个人一直吸引着他。可是，他的注意力目前却转向了阿克塞尔·冈德逊和他的妻子。一天的旅行使她感到很疲倦，因为自从她的丈夫得到寒带的金矿并因此发财之后，她在舒适的木屋中生活久了，身体也变得娇气起来。她感到很累。她依偎在她丈夫那宽阔的胸前，仿佛一朵娇弱的鲜花倚靠着墙壁一般，懒洋洋地回应着马尔穆特·基德善意的玩笑。她偶尔用幽深的黑眼睛瞟一眼普林斯，使得普林斯的血液奇异地加快了流速。普林斯毕竟是一个男人，而且身体健壮，长年累月看不到几个女人。她虽然年长于他，还是一个印第安女人，可是她完全不同于他以前遇到过的那些土著妇女。她到过很多地方——从他们的交谈中他了解到，她到过很多国家，甚至还曾经到过他的家乡。她不但懂得很多女人都懂得的事情，而且更懂得很多女人理应不懂得的事情。她能够用干鱼做一餐饭，还能够在雪地上搭出一张床。她有意戏弄着他们，不厌其烦地向他们描述着宴会上的一道道菜肴，使得他们的食欲被各种几乎已经忘记的美味逗引起来，于是各人的肠胃内展开了前所未有的斗争。她懂得驼鹿、熊和小蓝狐的生活习性，也懂得北方海域那些野蛮的两栖类动物的特征。她不仅精通有关森林和河流的各种知识，而且即便是人、鸟和野兽在晶莹的雪地上留下的痕迹，她也能够一一辨别出来。普林斯还发现，当她看到他们的露营规则时，她的眼睛里闪烁着赞赏的光芒。至于说那些规则，是容易冲动的贝特斯某次一时兴起“发明”出来的，其显著的特点是简单扼要，却处处散发着幽默色彩。

在这位女士到达之前，普林斯已经将这些规则翻过去面朝墙壁，可是谁能想到这位土著妻子——好了，现在说这些已经太迟了。

总之，阿克塞尔·冈德逊的妻子就是这样一个女人。她的名字和传说同她丈夫的一起，在整个北方地区广为流传。在餐桌旁，马尔穆特·基德以她老朋友的身份，肆无忌惮地取笑着她，而普林斯也摆脱了刚开始见面时的羞怯，跟她开着玩笑。然而，她的一张嘴毫不示弱，敏捷地反击着来自两个男人的唇枪舌剑。她的丈夫反应迟钝，虽然不能与妻子并肩作战，却在一旁欢呼着为她助阵。显然，他因自己的妻子感到格外自豪。他的每一个眼神、每一个动作，都说明了她在他的生命中占据着重要的位置。至于那个曾经拥有水獭皮的人，他一直默默地吃着东西，一声不吭，被排除在了这场愉快的语言战争之外，似乎被大家遗忘了。他很快便吃完东西，然后离开了餐桌，走到屋外的拉橇狗中间。于是，他的伙伴们也随即套上手套，穿上皮大衣，随他走到了屋外。

已经有很多天都没有下过雪，雪橇沿着板结的育空路向前滑去，轻快得仿佛滑行在冰面上。尤利西斯驾着第一架雪橇走在最前面，普林斯和阿克塞尔·冈德逊的妻子驾着第二架紧随其后，马尔穆特·基德和黄发巨人驾着第三架雪橇走在最后。

“这只不过是一种预感，基德，”冈德逊说道，“不过，我认为这种事情还是有可能的。他从来没有到过那个地方，可是他说得让人很信服,而且他还给我看了一张地图。多年以前,我在库特奈人[①]那儿就听说过这张地图。我本来希望能和你一起去,可是那个家伙是个怪人,他提出的条件很明确:一旦另外有人介入这件事,他就放弃这次行动计划。不过,等我回来以后,你肯定是第一个知道这次行动结果的人,我会把我的矿产附近的金矿送给你,另外还要分给你一半筹建城市的地基。

"不!不!"他大叫道,因为基德正要打断他的话,"我已经打定了主意,在我的计划完成之前,我也需要另外有个人帮我出出主意。如果一切都很顺利,哦,那将会是第二个克里普尔河[②]啊,老伙计!你听见了吗——第二个克里普尔河!那可是石英矿,你知道吗,不是普普通通的矿砂。如果我们干得漂亮,我们能把整个儿矿产都装进我们的腰包里——那可是成百上千万啊。我以前听说过那个地方,你肯定也听说过它。我们要建起一座城市——拥有成千上万的工人——开一条顺畅的水道——开通轮船航线——进行繁忙的运输贸易——让小火轮直通上游——或许,还要勘测一条铁路线——建锯木厂——建发电站——建我们自己的银行——贸易公司——财团——啊哈!在我回来之前,你可千万不要把我们的计划告诉别人啊!"

在通过斯图亚特河口的地方,他们的雪橇停了下来。一片茫无边际的冰海,一直伸向神秘不可知的东部。他们将雪鞋从各自的雪橇上解下来。阿克塞尔·冈德逊和大家握了握手,然后率先出发,走在了队伍的前面。他那双巨大的带有蹼足的雪鞋,在羽毛

①库特奈人,北美洛基山一带的印第安人。

②克里普尔河,位于美国科罗拉多州的一个金矿。

一般松软的雪地里，陷下去足足有半码深，将脚下的积雪压得结结实实，使得那些拉橇狗不至于陷在雪中打滚。他的妻子走在最后一架雪橇的后面，而且从她走路的姿态可以看出，在操作这种并不容易掌握的雪鞋技术上，她是经过了长期锻炼的。随后，雪野的沉寂被愉快的告别声打破了，拉橇狗们“呜呜”地哀鸣着。那个曾经拥有水獭皮的人，用他的鞭子教训着一条竟敢进行反抗的拉橇狗。

一个小时之后，他们的雪橇好像一支黑色的铅笔描画出一根长长的直线，一直穿过雪野这张辽阔无垠的雪纸。

二

几个星期之后的一个晚上，马尔穆特·基德和普林斯正在研究一个棋谱，这个棋谱印在一张从一本旧杂志中撕下来的纸上。这时，基德刚刚从他的波那泽矿山回来，他正想好好休息一下，为即将到来的长长的猎鹿季节做好准备。

同样，普林斯在河道和雪路上几乎度过了整个冬天，他也非常渴望留在温暖的木屋里，过一个星期安逸的日子。

“黑爵士往上跳，给王施加压力。不，那样走没有任何意义。你看，下一步棋——”

“为什么要让卒子前进两步呢？应当用它来换子，然后只要在中间吃掉主教——”

“等等！那样走会留下一个漏洞，而且——”

“不会，非常安全，往前跳！你会看到这一步非常有用。”

这是一盘非常有趣的棋局，因此有人在外面敲了两次门，马尔穆特·基德才回应了一声“进来”。

门被推开了，有个家伙摇摇晃晃地走进了小木屋。普林斯抬头看了一眼，惊得跳了起来。他那惊恐的眼神，使得马尔穆特·基德急忙转身看过去。虽然他以前看到过很多可怕的东西，可是眼前的景象仍然使他大吃一惊。那个家伙摇晃着身子，摸索着向他们走过来。普林斯慢慢地向后退去，一直退到能摸到那枚悬挂着他的手枪的钉子。

“我的上帝！这到底是什么东西？”他低声对马尔穆特·基德说。

“不知道。看样子像是一个冻僵了的家伙，而且很久没有吃过东西了。”基德一边回答，一边向对方慢慢移过去，“小心！这个家伙可能已经疯了。”当他关好房门返身走回来时，忍不住提醒普林斯说。

那个家伙走向小屋里的桌子。这时，明亮的火光映照在它的眼睛上。它似乎很开心，嘴里发出可怕的“咯咯”的声音，表示它感到很高兴。然后，突然，他——原来它是一个人——向后晃了晃身子，猛地拉紧他的皮裤，开始唱起一首船夫曲，这是水手们转动绞盘的铁链时，在“哗哗”的海浪声中唱的——

“美国佬的船只，顺流而下，
拉起来啊！我勇猛的小伙子！拉起来啊！
你想知道船上的船长是谁吗？
拉起来啊！我勇猛的小伙子！拉起来啊！
他就是南卡罗来纳州的乔纳森·琼斯，
拉起来啊！我勇猛的——”

他忽然停了下来，像一只狼一样咆哮着，踉踉跄跄地扑向放着熏肉的搁板。在基德和普林斯急忙赶过去阻止他的时候，他的牙齿已经撕开了一大块生熏肉。他和马尔穆特·基德激烈地争夺着那块生肉。不过，他身上那股疯狂的力气来得突然，消失得也很快，他终于虚弱地交出了那块已经被撕开的生肉。马尔穆特·基德和普林斯搀着他，将他扶到一张凳子上坐下来，于是他伸开四肢将大半个身体趴在了桌子上。

一小杯威士忌[①]使他的精神振作起来。当马尔穆特·基德把一只糖罐放到他面前的时候，他已经能够自己拿起匙子伸进罐子里了。在他的胃口稍稍得到一些满足后，普林斯和他一样全身颤抖着，递给他一杯清淡的牛肉汤。

那个家伙的眼睛，忽然露出一种阴森、狂暴的光芒，他每喝一口肉汤，这种光芒就随之一闪，然后慢慢暗淡下去。他脸上的皮肤已经所剩无几。这张脸异常凹陷、瘦弱，简直很难说这是一张人类的面孔。严寒严重损伤了他脸上的皮肤，每次冻伤还没有完全复原，新的冻伤又在旧日的伤痕上留下了新的伤疤。他的脸又干又硬，皮肤呈血黑色，而且还有几道可怕的锯齿状裂痕，裂痕处隐隐露出一些擦掉皮的红肉。他身上的皮衣很脏，而且几乎被撕成了碎片，其中一侧的皮毛已经被烤焦了，有的地方甚至已经被完全烧光了，说明他曾经在火上躺过。

马尔穆特·基德指着他的皮衣上那些被太阳晒黑的地方，在那里明显有皮子被割掉的痕迹——那正是严酷的饥饿留下的

①威士忌，一种从玉米、黑麦或大麦等谷类中提炼出的含酒精液体，按容量包含约40%至50%的乙醇。

印记。

“你——是——谁?”基德慢慢地、声音清晰地问道。

那个人似乎没有意识到他的问话。

“你从哪儿来?”

“美国佬的船只,顺流而下。”他用颤抖的声音答道。

“毫无疑问,这个乞丐是顺着大河下来的。”基德一边说着,一边伸手去摇他,希望尽力使他回答得更清楚一些。

可是,基德的手刚刚碰到他的身体,这个人便尖声大叫起来,同时一只手轻轻拍着自己的肋部,显然那里非常疼痛。他慢慢地站了起来,然后将半个身体倚靠在桌子上。

“她嘲笑我——这样——她的眼睛里带着憎恨。另外,她——怎样也——不肯——来。”

他的声音渐渐微弱下来,当他的身体向后倒去的时候,马尔穆特·基德一把抓住他的手腕,大声问道:“谁?谁不肯回来?”

“她,恩卡。她讥笑我,打我,这样,一次次打我。然后——”

“怎样?”

“然后——”

“然后怎样?”

“然后她就非常安静地躺在雪里,躺了很久。她很——安静地——躺在——那片——雪里。”

两个人无助地彼此对视着。

“谁躺在雪里?”

“她,恩卡。她用充满憎恨的目光看着我,然后——”

“是的,是的。”

"然后,她举起了刀子,这样。一下,两下——她已经没有力气了。我一路走得很慢很慢。在那个地方有很多金子,非常多的金子。"

"恩卡在哪儿?"从马尔穆特·基德所领会的一切中,那个名叫恩卡的女人很可能就躺在一英里之外的某个地方。他粗暴地摇着那个人,反复追问着,"恩卡在哪儿? 恩卡是什么人?"

"她——躺——在——雪——里。"

"继续说下去!"基德用力握着他的手腕。

"所以——我——也——想——躺——在——雪——里——可——我——有——一——笔——债——要——还。它——很——重——要——我——有——一——笔——债——要——还——一——笔——债——要——还,我——有——"这时,他那断断续续一个字一个字的述说,停了下来,他将他的手伸进自己的口袋里摸索着,然后摸出了一只鹿皮口袋,"一——笔——债——要——还——五——磅——金——子——回——报——投——资——马——尔——穆——特——基——德——我——"他的头筋疲力尽地伏在了桌子上。无论如何,马尔穆特·基德再也不能唤醒他了。

"他是尤利西斯,"他平静地说着,然后抖了抖那只鹿皮口袋,将它扔在桌子上,"可以猜得到,阿克塞尔·冈德逊和那个女人已经毁了。来,让我们把他抬到床上去,给他盖上几张毯子。他是一个印第安人,他会活过来的,另外还会向我们详细讲述这起事件的来龙去脉。"

当他们将衣服从他身上割下来的时候,发现在他的右胸附近有两处刀伤,伤口已经硬化,但仍没有愈合。

三

“我将以我自己的方式来告诉你们一切,可你们会明白的。开始,我要先向你们讲一下我自己和那个女人的故事,然后,就是那个男人了。”

说着,这个曾经拥有水獭皮的男人向炉火挪了挪,正像一个曾经被剥夺了烤火权力的人,仿佛担心普罗米修斯①这份珍贵的礼物会随时消失一样。马尔穆特·基德点亮了油灯,然后将它放到一个合适的位置,使它的光线能够照在那个讲述者的脸上。普林斯也从床沿上起身走过来,坐到了他们中间。

“我叫纳斯,是一位酋长,而且还是一位酋长的儿子。我出生在日落和日出之间,那是在漆黑的大海上,我降生在我父亲的皮舟里。在那个晚上,男人们整夜都在不停地划桨,而女人们忙着把涌进我们皮舟里的海浪淘出去,我们一起和暴风雨搏斗着。咸涩的海浪溅到我母亲的胸口上,结成了冰,等到海浪终于平息下来,她的呼吸也没有了。可是,我——我一直在狂风暴雨中喊叫着,然后活了下来。

“我们居住在阿卡坦——”

“哪儿?”马尔穆特·基德问道。

---

①普罗米修斯,希腊神话中从奥林匹斯偷火给人类的巨人,并因此而触怒了主神宙斯,被锁在高加索山崖的一块巨石上受酷刑折磨,神鹰每天吃掉他的肝,而他的肝每天又重新长出来,但他始终坚毅不屈。

“阿卡坦，那个地方属于阿留申群岛[①]。阿卡坦，比契格尼克远，比卡尔达拉克远，也比阿尼麦克远。正像我刚才说的，我们居住在阿卡坦，那是位于世界边缘的一个岛屿，四周全是无边无际的大海。我们在咸涩的海水中以捕鱼为生，也捕捉海豹和水獭。我们的房屋建在树林和黄色的沙滩旁边的岩石上，一家家连在一起，沙滩上停放着我们的皮舟。我们人数不多，生活的世界也很小。在我们东边有几座陌生的岛屿——这些岛屿很像阿卡坦，所以我们认为全天下都是岛屿，而且对此并不在意。

“我是一个和我的族人不大相同的人。在海边的沙滩上有一艘船，这艘船只留下了几根弯曲的船骨和几块被海浪冲弯的木板，可是我的族人从来也没有造过这样的船。我记得，在可以从三个方向眺望大海的小岛的一端，生长着一棵这个地方从没见过的松树，这棵树光滑、挺拔、高大。传说，曾经有两个男人来到这个地方，在这里转了很多天，一直看到太阳落下去。这两个男人就是乘着那艘摊在沙滩上成了碎片的船，从海外来到这里的。他们是像你们一样的白人，身体虚弱得正像海豹逃走后只好空手回家的打猎的小孩子。我知道的这些事，都是从族里那些男男女女的老人那里听来的，他们又是以前从他们的父母那里听来的。开始，这两个陌生的白人并不愿意接受我们族人的生活方式，可是他们吃了这里的鱼和鱼油后，他们的身体就开始强壮起来，而且很凶猛。后来，他们各自建起了自己的房子，得到了我们这里最好的女人，很

---

①阿留申群岛，位于阿拉斯加西南的一系列崎岖不平的火山岛，从阿拉斯加半岛向西绵延约 1931 公里，将白令海与太平洋分开。在 1867 年被美国买下之前，该岛一直由俄国控制。由于这些岛屿离亚欧大陆很近，因此岛上所设的军事基地具有重要的战略意义。

快便有了孩子。就这样，其中的一个孩子就成了我父亲的父亲的父亲。

“正像我说过的，我跟我的族人不大相同，因为我身上带有那个从海外来的白人的强壮血统。传说，在那两个白人来到阿卡坦之前，我们这里有另外一套法规，可是这两个陌生人不但凶猛，而且还喜欢吵架，他们总是跟我们的族人打起来，直到后来再也没有几个人敢和他们打仗为止。于是，他们就封自己为酋长，并且废除了我们以前的法规，给我们制定了一套新法规，竟然规定所有的男孩子都是他父亲的儿子，而不再像我们从前规定的那样是他母亲的儿子。他们还规定，第一个儿子有权继承他父亲留下的一切，而他的兄弟和姐妹都必须靠自己的能力谋生。他们还给我们制定了其他一些法规。他们教会我们用新的方法捕鱼和猎熊，因为树林里的熊简直太多了。他们还教导我们贮存下大量的食物，以备饥荒到来的时候可以救命。这些事都是好的。

“不过，等到他们成了酋长、再也没有人敢惹他们发火的时候，那两个外来的白人便开始彼此自己打来打去了。其中我继承了他的血统的那个人，将他戳海豹的鱼叉扎进了另外那个白人身上，扎进去足有一臂长。后来，他们的孩子们接着打来打去，然后他们的孩子的孩子也和他们父亲一样。他们两家之间有着深仇大恨，常常制造流血事件，甚至到我这一代还是照样，因此每家只有一个人能够活下来，将家族的血脉传下去。我这支血统，最后只剩下了我一个人，另外那支血统只剩下了一个女孩子，她就是恩卡。她和她的母亲住在一起。一天晚上，她的父亲和我的父亲出去打鱼，再也没有回来。后来，他们被大潮冲上了海滩，两个人彼此紧紧缠在一起。

“人们一直感到惊奇,因为我们两家的仇恨是这么深。那些老人们总是摇着头说,等恩卡生了孩子,我也有了孩子,我们两家这场仗还会继续打下去。他们对我这样说的时候,我还是一个小孩子。我相信了他们的话,把恩卡当作了我的敌人,我相信她将来做了母亲,她的孩子一定会和我的孩子打来打去。我每天都想着这件事,等我长成一个小伙子的时候,我就问老人们为什么将来会是这样。他们回答说:‘我们不知道到底为什么,只是你们的父辈就是这么干的。’我感到奇怪的是,上一辈人打仗,为什么后一辈人还要继续打下去,我看出这样做是不对的。可是,人们都说一定会是这样,而那时候我还是一个小伙子。

“后来,他们说我必须快点儿结婚,这样我生下的孩子就会比恩卡的孩子大,而且比她的孩子先强壮起来。这事很容易,因为我是这里的头领,由于我的先辈立下的功绩和他们制定的法规,还有我自己拥有的财产,使得我的族人们都很尊敬我。族里任何一个姑娘都愿意嫁给我,可是我发现没有一个姑娘令我满意。老年人和那些姑娘的母亲都告诉我,要快点儿结婚,因为那时候已经有很多猎人争着出很高的聘礼给恩卡的母亲,希望能够和她的女儿结婚。那样,她的孩子一定会比我的孩子先强壮起来,我的孩子只有死路一条。

“可是,我还是没有发现一个令我满意的姑娘,直到有一天我打鱼回来的那个傍晚。那时候,太阳正落下去,我的眼前是一片西沉的阳光,微风吹拂,几只皮舟飞快地冲过白花花的海浪。突然,恩卡的皮舟在一旁超过了我的皮舟,她看了我一眼,只见她黑黑的头发迎风飘扬，就像夜晚的乌云一样，浪花打湿了她的脸颊。我说过，我的眼前当时一片阳光，我还是一个小伙子，可是不知道为什么那时我完全领会了她的意思，我知道那是爱慕的表示。

“在她飞快地划着皮舟超过我的时候，在前面不到两桨的距离，她回头看了我一眼——那种看人的眼神，是只有像恩卡这样的女人才会有的眼神——然后，我又一次体会到那是爱慕的表示。在人们的喊叫声里，我们乘风破浪，飞快地超过了那些慢悠悠的大皮舟，把它们远远地甩在了身后。可是，她飞快地划着桨，尽管我的心就像是涨满风的船帆，我却没能追上她。那时候，海风越来越大，在海面上掀起一片白茫茫的浪花。我们的皮舟跳跃着，就像是在浪尖上迎风飞奔的海豹，在海浪的怒吼声里，飞驶在阳光在海面上铺出的一条金色小路上。”

纳斯做着蹲伏的动作，半个身体脱离了凳子，做出一种划桨的姿势，似乎重新回到了当时赛舟的那一刻。透过炉火，他又看到了那只在海浪中摇摆的皮舟，还有恩卡迎风飘扬的黑发。他的耳朵里又充满了风声，他的鼻孔里也灌满了带有咸味的清新的海风的气息。

“可是，她靠岸后，飞快地跑上了沙滩，大笑着，跑进了她母亲的房子里。那天晚上，我想出了一个了不起的办法——这不愧是整个阿卡坦人的酋长想出来的好办法。于是，等到月亮升起来的时候，我就走到恩卡的母亲居住的房子前，看着亚士－努士堆放在门前的货物——这些货物是亚士－努士的聘礼。他是一个强壮的猎户，一心想做恩卡的孩子的父亲。

“另外几个年轻人也曾把他们的货物作为聘礼，堆放在恩卡的母亲门前，可是后来他们又把自己的东西都搬走了，而每一个年轻人堆放在那里的聘礼，都比以前那个小伙子多一些。

“我对着月亮和星星大笑起来，然后回到我自己储存财产的房子里。我搬运了好几次，直到我堆放的聘礼比亚士－努士的那一堆高出了一只手。我的聘礼有晒干、熏过的鱼；有四十张海豹皮和二十张毛皮，而且每张皮子都扎着口，里面装满了油；还有十张熊皮，那是它们春天出来的时候，我在树林里捕到的。另外，还有玻璃珠子、毯子和红布，它们都是我向居住在东边的人交换来的，而他们又是向居住在更东边的人交换来的。我看着亚士－努士的那一堆聘礼，大笑起来，因为我是阿卡坦的头领，我的财产远远超过所有的年轻族人。我的先辈曾经立下很多功绩，为阿卡坦制定了各种法规，使他们的名字永远流传在族人的口中。

“就这样，当天亮后，我走上了海滩，从眼角观察着恩卡的母亲的房子。我的聘礼还原封不动地堆在那里。女人们都笑着，私下里议论纷纷。我感到很吃惊，因为从来没有人出过这么高的聘礼。那天晚上，我在那堆聘礼上又增添了一些东西，而且还在旁边放了一只从来没有下过海、鞣制得非常好的皮舟。可是，那天聘礼还是堆在那里成了所有人的笑料。恩卡的母亲真是一个狡猾的女人，而我在我的族人面前受到这样的羞辱，使我非常生气。于是，那天晚上我又在聘礼上加了很多东西，直到它们变成很大很大的一堆，而且我还把我的大皮舟也拖了过去，它可以抵得上二十只小皮舟。早晨，那堆东西不见了。

“然后，我开始准备婚礼。为了婚宴上丰盛的食物和待客的谢礼，甚至连那些居住在东边的人也赶来参加我的婚礼。根据我们计算年龄的方法，恩卡比我大四个太阳年。虽然我还只是一个小伙子，但是我是一位酋长，而且还是酋长的儿子，所以一切都很顺利。

“可是，这时海面上露出一艘轮船的船帆，在海风的吹拂下，船帆变得越来越清楚。它的排水管向外排着清水，船上的人们正手忙脚乱地拼命开动抽水机。在船头上，站着一个强壮的男人，他一边观察着海水的深度，一边用打雷一样的声音指挥着人们的行动。他的眼睛是淡蓝色的，和深海的海水一个颜色，他的头好像带有鬃毛的海狮。他的头发是黄色的，就像南方人收割的稻草，或者是水手们编绳子的马尼拉麻线。

“最近几年，我们也看见过一些从远方开来的轮船，可是这是第一艘驶向阿卡坦海滩的轮船。婚宴被搅乱了，那些女人和孩子都逃进了他们的房子里，我们这些男人拉开我们的弓箭、手拿长矛，等着轮船靠岸。可是，当船头靠上沙滩后，那些陌生人并没有在意我们，他们只顾忙着做他们自己的事。潮水退去的时候，他们将那艘双桅纵帆船倾倒过来，修补着船底的一个大窟窿。于是，女人们又跑了回来，婚宴继续进行。

“等潮水开始上涨的时候，那些海上的流浪汉将他们的纵帆船在深水区抛下锚，然后走进了我们中间。他们带来一些礼物，显得非常友好。于是，我们给他们腾出一些座位，然后像对待所有的来客一样，我也照样大方地送给他们一些谢礼，因为这是我结婚的日子，而且我还是阿卡坦的头领。那个头发长得像海狮的鬃毛一样的男人也来到了婚宴上，他又高又壮，让人觉得他一脚踏下去，地面都会跟着晃动几下。他交叉着两只胳膊，总是直勾勾地盯着恩卡。他一直在我们那里待到太阳西沉、星星出来，才回到他的大船上去。他走了以后，我拉起恩卡的手，带她来到我自己的家里。我的家里充满了歌声和热闹的笑声，女人们和我们开着各种玩笑，正像她们在这种时候通常习惯的那样。可是，我们并不介意。后来，人们就留下我们两个人单独在一起，各自回家去了。

“最后的笑闹声还没有完全消散，那个海上流浪汉的首领就走进了我的家门。他带来一些黑色的瓶子，我们喝着瓶子里的液体，感到非常高兴。你们很清楚，我当时只是一个小伙子，一直居住在世界的边缘，所以我的血热辣辣地变得像火在烧，我的心轻得好像海浪飞上悬崖溅起的泡沫。这时，在房子的一个角落里，恩卡静静地坐在一堆皮毛中间，她的眼睛睁得大大的，因为她好像非常害怕。那个头发像海狮鬃毛的人，直勾勾地看了她很长时间。后来，他的水手们带着一捆捆货物走了进来，他把这些货物堆在我的面前。这些东西都是阿卡坦从来没有过的东西，其中有两支长枪和一把短枪，有子弹和炮弹，有明亮的斧头和钢刀，有各种漂亮的工具，还有很多陌生的东西都是我从来没有见过的。他用手势表示，这些东西都是我的了。我当时认为，他这样慷慨大方，一定是一个伟大的人物。可是，他又用手势表示，恩卡要上船跟他一起走。

“你们明白了吗？——恩卡要上船跟他一起走。我带有先辈血统的血液猛地沸腾起来。我拿起长矛投向他，想要把他刺穿，可是瓶子里的鬼怪已经夺走了我胳膊上的力气。他抓住我的脖子，就这样，把我的头向房子的墙上撞去。我被撞得全身发软，就像一个刚生下来的婴孩，我的两条腿再也站不起来了。在那个人把恩卡拖向门口的时候，恩卡尖叫着，用手胡乱抓着房子里的东西，直到那些东西在我们周围倒了一地。后来，他用两只大胳膊把恩卡抱在怀里，她就开始撕扯他的黄头发，他却大笑起来，正像雄海豹发情的时候那样。

“我爬到海滩上，招呼我的族人投入战斗，可是他们都害怕了。只有亚士－努士算得上是一个男人，可是那些家伙用一根船桨打他的头，直到他脸朝下扑倒在沙滩上，一动不动了。然后，那些家伙就扬起船帆，唱着他们的歌，在风的吹送下启航离开了阿卡坦。

“人们都说这样也好，因为在阿卡坦以后再也不会出现打出血的事了，可是我一个字都没有说，直等到满月的那一天，我把鱼和鱼油装上我的皮舟，然后就动身向东方划去。我看见了很多岛屿，也看见了很多人，这时候我这个生长在边缘的人，才明白世界原来很大很大。我用手势和人们交谈，可是他们既没有看见过一艘双桅纵帆船，也没有看见过那个长着一头海狮鬃毛的人，不过他们总是对我指向东方。我在各种不舒服的地方睡过觉，吃过各种奇怪的食物，遇见过各种奇异的脸孔。很多人嘲笑我，因为他们认为我的头脑出了问题，可是有时候，一些老人让我的脸转向阳光，为我祝福。当有些年轻的女人询问我有关那艘陌生的轮船、恩卡和那些航海人的事情时，她们的眼睛就会潮湿起来。

“就这样，我穿过了风大浪急的海面，穿过疯狂的暴风雨，来到了阿纳拉斯卡。那里有两艘双桅纵帆船，可它们都不是我要找的那艘船。于是，我继续一路向东航行，世界也随着变得更大了。可无论是在犹那莫克岛，还是科迪卡岛，或者是在阿托格纳克岛，我都没有打听到那艘轮船的消息。有一天，我来到一个岩石很多的岛屿，那里的人们在山上挖了很多巨大的山洞。那里有一艘双桅纵帆船，可是还不是我要找的那艘船。人们正把他们挖出来的石头装满船舱。我认为，他们这样做简直太幼稚了，因为整个世界都是用岩石造成的。可是，他们给我食物，让我为他们干活儿。当那艘纵帆船吃水很深后，船长给了我一些钱，告诉我可以走了，我却问他这艘船要去哪儿，他指向了南方。我做了一个手势，表示我要跟他一起到南方去，他开始还嘲笑我，可是后来船上缺少人手，他就把我带到船上帮他干活儿。于是，我开始照着他们的样子学说话、拉绳索、在暴风雨突然发作的时候收起绷紧的船帆，而且还轮流去掌舵。不过，这些活计我并不陌生，因为我先辈的血统和这些航海人的血统是一样的。

“我以为，一旦我到了和他一样的那些人中间，找到他会是一件很容易的事。一天，当我们看到地平线上隐隐出现陆地的时候，我们的轮船就穿过海峡，驶向了一个港口。我以为，这里的双桅纵帆船或许只有我手上的手指那么多，可是几英里长的码头停靠的全都是这种船，它们塞满了港口，多得简直就像小鱼一样。当我走到这些轮船中，打听那个一头海狮鬃毛的男人的时候，他们都大笑起来，然后用很多很多语言来回答我。我发现，原来他们来自世界的各个地方。

“后来，我走进城市，观察着遇见的每一个人的脸。可是那里的人就像不断涌上海岸的鳕鱼一样，我无论如何也数不清楚。各种喧闹声不断冲进我的耳朵，直到最后我什么都听不见了，被各种各样的场面弄得头昏脑涨。就这样，我不停地向前走去，穿过在温暖的阳光下回荡着歌声的地方，穿过堆满庄稼的富饶的平原，穿过很多大城市，那里的男人们都很肥胖，他们过着像女人一样的日子，他们满嘴说的都是毫不可信的假话，对金子的贪欲使他们的心都变成了黑的。这时候，我的那些阿卡坦族人却在打猎、捕鱼，生活得快快乐乐。在他们的头脑里，世界不过是一块很小的地方。

“可是，恩卡捕鱼回家时看我的那种眼神，一直伴随着我，我知道在某个时刻到来的时候，我一定能找到她。以前，她喜欢在傍晚的暮色里到安静的小路上散步，或者引我穿过被晨露打湿的茂密的田野追赶她，她的眼睛里带着信誓旦旦的神色，那种眼神只有像恩卡那样的女人才会有。

“就这样，我一路经过上千个城市。有些人对我态度温和，还送给我食物，有些人却嘲笑我，还有一些人诅咒我，可是我不让自己发出任何抱怨，只是慢慢地走在陌生的路上，看着眼前陌生的一切。有时候，我，作为一位酋长，而且还是一位酋长的儿子，屈尊去给人们做苦工——那些人言语粗鲁，心肠像铁一样无情，他们从同伴的汗水和痛苦中掠夺金子。这时候，我还是没有我要找的那个人的任何消息，直到我像一头回家的海豹又回到了海上，才得到一些信息。不过，这是在另一个港口，在一个位于北方的国家得到的。在那里，我听到了一些有关那个黄头发的海上流浪汉的消息，不过这些消息并不确切。我了解到他是个猎海豹的，在无边的大洋上到处游荡。

“于是，我随着一些懒惰的西瓦什人①，登上了一艘捕捉海豹的双桅纵帆船，追踪着那个家伙没有留下痕迹的路线，来到了北方，因为那里正是捕捉海豹的好季节。我们疲惫不堪地在海上航行了几个月，谈论了很多船队的消息，我听到大量有关我要寻找的那个

①西瓦什人，居住在北美太平洋沿岸的印第安人。

人的疯狂举动，可是我们一次也没有在海上遇见他。我们继续向北行驶，甚至航行到了普里比洛斯群岛。我们在那里的海滩捕杀了成群的海豹，然后我们将这些身体还热乎乎的海豹尸体搬上船，直到船上的排水管流出的都是海豹油和血、没有人能在甲板上站得住为止。后来，我们被一艘开得很慢的汽船追赶，他们还用大炮向我们开火。可是，我们扬起了船帆，直到海浪冲上我们的甲板，把甲板冲刷得干干净净。我们最后消失在浓雾中。

"据说，就在我们吓得心惊胆战、飞快逃走的时候，那个黄头发的海上流浪汉正好把他的轮船驶入了普里比洛斯，径直开进了那里的工厂，然后命令他手下的一部分水手控制住公司里的员工，又命令另外一些水手从都是盐的仓库里搬走了一万张还没有鞣制的皮子。我说过，这些消息都是我听来的，可是我相信这些消息是真的。因为虽然在沿岸航行的时候，我从来没有遇见过他，可是北方一带海域却传遍了他那些疯狂大胆的举动，以至于三个在那里有领地的国家，都派出船只来捉拿他。

"我也听到了恩卡的消息，因为一些船长都在高声颂赞她。她一直和那个家伙在一起。她已经适应了他那种人的行为方式，他们说，她活得很开心。可是，我比他们更清楚——我清楚，她的心仍然怀念着她自己的族人，他们世世代代生活在阿卡坦的黄沙滩上。

"因此，过了很长一段时间，我又返回了靠近海峡的那个港口，而且在那里听说那个家伙已经横渡大洋，跑到俄国海域以南那些温暖的陆地东部捕捉海豹去了。这时候，我已经做了水手，我随同他的同胞一起登上猎豹船，沿着他的踪迹前去捕捉海豹。那个最新发现的陆地没有几艘船，可是那一年的整个春季，我们的轮船都航行在海豹群的旁边，将它们赶向北方。后来，当那些母海豹怀着小海豹，拖着笨重的身体穿过俄国海岸线的时候，我们船上的人开始抱怨，而且非常害怕，因为那里雾气很重，每天都有人乘着小船失踪。他们再也不肯干活儿了，因此船长只得调转船头顺原路返航。可是，我知道那个黄头发的海上流浪汉是不会害怕的，他会一直追赶海豹群，甚至追到很少有人敢去的俄国的岛屿。于是，在一个黑漆漆的晚上，我趁着负责守望的人在船头的甲板上打瞌睡的时候，解开了船上的一只小艇，一个人向那片温暖、狭长的陆地划去。我一路向南，想要同航行在江户湾的人会合，他们可是一群野人，什么都不怕。吉原的姑娘们虽然个子很小，可是皮肤光洁得好像钢铁，看上去非常迷人。可是，我不能在那里停留，因为我知道恩卡这时正航行在海豹聚集的北方海域。

“汇聚在江户湾的人来自天涯海角，他们既不相信上帝，也没有自己的家，他们的船上都悬挂着日本国旗。随着他们，我来到了富裕的考珀岛海岸，在那里我们含盐的货舱里的皮货堆得更高了。直到我们准备离开那里，我们在寂静的大海上，没有看到过一个人。后来，有一天刮起一阵大风，吹开了海上的浓雾，只见一艘双桅纵帆船急急忙忙地向我们驶来，一艘冒着浓烟的俄国军舰正跟在它的身后越来越近。我们赶紧调整航向，乘风飞快逃命，可是那艘纵帆船仍慢慢地靠过来，因为它每向前航行三英尺，我们只能前进两英尺。在那艘纵帆船的船尾，站的正是那个长着一头海狮鬃毛的家伙，他按着船帆的横木，生机勃勃地大笑着。恩卡也在那艘船上——我立刻认出了她——可是，在炮火“隆隆”响着从海面上飞过来的时候，他把她送下了船舱。

“正像我刚才说的，纵帆船每向前航行三英尺，我们只能航行两英尺，直到它每次跳上浪尖时，我们都能看见它那高高耸起来的绿色船舵——在身后飞来的俄国人的炮弹中，我突然忍不住流下了眼泪，我一边掌着舵，一边咒骂着，因为我们都很清楚，他存心要跑到我们前面，只有在我们被抓的时候他才能趁机逃走。俄国人击倒了我们的桅杆，我们就像受伤的海鸥一样迎风飞旋，而那个家伙却继续向前逃去，一直驶向了天尽头——他和恩卡。

“我们又能怎样办？我们被剥了一层皮。就这样，他们把我们押送到一个俄国港口，后来又送到一个与世隔绝的地区，让我们在一个盐矿里挖盐。有些人死在了那里，还有——还有一些人没有死。”

这时，纳斯揭开披在他肩膀上的毯子，露出身上疙里疙瘩扭曲的肌肉，上面带着一道道明显的鞭痕。普林斯急忙为他盖好毯子，因为那些伤痕看上去令人非常难过。

“我们在那里干得非常辛苦，有时候会有人向南逃走，可是他们总是被抓回来。于是，当我们这些来自江户湾的人在晚上采取行动、从那些保卫手里夺了枪后，我们一路向北逃去。那个地方实在是太大了，到处都是布满沼泽和水塘的平原，还有辽阔的森林。天冷下来，地上有很深的积雪，没有人知道怎么走出去。我们穿行在无边无际的森林里，疲惫不堪地走了好几个月——我不记得我们走了多久，哦，因为那个地方几乎没有什么食物，我们常常躺下来等死。可是，最后我们终于走到了寒冷的海边，不过只剩下三个人看到了大海，一个是来自江户的船长，他脑子里很清楚这片辽阔的大陆的地形，而且他还很清楚从什么地方，人们可以穿过冰面从这个大陆走到另一个大陆。他一直带着我们向前走——我不知道我们究竟走了多久，因为路实在太长了——直到只剩下了两个人。当我们来到那个穿越大陆的地方，我们遇见了五个居住在当地的陌生人。他们带着一些狗和兽皮，可是我们却穷得一无所有。于是，我们在雪地里打了起来，直到他们全都被打死了，那个船长也死掉了，那些狗和兽皮就都成了我的。然后，我从那里的冰面上穿过去，后来冰碎了，我那一次在大海里漂了很长时间，直到从西方吹来的一阵大风把我送上海岸。那时候，我来到了高洛文湾，也就是帕斯提里克，遇到了那位神父。再往后，向南，向南，我一直向南，走到我第一次到过的那个阳光温暖的地方。

“可是，海洋里再也没有什么收获了，出去捕捉海豹的人收益很小，却冒着极大的风险。船队们都散了，那些船长和水手没有一个人知道我要找的那个人的消息。于是，我厌倦了永远都不会安宁的大海，来到了陆地上，那里有树、房子和群山，它们永远待在一个地方，从来不会移动。我走了很远，也学会了很多东西，甚至从一些书本上学会了读书和写字。这样很好，我应该学会这些东西，因为我知道恩卡一定也学会了这些东西。等到有一天，那个时刻到来的时候——我们——你们当然了解，当那个时刻到来的时候。

“从此，我到处漂流，就像那些小小的渔船，只能顺风航行，却不能控制方向。不过，我的眼睛和耳朵一直保持着警惕。我常常走进那些游历过很多地方的人中间，因为我很清楚，他们只要见过我要找的那两个人，他们就一定会记住他们。最后我遇到一个人，他刚刚走出群山，带着几块矿石，里面含有一些豌豆大小的金粒。

“我厌倦了永远都不会安宁的大海，来到了陆地上。”

他听说过我要找的那两个人，也遇见过他们，而且还很了解他们。他告诉我，他们很有钱，就住在那个他们从地里挖金子的地方。

“那是一个荒凉的地方，非常远。不过，我最后还是走到了那个躲在大山中间的露营地。在那里，人们不分白天黑夜都在干活儿，从来看不见太阳。可是，那个时刻还是没有到来。我从人们的闲谈里听说，他已经走了——他们已经走了——去了英国。据说，他们要带一些有钱人来一起组建公司。我看见了他们住过的房子，那差不多就像是一座古老的王宫。晚上，我从窗户爬进那座房子里，我想明白他是怎样待她的。我走过一个个房间，感到他们过着只有国王和王后才有的生活，一切看上去都太好了。后来，他们都说，他把她当作王后一样看待。许多人奇怪那个女人到底属于哪个种族,因为她身上带有另外一种血统的特征,她和阿卡坦的女人们不同,没有一个人了解她的来历。是的,她是一位王后,可是我是一位酋长啊,而且还是一位酋长的儿子。我为她付出了数不清的兽皮、小船和玻璃珠子。

“不过,何必说这么多呢?我是一名水手,很清楚轮船在大海中航行的路线。我追随他们到了英国,然后又到过其他几个国家。有时候,我从人们那里听到他们的一些传闻,有时候也会从报纸上读到他们的消息,可我还是一次也没有遇见过他们,因为他们有很多钱,所以走得很快,那时我却只是一个穷人。后来,他们遇到了麻烦,有一天他们的财产像一股烟一样溜走了。那个时候,报纸上登满了这个消息,可是登过之后就再也不提了。我知道,他们肯定又回到了那个地方,那个能从地里挖出大量金子的地方。

“他们似乎被世界抛弃了,现在成了穷人,所以我走过一个又一个营地,甚至到过北方的库特奈地区。在那儿,我得到了一些没有多大价值的消息:他们到过那个地方,然后又走了。有人说他们顺这条路走了,有人说顺那条路走了,还有另外一些人说他们去了育空河一带。于是,我走走这条路,然后再走走那条路,不停地从这里走到那里,一直走到我似乎对这个广阔无边的世界感到厌烦起来。不过,在库特奈,我曾经和一个西北人一起走过一条很糟糕的路,那条路很长。在饥饿的痛苦中,那个西北人明白死亡已经来临。他曾经沿着一条没有人知道的路,翻过群山,走到了育空河一带。当他清楚他的生命快要结束的时候,他给了我一张地图,并且还把那个秘密的地方告诉了我,他指着上帝发誓,那里有大量的金子。

“从此以后，所有的人都开始成群结队地涌向北方。我是一个穷人，我卖了自己成了一个赶狗人。其余的事情你们都很清楚。我在道森遇见了他和她。她没有认出我，因为当年我只是一个小伙子，而她现在生活得又那么阔气，所以她不会有时间想起一个为她付出过无数代价的人。

“不是这样吗？你使我摆脱了服役期限的限制。我回到了道森，要用我自己的方法来解决过去的一切，因为我已经等了太久了。现在我已经把他抓在了我的手里，我有充裕的时间。我说过，我一心要按照我自己的方法来解决我们之间的一切，因为我回味着我一生的经历，想起我所看到的和遭受过的一切，记起在俄罗斯海边无边无际的大森林里，我所经历的寒冷和饥饿。正像你们知道的，我带他走向东部——他和恩卡——在东部那个地方，去的人很多，回来的人却很少。我带他们走向那个堆满白骨的地方，在那个被诅咒的地方，人们躺在黄金堆上却无法带走那些金子。

“那条路很长，而且没有人走过的痕迹。我们的狗很多，吃得也很多。我们的雪橇不可能将春天到来之前所需要的东西都带上，我们必须在河水解冻之前赶回来，因此我们将带去的食物藏在了沿途各个地方，这样不但可以减轻雪橇的负重，而且在回来的路上还不至于挨饿。在麦克凯斯申住着三个人，在他们附近，我们也建了一个粮窖，同样在梅奥我们又建了一个粮窖，在那里的打猎营地上住着十二个佩里人，他们是翻过南方的分水岭到达那个地方的。从此以后，我们继续向东出发，一路上再也没有看见过一个人，那里只有沉睡的河流、静静的森林和北方寂静的雪野。正像我曾经说过的，那条路很长，没有人走过的痕迹。有时候，经过一天的艰苦跋涉,我们也走不过八英里,或者是十英里。晚上,我们都睡得像死人一样。他们即使做梦也没有一次梦到过我是纳斯,阿卡坦的头领,要为过去的事情报仇雪耻。

“我赶的雪橇和狗一起掉进了冰窟窿里。”

“我们这时候建的粮窖很小,而到了夜间,我会毫不费力地再顺着我们开过的路线回到那里,将粮窖做些改变,让人看上去以为那些粮食是被狼獾偷走了。另外,在那种容易失足落水的河段,水势非常凶猛,冰只是薄薄地结在河水表面,因为下面的冰层很容易被河水冲走。就在这么一个地方,我赶的雪橇和狗一起掉进了冰窟窿里。对于他和恩卡来说,这是一起非常倒霉的意外。那架雪橇上拖着很多粮食,狗也最强壮。可是,他却大笑起来,因为他的生命力非常旺盛,以后他只能给剩下的那些狗喂一点儿粮食,直到我们切断它们的挽具，将它们一个接一个地拖出来，把它们喂给它们的同伴。他说，这样我们回家的时候会很轻松，我们可以一路步行从这个粮窖吃到另一个粮窖，再也用不着狗和雪橇了。这是真的，因为我们的粮食非常紧张。在一个晚上，当我们到达那个堆满黄金和白骨、被人诅咒的地方，最后一条狗也死在了挽具里。

“我们到的那个地方——地图上画得很正确——它位于群山的中心，我们必须在一座分水岭的峭壁上凿出一些冰梯。我们希望分水岭后面是一片山谷可是不是山谷，只有一片雪野伸向远方，平坦得好像一个巨大的收割后的平原，一座座山峰环绕在我们四周，它们雪白的峰顶直插云霄。在那片本来应该是山谷却是奇异的平原的地方，大地和积雪一起向下沉去，似乎要一直沉进大地的心脏。如果我们没有做过水手，看见眼前这一切，我们一定会头晕目眩，可是我们站在那个令人目眩的山崖上，只是竭力想找出一条下山的路。在山峰的一侧，而且只有这一侧的峭壁是逐渐向下倾斜的，不过还是陡得仿佛被狂风掀起的甲板一样。我不明白为什么这个斜坡会是这样，可它就是这样。

“‘这是地狱的入口，’他说，‘让我们走下去吧。’于是，我们走了下去。

“在斜坡底部有一座小木屋，那是从前到这里的人用从山上滚下来的木头建造的。这是一座很破旧的木屋，因为在不同时间到达这里的人，最后都孤独地死在了这座木屋里。在几块桦树皮上，我们读到了他们最后的留言和诅咒。一个人死于败血病，另一个人是由于他的同伴抢走了他最后的粮食和弹药然后偷偷逃走，导致他死亡，第三个人是被一头脸上光秃秃的灰熊拍伤后死掉的，第四个人到处寻找猎物，可是最后还是饿死了——大概都是这样。他们不愿丢下那些金子，最后只能以这样或那样的方式，死在了金子旁边。他们找到的那些毫无价值的金子，堆得小木屋的地板黄灿灿的，正像是人们在梦里看到的情景。

“不过，那个被我远远引到这里来的男人，他的心还是很平静的，头脑也很清醒。

“‘我们没有东西吃了，’他说，‘我们只能看看这些金子，看清楚它们从哪儿来，到底有多少，然后我们必须赶快离开这个地方，免得它迷惑了我们的眼睛，使我们失去理智。沿着这条路线，我们将来还是要回来的，那时候多带些粮食，那时候所有的东西都是我们的。’

“于是，我们察看了那个大矿脉，它好像一条血脉贯穿了整个矿壁。然后，我们测量了一下这座金矿，又从上到下画出它的走向，然后钉下一些树桩，并在树上刻了一些字迹，作为它属于我们的标记。这时候，由于没有吃东西，我们的膝盖在发抖，肚子非常难受，我们的心几乎要从嘴里跳出来。最后，我们爬上那个巨大的峭壁，转身走上了回来的路。

“最后那段路，我们两个人一直扶着恩卡向前走，我们常常摔倒，但终于走到了藏粮食的粮窖那里。看吧，那里已经再也没有粮食了。我做得很不错，因为他认为是狼獾偷走了我们的粮食，他咒骂着那些狼獾也咒骂着他的神。可是，恩卡是个勇敢的女人，她面带微笑，把她的手放进他的手里。我转过身去，竭力克制住自己。

“‘我们在火边休息一会儿吧，’她说，‘等到早上再走。我们可以割掉鹿皮鞋，吃下去增加一些力气。’于是，我们割下鹿皮鞋的高统，切成一条一条，将它们煮了大半夜，以便我们能够嚼碎它们吞下去。早上的时候，我们说起了我们会遇到的各种可能。走到下一个粮窖还需要五天的路程，可是我们不可能坚持到那儿。我们必须找到一些猎物。

“‘我们去走走，打些猎物。’他说。

“‘对，’我说，‘我们去走走，打些猎物。’

“于是，他决定让恩卡留在火边，保存体力。我们一起出发了，他去寻找驼鹿，而我去我挪过的粮窖那儿。不过，我只吃了一点儿东西，免得他们看出我还很强壮。在那天晚上，他摔倒了很多次，然后才回到我们的营地。至于我，也装出非常虚弱的样子，常常被我的雪鞋绊倒，好像每迈出一步都可能是我生命的最后一步。后来，我们把鹿皮鞋全都吃了，增加了一些力气。

“他是一个了不起的男人。他的精神一直支撑着他的身体，直到最后的时刻。除非为了恩卡的原因，他从来没有大声哭过。第二天，我跟着他去打猎，我不能错过看到他的最后时刻。他常常躺下来休息一会儿。那天晚上，他几乎丧命，可是到了第二天早上，他虚弱地咒骂了几句，又继续向前走去。他就像是一个喝醉酒的人，我看到他有几次都要完了，可是他慢慢又有了力气，他心里有一种巨人的精神，因此他能支撑着身体，度过那个劳累的一天。他打中了两只松鸡，可是他没有吃。松鸡不要火烤就可以吃下去，它们能救他的命。可是他心里想的是恩卡，因此转身朝向营地的方向。他再也不能走了，只能用手和膝盖爬过雪地。我朝他走过去，看到他的眼睛已经出现了死亡的迹象。甚至在这个时候，他吃下那两只松鸡也不算太晚。他丢掉他的步枪，像一条狗一样用嘴叼着那两只鸟。我走在他的身边，没有像他那样倒下。在停下来休息的间歇，他看着我，奇怪我为什么还会有那样大的力气。虽然他已经不能说话了，可是我能看出，他的嘴唇在动，尽管没有发出任何声音。正像我说过的，他真是一个了不起的男人，我的心也开始软下来。可是，我又想起了我一生的经历，想起我在俄罗斯海边辽阔的大森林里遭受的寒冷和饥饿。况且，恩卡本来就是我的，我为她付出了数不清的兽皮、小船和玻璃珠子。

"就这样，我们穿过了白茫茫的树林，四周非常寂静，就像潮湿的海雾一样沉重地压在我们身上。令人悲伤的往事浮现在半空，紧紧包围着我们。我看见了阿卡坦金黄的海滩，捕鱼回来飞快地驶回家的皮舟，还有修建在树林旁边的房屋。那两个自己封自己为酋长的人，我身上带有其中一个立法者的血统，我娶的恩卡身上带着另外那个人的血统。是的，亚士－努士也陪我一起走着，他的头发里都是潮湿的沙子，他用来打仗的那根长矛，虽然折断了可还握在他的手里。这时候，我明白那个时刻到了，我看到了恩卡眼中那信誓旦旦的眼神。

"我说过，我们就这样穿过了树林，直到我们闻到了营地上飘来的烟味。于是，我弯腰将身体俯向他，从他的牙齿里夺过了那两只松鸡。他转身侧卧在那里休息了一会儿，他的眼中充满了惊奇的神情，然后他下边那只手慢慢地向别在臀部的刀子摸去。可是，我夺走了他的刀子，然后凑近他的脸，微笑着。即使在这个时候，他还没明白我是谁。于是，我做着从黑瓶子里喝酒的样子，并比划着在雪地上高高堆起的一堆货物，再次重演了我结婚那天晚上所发生的一切。我什么都没有说，可是他已经完全明白了。然而，他并没有害怕。一丝冷笑浮现在他的嘴角，他的眼里带着冷冷的愤怒。这时候，由于知道了我是谁，他身体里又产生了一种新的力量。我们距离营地并不远,可是一路上积雪很深,他非常缓慢地向前爬去。

一次,他趴的时间实在太长了,因此我把他翻了过来,盯着他的眼睛。有时候他看着前方,有时候他的眼睛里充满了死亡。当我放开他的时候,他又挣扎着向前爬去。就这样,我们终于回到了营火边。那时候,恩卡立刻凑到他的身边。他的嘴唇蠕动着,却没有发出声音,然后他指着我,希望恩卡能够明白一切。从那以后,他就躺在了雪里,非常安静,躺了很长时间。一直到现在,他还躺在那儿的雪里。

"在烤好松鸡以前,我什么也没有说。然后,我对她说话用的是我们自己的家乡话,那种语言她已经很多年都没有听到过了。她挺直了身体,就是这样,她的眼睛惊奇地睁大了,然后她问我到底是谁,我从哪儿学会了这种话。

"'我是纳斯。'我回答。

"'你?'她说道,'是你?'她爬过来,以便能够看清我。

"'是的,'我回答说,'我是纳斯,阿卡坦的头领,我这个血统的最后一个人,就像你也是你那个血统的最后一个人一样。'

"这时,她大笑起来。我凭我看见过、做过的一切发誓,我再也不愿听到那种笑声了。它使我心里发冷,在那片寂静的雪野里,只有我一个人孤独地面对着死亡和那个大笑的女人。

"'来!'我对她说道,因为我认为她有些神经错乱,'吃了这些食物,然后我们离开这里。从这里到阿卡坦是一段很远的路。'

"可是,她把她的脸扎进他的黄鬃毛里,大笑着,一直笑到似乎我们耳边的天都要塌下来。我本来想,她看到是我,一定会高兴得发狂,会立刻回想起那些从前的时光,可是她的表现似乎有些奇怪。

“‘起来!’我大声说着,用力抓住她的手,‘路还很长,很黑。我们要快些动身!’

“‘去哪儿?’她坐起来问道,不再奇怪地大笑。

“‘回阿卡坦。’我回答道,我希望听到我的话,她的脸色会变得好起来。可是,她的表情像他一样,一丝冷笑浮现在她的嘴角,她的眼中带着冷冷的愤怒。

“‘对啊,’她说道,‘我们回去,手拉手,回阿卡坦,你和我。我们要住在那些肮脏的小棚子里,吃鱼和鱼油,生一个小崽子——一个让我们一辈子天天都会自豪的小崽子。我们会忘掉这个世界,高高兴兴,快活极了。那真是好啊,简直是好极了。来啊!让我们赶快走吧。让我们回到阿卡坦去啊。’

“她用手指抚摩着他的黄头发,脸上带着一种可怕的微笑。在她的眼中,没有信誓旦旦的神色。

“我安静地坐在那里,对这个奇怪的女人感到有些迷惑不解。我回想着那个晚上,当那个家伙把她从我家里拖走的时候,她尖叫着,撕扯着他的头发——现在,她却抚摩着他的头发,不愿意离开。后来,我又想起我付出的代价和漫长的等待,于是我就走过去抓住她,像那个家伙曾经做过的那样要把她拖走。她向后退着,甚至也像那天晚上那样,像一只母猫在保护她的幼崽一样反抗着。当我们拉扯到火堆的另一边,离开那个男人之后,我松开了她。她坐在那里,终于安静下来。然后,我向她讲述了她走后所发生的一切,讲述了我在那片陌生的大海上的各种遭遇,讲述了我在陌生的陆地上经历过的各种事情,讲述了我走得精疲力竭,我挨了很多年的饿，讲述了一开始她对我流露出的信誓旦旦的眼神。是的，我把一切都告诉了她，甚至包括那天我和那个男人之间所发生的一切。还有我们年轻的时候的事情。在我讲述的时候，我看到她的眼睛里又开始露出了信誓旦旦的眼神，那种眼神既丰富又广阔，好像黎明时的阳光。我从她的目光中看到了怜悯，还有女人的柔情和爱，那正是恩卡的心和灵魂。这时候，我仿佛又变成了一个年轻的小伙子，因为这个眼神，这个当初恩卡跑上沙滩、大笑着跑进她母亲的家时所流露的眼神。我所经历过的那些严酷、不安消失了，还有那些饥饿和疲惫不堪的等待。

"那个时刻终于到来了。我感到她的胸口在召唤我，似乎我必须把我的头靠在她的胸前，忘记过去的一切。她对我伸出双臂，我向她的怀里扑过去。可是忽然之间，她的眼睛里燃烧着仇恨的火焰，她的一只手伸向我的臀部。一下，两下，她拔出刀来刺着我。

"'狗！'她冷笑着，把我推到雪地里，'猪！'她说着大笑了起来，直到那笑声搅碎了四周的沉寂。她又回到了她的死人那里。

"我说过，她用刀刺了我一下，两下。可是，由于饥饿，她的身体很虚弱，没有力气杀死我。尽管如此，我还是愿意留在那个地方，我愿意闭上眼睛和他们长眠在一起，因为他们的生活和我的生活交叉在一起，催促着我迈开脚步走过无数陌生的道路。但有一笔债务压在我的心上，不能让我安息。

"路是那么漫长，天气冷得刺骨，而且只有一点儿食物。那些佩里人没有找到驼鹿，于是就抢夺了我的粮窖。那三个白人也是同样，可是在我经过的时候，他们已经骨瘦如柴地躺在他们的木屋里，死了。从那个时候开始，我什么都不记得了，直到我走到这里，发现了食物和火——很多火。”

说完，他蹲下身子靠近炉火，甚至不敢相信一般试探着那些火焰。过了很长一段时间，仿佛油灯投在墙上的阴影也在表演一幕幕惨剧。

“可是，恩卡！”普林斯大声说道，他仍沉浸在那个人所描述的景象中。

“恩卡？她不肯吃松鸡。她躺下来，用她的胳膊抱着他的脖子，她的脸深深地埋在他的黄头发里。我把火移到她的身边，让她不会感到很冷，可是她却爬到了另一边。我又在那边点起了一堆火，可是还是没有用，因为她不肯吃东西。就这样，他们现在还躺在那个地方的雪里。”

“你怎么打算？”马尔穆特·基德问道。

“我不知道。阿卡坦是一个小岛，我一点儿都不想回去住在那个世界的边缘。可是，活下去也没有多少价值。我可以走到康斯坦丁那儿，他会把一些铁家伙给我戴上，然后有一天，他们还会给我套上一根绳子，这样我就可以好好睡觉了。可是——不。我不知道。”

“可是，基德，”普林斯说道，“这是谋杀！”

“安静！”马尔穆特·基德命令道，“有一些事情超出了我们的智慧所能判断的范围，也远远超出了我们的道德准则。这件事的对与错，我们根本说不清楚，而且它也不是我们所能审判的。”

纳斯又向火炉靠近一些。在一片长长的沉寂中，一幅幅画面在每个人的眼前来来去去上演着。

热爱生命

失去一切，仍有所坚持——

　　他们活下来，经历了命运的抛掷；

这就是人生最丰富的恩赐，

　　即使全部赌注已随风飘逝。

他们脚步蹒跚、痛苦地走下了堤岸。有一次，两人中走在前面的那个还在粗粝的乱石间猛地摇晃了一下。他们疲惫且虚弱无力，由于长时间忍受困苦的煎熬，两人的脸色都憔悴不堪，带着苦苦挣扎的表情。他们的沉重的行李被毯子包裹着，用一根皮带捆在肩部。横勒在前额的皮带，帮他们拉住了那个包裹。他们每人随身携带着一支步枪，弓身向前走着，肩膀探向前方，而头部探向更远的地方，眼睛看着地面。

"我希望我们藏在暗窖里的那些弹药，有两三颗现在带在身上。"跟在后面的那个人说道。

他的声音呆板、沉闷，没有丝毫感情成分。他毫无热情地说着，而领头走在前面的那个人，踉踉跄跄地走进乳白色的溪水——水沫漫过裸露的岩石，对同伴的话没有任何反应。

后面的那个人紧紧跟随在他身后。他们都没有脱去鞋袜，虽然溪水异常冰冷——冻得他们脚踝刺骨地疼痛，两脚发麻。有一些地方，溪水击打着他们的膝盖，两个人都不由得摇晃起来。

跟在后面的那个人，在一块平滑的大石头上滑了一下，几乎跌倒，但是他猛地一撑，维持住了平衡，与此同时发出一声痛苦的尖叫。他好像要昏厥的样子，在晕眩中摇晃着身子，同时伸出那只空闲的手，仿佛要在空中摸索到一处支撑。当他稳住身体，重新迈步向前的时候，却再次摇晃起来，几乎倒下去。于是，他一动不动地站在那里，看着另外那个人，而那个人连头都没有回。

这个人静静地站在那里，站了足有一分钟，似乎在内心和自己经过了一番争辩。然后，他大声喊道：

"我说，比尔，我扭伤了脚踝。"

比尔摇摇晃晃地穿过白花花的溪水。他没有回头。

这个人看着同伴继续向前走去，虽然他的脸上仍然毫无表情，可是他的眼睛却露出鹿受伤时的神情。

那个人蹒跚着脚步踏上对岸，径直向前走去，没有回头看一眼。留在溪水中的这个人一直看着他的同伴。他的双唇有些颤抖，因此遮盖着他双唇的那些乱蓬蓬的棕色胡须，也在明显地抖动着。他的舌头，甚至下意识地伸出来舐着双唇。

"比尔！"他大声呼叫着。

这恳求一般的呼叫是一个刚强的人在危难中发出的，可是比尔的头并没有转过来。这个人看着比尔走去，看着他可笑地挪着脚步，一路歪斜地向前走着，然后磕磕绊绊地登上一道斜坡，走向低矮的山丘和天空间模糊的交界线。他看着比尔一路向前，直到他越过山顶，消失不见了。然后，他调转目光，慢慢地将比尔走后留给他的世界环顾了一周。

靠近地平线的太阳散发的闷热而朦胧的光芒，几乎被迷迷蒙蒙的薄雾和水汽遮住，给人一种虚浮和变幻不定的印象。这个人拿出他的表，将重心移到一条腿上。这时已经四点钟，在这个靠近七月底或八月初的季节——在最近一两个星期，他已经不知道确切的日期——他知道太阳大概位于西北方向。他看了看南方，知道翻过那些荒凉的山丘，就是大熊湖。同样，他知道在那个方向，北极圈的禁区线一直横贯到加拿大的冻土地带。他脚下的这道小溪是科珀曼河①的一条支流，而科珀曼河折向北方，最终汇入加冕湾和北冰洋。他从来没有到过那里，可是有一次在哈得逊湾一家公司的海图上，他曾经看到过那个地方。

他再次凝视了一周身边的世界。这里的景色并不令人乐观，四周都是模糊的地平线。这里山丘低矮，没有树，没有灌木，也没有草——这里一无所有，只有无边无际的可怕的荒凉。他的眼中很快便露出恐惧的神色。

"比尔！"他低低地叫了两声，"比尔！"

他畏缩地站在白花花的溪水中，仿佛四周的空旷正以不可抗拒的力量压迫着他，要以它那得意的威严残酷地压碎他。好像一阵疟疾发作，他开始全身颤抖起来，甚至连手中的枪都"扑通"一声

①科珀曼河，加拿大西北地区北部的一条河流，流程约845千米（525英里），向北注入北冰洋。

掉进了水里。这个声音惊醒了他。他和内心的恐惧抗争着，鼓起全部勇气，在水中摸索着找回了他的武器。他把他的包裹猛地向左肩拉了拉，以便使受伤的脚踝能够减轻一部分负重。然后，他慢慢地、小心翼翼地向对岸走去，由于疼痛而有些脚步畏缩。

他一步不停地向前走着。随着一种绝望带来的疯狂，他忘记了疼痛，很快便登上了那道斜坡，向他的伙伴消失的小山顶走去——比起他那个脚步蹒跚、磕磕绊绊的同伴，他的动作显得更加奇异和滑稽。可是，来到小山顶后，他的眼前是一片低低的山谷，空荡荡的没有一丝人迹。他又与内心的恐惧战斗了一番，并最终战胜了它。他再次猛地把包裹向左肩拉了拉，然后踉踉跄跄地走下斜坡。

山谷的底部积满了水，地上厚厚的苔藓像海绵一样浮在水面上。他每走一步，积水就从他的脚底喷射出来，他每次抬起脚，脚下都会发出一种类似大声吸气的声音，好像潮湿的苔藓很不情愿放弃它的吸力似的。他在一片片沼泽地之间挑选着落脚的地方，沿着另一个人留下的足迹向前走去，并不时越过像小岛一样突立在这片苔藓海中的岩石。

虽然孤身一人，但他并没有迷路。再往前走，他知道他会到达一个有很多矮小、枯死的云杉和枞树的小湖边。那个地方在当地语中被称为“提青－尼彻莱”，也就是“小枯枝地”的意思。另外，有一条河汇入那个湖，河水不是乳白色的。那条河上长有灯芯草——这一点他记得很清楚——可是，那里没有树木。沿着那条河，他可以一直到达河流尽头的一座分水岭。越过这座分水岭，他可以走到另一条河流发源的地方。这条河流向西方，他可以顺着河水一直走到它汇入狄斯河的河口。在那里,他可以找到一个隐藏在一只倒扣的独木舟下的暗窖,那个暗窖上堆着很多石头。在那个暗窖里,有为他的空枪准备的弹药,还有钓鱼钩、渔线和一张小鱼网——为打猎和诱捕猎物准备的一切工具。他还会找到面粉——不多——还有一块腌肉和一些豆子。

比尔会在那里等他,他们将划着船沿狄斯河向南,到达大熊湖。然后,他们继续向南穿过大湖,不停地向南,直到马更些河。然后,再继续向南,他们还要一直向南,那时身后的冬天就再也追不上他们了。那些急流可以结冰,天气可以变得更加寒冷和干燥,他们将一直向南到达哈得逊湾一些公司的驻地,那里的树木长得高大而茂盛,那里的食物多得永远吃不完。

哈得逊湾一些公司的驻地。

当这个人拼命向前走着的时候,他想的就是这些。他不仅用他的身体顽强拼搏着,他也同样用他的头脑顽强拼搏着,竭力设想着比尔并没有抛下他,比尔绝对会在暗窖那里等他。他强迫自己产生这样的认识,否则他的努力就失去了任何意义,那样他情愿躺下来死掉。当那圈模糊的球形的太阳慢慢地落向西北方的时候,他思考着每一英寸路线——想了无数遍——在冬天赶上他们之前,他和比尔逃向南方的每一寸路线。他想着暗窖里的食物,还有哈得逊湾公司驻地的食物,想了一遍又一遍。他已经两天没有吃过食物了,至于他再也没有吃过他想吃的食物的日子,那就有相当漫长一段时期了。他常常弯下身来,采摘一些沼泽中苍白的浆果,然后将它们放进嘴中,嚼嚼吞下去。这种沼泽浆果是一颗小种子外面包了一点儿水,放进嘴里水就融化了,而那颗种子嚼起来又辣又苦。这个人知道,这种浆果并没有养分,可是他带着一种超越知识、藐视经验的希望,顽强地咀嚼着它们。

九点钟,他的脚尖碰在一块岩石上,由于极度疲惫和虚弱,他晃了晃,跌倒在地。他没有动,侧着身子躺了一会儿,然后挣脱掉捆包裹的皮带,动作笨拙地让自己坐起来。天还没有完全黑,在残存的暮色里,他摸索着从岩石中找出一些零碎的干苔藓。当搜集到一堆这种燃料后,他生起一堆火——一堆不旺的、黑烟缭绕的火——并放了一铁罐水在上面煮。

他解开包裹,首先做的事情就是数他的火柴。这些火柴共有六十七根。他一连数了三遍,以确保没有数错。他将它们分成几份,分别包在油纸里。一包放在他的空烟草袋里,另一包放在他那顶旧帽子的帽箍里,第三包放在他贴胸的衬衣里。做完这一切后,一阵惊恐突然袭来，他急忙将它们全部拿出来打开，重新数了一遍。火柴依然是六十七根。

他在火边烤着他那潮湿的鞋袜。那双鹿皮鞋已经变成了湿透的碎片，毛袜也有几处已经磨透，而他的双脚磨掉了皮，正在渗血。他受伤的脚踝微微颤动着，他仔细检查了一下，发现它肿得和他的膝盖一样粗。他拿起两块毯子中的一块，从上面撕下一条长长的带子，紧紧裹住了脚踝。他又另外撕下几条长带子，包住他的两只脚，充当鹿皮鞋和短袜。然后，他喝下一罐冒着蒸汽的热水，上好他的表，爬进了两条毯子中间。

他睡得如同一个死人。午夜左右，短暂的黑暗降临，然后很快便消逝了。

太阳在东北方向冉冉升起——至少，黎明出现在那个方向，因为太阳被阴沉沉的乌云挡住了。

六点钟，他醒了过来，静静地仰面朝天躺在那里。他向上直视着灰蒙蒙的天空，知道自己饿了。当他用胳膊肘撑地翻了个身的时候，他被一声响亮的喷鼻吓了一跳，然后他看到一头雄鹿正用戒备而好奇的目光看着他。这头动物离他不足五十英尺，烤鹿肉在火上“咝咝”冒油的景象和气味立刻出现在这个人的脑子里。他不由自主地伸手抓起那支空枪，瞄准目标，开了一枪。那头雄鹿喷着鼻息，跳着逃走了，当它越过岩石时四蹄发出杂乱的“咔嗒、咔嗒”声。

这个人咒骂着，将手里那支空枪扔在地上。他大声呻吟着，让自己站起身来。这是一种缓慢而又艰难的过程。他的关节仿佛生锈的铰链，它们在臼窝里活动起来非常困难，摩擦力很大，每个弯曲和伸展都需要凭借顽强的意志力才能做到。他双脚终于站了起来，然后又用了一分钟左右，他才挺起身子，能够像一个可以直立的人那样站直。

他缓缓爬上一个小山丘，俯视着眼前的一切。视野里既没有树木，也没有矮树丛，只有一片灰暗的苔藓海——几乎不变地点缀着一些灰白的岩石、几汪灰暗的小湖和几道灰暗的小溪。天空阴沉沉的。既没有太阳，也看不到太阳的踪迹。他完全不知道哪个方向是北，而且已经记不得前一个晚上他经由哪条路走到了这个位置。不过，他并没有迷路。他确信这一点。不久，他就能够到达"小枯枝地"。他感到它就位于左边某个地方，并不远——或许，只要翻过下一座小山就可以到达。

他走回露宿的地方，收拾起他的包裹，做好出发的准备。他检查了一遍，确定他那三包分别存放的火柴依然在那里，虽然他没有停下来数一数它们。不过，他还是迟疑了一下，内心为了一只蹲在那里的鹿皮口袋而激烈斗争着。这只口袋并不很大。他用他的两只手就可以把它完全盖住。他知道，这只口袋重十五磅——差不多等于包裹里其余那些东西的重量总和——这只口袋使他感到为难。终于，他将它放在一旁，继续整理包裹。可是，他很快又停下来，盯着蹲在那里的鹿皮口袋。忽然，他迅速抓起它，用一种反抗的目光扫视着他的四周，好像在这个荒芜的地方有人要抢劫他的口袋似的。当他站起身来，摇摇摆摆地开始这一天的行程时，那只口袋仍藏在他身后的包裹里。

他一路向左走着，不时停下来吃些沼泽浆果。他受伤的脚踝已经僵硬了，瘸得也比以前更明显，可是和他胃部的疼痛比较起来，那些都成了无关紧要的小事。饥饿造成的剧痛非常强烈，它们不停地咬着他的胃，直到他再也不能集中精力思考去“小枯枝地”必须穿行的路线。沼泽浆果非但不能减少这种啮噬，它们辛辣的刺激反而使他的舌头和上腭也疼痛起来。

他来到一个山谷，这里有一些松鸡正“呼呼”地扇动着翅膀，在岩石和沼泽之间飞来飞去，发出“咯—咯—咯”的叫声。他向它们投去石块，但却不能打中它们。他将他的包裹放到地上，然后像猫捉麻雀一样滑向它们。锋利的岩石刺穿了他的裤腿，深到让他的膝盖在沼地上留下了一道血迹。可是，在饿到腹痛的状态中，这种刺痛已经微不足道了。他爬过潮湿的苔藓，他的衣服被浸透了，使他全身发冷，可是他并未意识到这种感觉，因为他对于食物的热情太强烈了。那些松鸡却始终在他面前飞着，“呼呼”扇动着翅膀，直到它们“咯—咯—咯”的叫声好像变成了对他的嘲笑。他诅咒着它们，随着它们的叫声对它们大叫着。

一次，他爬到一只肯定睡着了的松鸡身边。他并没有看到这只松鸡，直到它从岩石的缝隙间冲向他的脸，他才发现了它。他像那只松鸡一样吓了一跳，伸手一抓，可是手中只留有三根尾羽。当他眼睁睁看着它飞走时，他对它充满了憎恨，似乎它对他做了一些非常可怕的坏事。然后，他走回去扛起了他的包裹。

随着时间一天天流逝，他走进了绵绵不绝的山谷或者说是沼泽地，而这里有大量的野味。一群驯鹿走了过去，有二十多只，令他气急败坏的是它们都在步枪的射程之内。这时，他生出一种疯狂的渴望，想去追赶它们，而且他确信自己一定能追上它们。一只黑毛狐狸向他走来，嘴上叼着一只松鸡。他大喊了一声。这是一声可怕的大叫，狐狸惊慌失措地逃走了，却没有扔下那只松鸡。

将近傍晚的时候，他沿着一道小溪向前走着，由于含有石灰而变成乳白色的溪水，穿过稀疏的灯芯草丛向前潺潺流去。他抓住那些坚韧的灯芯草，拔出一种类似嫩洋葱细芽一样的东西，它并不比一根木瓦钉长。这东西很嫩，他的牙齿咬进去，会发出一种“嘎吱、嘎吱”的声音，的确是一种不错的食物。不过，它的纤维很坚韧。这种东西是由饱含水分的纤维丝组成的，像那些浆果一样，并没有任何养分。他抛下他的包裹，手脚并用爬进那些灯芯草丛中，仿佛牛一般“嘎吱、嘎吱”地大嚼起来。

他已经疲惫不堪，总想休息一会儿——躺下来睡上一觉，可是他却又被驱赶着向前——更多的不是受到“小枯枝地”的召唤，而是受到饥饿的驱使。他在水塘中搜寻着青蛙，又用他的指甲挖着泥土寻找臭虫，虽然他很清楚在如此遥远的北方，既不会有青蛙也不会有小虫存在。

他徒劳地察看着每一个水塘，直到茫茫无边的暮色降临的时候，他才在一个水洼里发现了一条孤独的、小银鱼一般大小的鲦鱼。他将他的胳膊伸入水中，水漫过了他的肩部，可是那条小鱼却逃开了。他又伸出双手去抓它，以至于将水底乳白色的泥浆搅了起来。在极度兴奋中，他一头栽进了水洼，浸湿了整个上衣。这时，太多的泥浆使他无法看清那条小鱼的准确位置，因此他不得不等待着泥浆沉淀下去。

捉拿继续开始了，直到水再次浑浊起来。可是，他已经无法等下去。他解下皮带上的铁皮罐，开始将水洼里的水淘出去。起先，他疯狂地蛮干着，不但将水泼到了自己身上，而且由于泼得太近，那些水又流回了水洼。于是，他开始极为小心地淘着，竭力镇定下来，虽然他的心脏用力撞击着他的胸口，他的手也在发抖。半小时之后，水洼几乎让他淘干了，剩下的水还不足一杯。然而那里并没有小鱼。他发现在石头中间有一道隐蔽的裂缝，那条小鱼已经穿过裂缝逃进了毗邻的一个巨大的池塘——这个池塘，他一天一夜也淘不干。假如他知道有这样一道裂缝，他在开始的时候就会用一块石头封住它，那条鱼就是他的了。

想到这里，他崩溃地躺倒在潮湿的地上。最初，他只是轻声地啜泣，随后便对着包围在他四周的无情的荒原大哭起来。他“呜呜”地大声哭了很长时间。

他生起一堆火，喝了些热水让自己暖和了一些，并照前一天晚上的样子睡在一块突起的岩石上。临睡前，他确保他的火柴是干燥的，然后给表上好发条。两条毯子又潮湿，又寒冷。他的脚踝疼得一跳一跳的，可是他只知道自己很饿。在不安的睡眠里，他从头到尾梦见的都是酒会、宴会、食物款待和他能够想象出的各种宴席。

醒来的时候，他感到全身寒冷而又不舒服。他看不到太阳。阴沉沉的大地和天空变得越来越昏暗，更加深不可测。一阵阴冷的寒风刮起来，第一场雪染白了小山顶。当他点火烧一大铁皮罐水的时候，他身边的空气越来越沉重，变成了白色。天空中一半是雪，一半是雨，大片大片的雪花寒冷而又潮湿。最初，那些雪花一接触到地面就融化了，可是它们越落越多，不久就覆盖了地面，浇灭了火，浸湿了他那些用来生火的苔藓。

这对于他是一个信号，促使他用皮带捆好他的包裹，蹒跚着继续上路了,而他并不知道自己要去哪里。他不再关心“小枯枝地”,也不再关心比尔以及狄斯河边那只倒扣着的独木舟下的暗窖。他已经完全被“吃”这个动词控制了。他已经饿疯了。他不再留意他脚下的路通往哪里,他只希望它能带他走出这片洼地的底部。他冒着雨雪,离开他一直行进的路线,寻找着潮湿的沼泽浆果,然后又摸索着走过去,连根拔下那些灯芯草。可是,灯芯草是一种寡淡无味的东西,根本不能令人满足。后来,他找到一种尝起来有些酸味的野草,于是他就把所有他能找到的全都吃进了肚子,可它们并不多,因为这是一种蔓生植物,很容易埋在几寸深的积雪下。

因为这是一种蔓生植物,很容易埋在几寸深的积雪下。

这一夜,他没有火,也没有热水,于是他就钻进他的毯子睡下了,可是常常被饥饿唤醒。这时,雪已经变成了一种寒雨。他醒来很多次,感到雨落在他朝上仰着的脸上。白天到来了——灰蒙蒙的一天,而且看不到太阳。天空终于不再下雨。饥饿的刺痛已经过去了。他的感受力已经消耗殆尽,有关食物的渴望已经远远地离开了他。他胃里那种巨大的刺痛已经迟钝,但这并没有使他产生过多的忧虑不安。他越来越理智,他再次将首要兴趣集中在“小枯枝地”和狄斯河边的暗窖上。

他把撕过的那条毯子剩下的部分撕开,包住他那两只一直在淌血的脚。同样,他也捆好那只受伤的脚踝,为这一天的旅程做好了准备。收拾包裹的时候,他为那只蹲在那里的鹿皮口袋踌躇了很久,可最后还是带着它出发了。

积雪已经被雨水融化了,只有那些小山顶仍为白色。太阳出来了,虽然他知道自己已经迷了路,可是他还是成功地确定了罗盘所标志的方位。或许,在先前那些天的漫游中,他已经远远地偏离了左方。现在,为了恢复正确的方向,他开始向右走去,以抵消可能发生的偏差。

尽管饥饿的刺痛已经不再那么剧烈,他还是认识到自己已经非常虚弱。当他寻找那些沼泽浆果或灯芯草丛的时候,他不得不被迫常常停下来休息一会儿。他感到他的舌头干燥、巨大,仿佛上面覆盖着一层细毛,在嘴里散发着苦味。他的心脏给他带来很大的麻烦。他每向前走几分钟,它就开始不屈不挠地“砰、砰、砰”跳几下,随后便是一阵使人痛苦得心情烦躁的上蹿下跳,敲打得他感到呼吸困难,也使他更为虚弱和晕眩。

在这一天的中午前后,他在一个池塘里发现了两条小鲦鱼。这里的水是不可能淘干的,不过他现在也比较冷静了,于是设法用他的铁皮罐将把它们捉了上来。这两条小鱼不大,长度超不过他的小指头,可他目前已经不再有特别饥饿的感觉了。他胃里的并不明显的痛感已经越来越淡化，越来越微弱。看来，他的胃差不多是在打瞌睡。他把那两条活鱼放进嘴里，艰难且小心地咀嚼着，因为吃对于他来说已经是一种纯理性的举动。这时，他并没有吃的愿望，可是他明白他必须吃东西才能活下去。

傍晚的时候，他又抓到了三条鲦鱼，并吃了其中两条，留下第三条作为下一顿早餐。太阳晒干了散落在各处的苔藓丛，于是他又能够靠热水取暖了。这天，他走的并不多，还没有超过十英里。第二天，只要心脏的情况允许，他就一直向前走着，他走了不超过五英里。不过，他的胃已经不再使他感到任何微弱的不适了——它睡着了。

这时，他正走在一个陌生的地带，这里的驯鹿越来越多，狼也是。狼群的嗥叫经常在荒原回荡，有一次他看到其中的三只在他的前面跑过去。

又一个夜晚过去了。早晨的时候，他异常清醒，拿出那只蹲着的鹿皮口袋，解开上面扎得紧紧的皮绳，从敞开的袋口倒出一股金黄色的粗金沙和天然金块。他大致将这些金子分成了两等份，其中一份用一块毯子包好，藏在了一块显眼的岩石中，另外那一份仍旧放回了鹿皮口袋里。然后，为了包脚，他又撕开了剩下的那条毯子。他仍然带着他的枪，因为在狄斯河边的暗窖里藏有弹药。

这是一个雾天，这一天饥饿在他身上又苏醒过来。他的身体已经极为虚弱，而且他还受到眼花的折磨，有时他像个瞎子什么都看不见。对于他来说，绊倒和跌倒现在已经变成了经常会发生的动作。有一次被绊倒，他正好倒进了一个松鸡窝里，窝里有四只刚孵出来的小松鸡，不过一天大——那些充满生命气息的小不点儿还塞不满一口。他一口吃了它们,他把它们活生生地塞进他的嘴里,两排牙齿仿佛嚼蛋壳一样"嘎吱、嘎吱"地嚼着它们。那些小松鸡的母亲围着他跑来跑去,凄厉地大声疾呼着。他把他的长枪当棍子打向它,可是它躲开了。他向它投掷石头,一块石头碰巧击中了它的一个翅膀。于是,它飞到一旁,在他的追打中拖着受伤的翅膀逃走了。

不多的几只小松鸡,只是勾起了他的食欲。他笨拙地拖着那只受伤的脚,另外那只脚单腿跳着,摇摇晃晃地追过去。有时向这只松鸡投石块,有时用嘶哑的声音尖叫着,另外一些时候,他只是摇摆着身体,默默地拼命追赶。每次摔倒在地,他都会倔强而又坚韧地重新爬起来,而每次头晕目眩的时候,他便用手揉揉自己的眼睛。

这种追赶最后竟引他穿过了谷底的沼泽。之后他在浸满水的苔癣上发现了一些脚印。这些脚印并不是他自己留下的——他能看得出这一点。它们一定是比尔的脚印。可是,他不能停下脚步,因为鸡妈妈正在不停地向前飞逃。他要先抓住它,然后再回头来研究这些脚印。

鸡妈妈累得精疲力竭,可他自己也累得筋疲力尽。它侧身躺在地上喘息着,他也侧身躺在地上喘息不止,虽然只隔十几步,可是他却没有力气爬向它。每当他恢复了些气力,它却也恢复了过来,他那只饥饿的手刚刚伸向它,它却张开翅膀逃到了他抓不到的地方。这场追赶一直在持续不停地进行。黑夜来临的时候,松鸡终于逃走了。他的脚绊了一下,由于虚弱他一头扑倒在地,他的脸颊被割破了,包裹压在他的背上。很长时间,他一动不动地躺在那里,后来才翻身侧卧着,上好他那只表的发条,一直在那里躺到早晨。

又是一个雾天。他最后那条毯子,已经有一半做了他的裹脚布。他没有发现比尔的踪迹。这已经不重要了。饥饿已经过于强烈地控制了他——可是——可是他想知道的是,比尔是否也迷了路。中午的时候,他那个令人讨厌的包裹开始变得越来越沉重。他再一次分开了那些金子,但这一次只是把其中的一半倒在了地上。在下午的时候,他把剩下的那些金子也丢开了,只保留了他那半条毯子、那个铁皮罐,还有那杆枪。

一种幻觉开始困扰他。使他感到非常确信,他还留下了一颗子弹。这颗子弹就在那支步枪的枪膛里,而他一直没有注意到这一点。另一方面,他又始终非常清楚,枪膛是空的。可是,这种幻觉一直持续不去。他与这种幻觉斗争了好几个小时,后来他干脆打开他的步枪,面对着他的是空空的枪膛。这种失望是那样令他痛苦,仿佛他真的曾经希望在枪膛里找到那颗子弹。

他迈着沉重的脚步,慢慢向前走了半个小时,那种幻觉再次被激发起来。他又与它抗争着,可是它却仍然顽固地不肯放过他,直到他为了彻底摆脱痛苦的折磨,又一次打开枪膛来让自己信服。有时,他的思绪漫无边际地飘荡到很远的地方,于是他机械地迈着沉重的脚步,缓缓向前走着,同时任由那些离奇的幻想像虫子一样地啃噬着他的大脑。不过,这些脱离真实的漫游持续的时间都很短,因为饥饿啃噬的剧痛,总会把它们召唤回来。有一次,他的远足突然被眼前出现的一幅景象猛地拉了回来,使得他几乎晕倒。他头晕目眩地晃来晃去,竭力不让自己倒下去,可身体却摇摆得仿佛一个醉酒的人。在他前面站着一匹马。一匹马啊！他简直不能相信他的眼睛。他的眼前一片浓雾，后面是无数闪烁的光点。他用力揉着他的眼睛，以便使自己能够看清楚，而他看到的并不是一匹马，却是一头庞大的棕熊。这头野兽正用好斗的目光，好奇地研究着他。

这个人举起了他的步枪，可是举到距离肩部还不足一半时，他就清醒过来。他放下枪，然后从屁股后面的镶着珠子的刀鞘里，拔出了他的猎刀。此刻，在他面前的是肉和生命。他用他的拇指顺着刀子的边缘，试了试刀刃。刀刃很锋利，刀尖也很锋利。

他正要扑到熊身上，杀死它。可是，他的心脏又开始进行它的警告，“砰、砰、砰”。然后便是狂乱的蹿跳和剧烈的震颤，使他的前额感到仿佛被一只铁圈紧紧勒住了，慢慢地，他的大脑一阵阵晕眩。

他拼死的勇气被一阵汹涌而至的恐惧驱赶得无影无踪。在这样虚弱的时候，如果那头野兽向他进攻，他该怎么办？

他竭力让自己做出极为强壮高大的样子，紧握刀子，恶狠狠地盯着那头熊。那头熊笨拙地向前迈了一两步，竖起身子，然后发出一种试探性的咆哮。如果这个人逃跑，它就会追上去，可是这个人没有跑。此刻，他已经振奋起来，那是因恐惧而产生的勇气。同样，他也咆哮起来，残暴而又可怕，表达出那种与生命相连的恐惧，缠绕在生命深深的根基中的恐惧。

那头熊缓缓地走到一旁，恐吓地咆哮着，它自己也被眼前这个直挺挺立在那里、毫不畏惧的神秘家伙吓得胆战心惊。可是，这个人一动不动。他立在那里，仿佛一尊雕像，直到危险过去，他才微微颤抖着倒在潮湿的苔藓中。

他鼓足勇气,继续向前走去,他现在又产生了一种新的恐惧。这种恐惧不是他害怕自己会被动地死于饥饿,而是害怕在饥饿还没有耗尽他最后那一点儿求生的努力之前,他会被野兽以极端的方式消灭。这地方有很多狼。它们的嗥叫声在这片荒原中来来回回地飘荡着,在空中交织成一张极为危险的网,而这张网是那样真切,他发现它简直伸手可及,因此他举起双手将它向后推去,仿佛那是一顶被风吹起的帐篷。

三三两两的狼不时从他的附近走过。可是,它们却都避开了他,因为它们的数量并不多,另外它们搜寻的是不善战斗的驯鹿,而这个直立行走的陌生家伙可能会又抓又咬。

傍晚,他遇到一些散乱的骨头,说明狼曾经在这个地方咬死过猎物。一个小时之前,这些骨头还是一头小驯鹿,叫着、跑着,欢蹦乱跳的。他对着这些骨头沉思着,它们被啃得干干净净,被舔得很光亮。那些仍未死去的活细胞还是粉红色的。难道在这一天结束之前,他也有可能变成这种样子?生命不过如此吗,啊?一场虚空,一种倏忽而去的东西。只有活着才会痛苦。在死亡里,再也不会有伤痛。死亡就是去睡下。它意味着让一切停下来,休息。那么,为什么他不愿意去死呢?

不过,他并没有对自己说教很久。他蹲坐在苔藓上,将一根骨头放进嘴里,吸吮着那些仍将它染得微微泛红的生命残渣。这甜美的肉味,微弱而又飘忽不定,仿佛一场回忆,简直令他发狂。他死死地咬着骨头,将它们咬碎。有时被咬碎的是骨头,有时碎的却是他的牙齿。后来,他就用岩石碾碎这些骨头,将它们砸成骨酱,然后再将它们吞下去。匆忙中,他也会砸到自己的手指,令他瞬间感到惊奇的是,当他的手指落在石块下时,他竟然并没有感到疼痛。

接下来,一连几天都是可怕的雨雪天气。他不知道自己什么时候宿营的,什么时候启程出发的。他白天和夜晚同样都在行走。他倒在哪里,就在哪里休息。只要他体内垂危的生命火花开始闪动,然后微弱地燃烧起来,他就会慢慢地向前走去。他已经不再是像一个人那样努力抗争了。那是他体内的生命力,不情愿死亡,在驱赶着他一直向前。他不再遭受痛苦。他的神经已经变得麻木,失去了感觉,虽然他的脑子里充满了各种奇异的幻觉和美妙的梦境。

不过,他还是不断地吸吮、咀嚼着那只小驯鹿的碎骨头。最后,那些残留的骨头,都被他收集起来,带在了身上。他不再翻越那些山丘或分水岭,而是机械地沿着一条流经一片宽阔的浅谷的大河,向前走着。他并没有看到那条河流,也没有看到那片山谷。除了脑子里的幻象,他什么也没有看到。灵魂和肉体虽然并肩向前走着,或者爬着,然而它们却是分离的,因此它们之间只有一丝微弱的联系。

他醒来的时候,头脑正好很清醒。他发现自己正仰面躺在一块突出的岩石上,阳光明媚而又温暖。他听到从遥远的地方传来的一些小驯鹿的叫声。在模模糊糊的记忆里,他知道有雨,有风,有雪。可他受暴风雨吹打,究竟持续了两天还是两个星期,他就不知道了。

有一会儿,他一动不动地躺着,亲切的阳光洒满他的全身,使他那饱经痛苦的身体感到暖洋洋的。一个多么美好的天气，他想。或许，他应该设法确定一下自己所在的位置。经过一阵痛苦的努力，他将身体侧转过来。在他的目光下，有一条宽广的大河正缓缓地向前流着。这条陌生的河流，使他感到有些困惑不解。慢慢地，他沿着河道向前望去，只见宽广的大河蜿蜒地绕着一些荒凉、光秃的山丘，这些小山丘比他曾经遇到的更荒凉，更光秃，也更低矮。他从容，没有丝毫激动地，或者最多也不过是一时兴起地慢慢沿着这条陌生的河流的流向，一直向地平线望去，看到它最终汇入了一片明亮而浩瀚的大海。他仍没有激动。这太不寻常了，他想，这是一种幻觉或者是海市蜃楼——更像是一种幻觉，是他那错乱的大脑制造出的一个骗局。当他看到一艘轮船正停泊在明亮的大海中，他更加坚定了这一点。他闭上眼睛停了一会儿，然后又睁开了眼睛。多么奇怪，那幻影还在！可是，这并不奇怪。他知道，在荒原的腹地不会有大海或者轮船，正像他知道在他的空步枪里没有子弹一样。

他听到背后响起一种吸鼻子的声音——大半是喘不过气来的喘息或者咳嗽。由于极度虚弱和僵硬，他非常缓慢地将身体翻到了另一侧。他在附近没有看到任何东西，可是他耐心地等待着。鼻音和咳嗽声又一次传来。在大概距他不足二十尺远的两块锯齿状岩石中间，他辨认出一只灰狼的脑袋。它那对尖尖的耳朵并没有直挺挺地竖起来，就像他曾经看到过的其他狼那样。它的两只眼睛暗淡、血红，它的脑袋似乎无力、绝望地垂着。这头野兽在阳光下不停地眨着眼睛。它好像病了。正当他看着它的时候，它又发出了鼻音和咳嗽声。

这个，至少是真的，他想，然后又将身体翻到另一侧，以便让自己能够看到一个真实的世界，而这个世界在此之前已经被他的幻觉遮住了。可是，大海仍在很远的那边闪闪发光，那艘轮船仍清晰可见。它们，难道都是真的？他把眼睛闭上，想了一会儿，然后终于想明白了。原来，他一直在向北偏东方向行进，远离了狄斯河的分水岭，而进入了科珀曼河流域。这条宽广、流速很慢的大河正是科珀曼河。那片明亮的大海正是北冰洋。那艘轮船是一艘捕鲸船，偏离了东方，而且偏离东方太远，它从马更些河口出发，然后抛锚在了加冕湾。他回想起在很久以前，他在哈得逊湾的公司看到的那张海图。对于他来说，现在一切都很清楚了，而且非常合理。

他坐起来，然后将他的注意力转向他随即要面临的问题。他已经走得磨透了裹脚的毯子，他的两只脚已经血肉模糊得不成样子。他最后的那条毯子已经用完了，步枪和猎刀都丢了。他不知道在什么地方丢了帽子，因此也丢了藏在帽箍里的那包火柴，不过贴在他胸膛上的那包被放在烟草袋里用油纸包着，它们还在，而且很干燥。他看了看他的表，时针指向十一点钟，而且仍在走着。显然，他从来没有忘记为它上发条。

他很平静，也很冷静。虽然已经极度衰弱，他却并没有痛苦的感觉。他也没有感到饥饿。想到食物甚至也没有让他感到愉快，无论做什么，他现在都仅凭的是理性的催动。他从膝盖部位撕下了自己的两条裤腿，然后用它们包住了他那两只脚。不知道为什么，他竟然还一直留着那个铁皮罐。他准备在动身之前先喝一些热水，他已经预料到，走到轮船将是一段可怕的旅程。

他的动作很慢。他全身颤抖着，正像一个瘫痪的人那样。当他起身准备去收集一些干燥的苔藓时,他发现他已经无法站起来了。他试了一次又一次,后来只能勉强用手和膝盖在地上爬行。有一次,他爬到了那只病狼附近。那头野兽很不情愿地拖着身体躲开了他,用一条似乎连弯曲的力气都没有的舌头舐着它的牙床。这个人注意到,它的舌头不是平常那种健康的红色,而是一种黄褐色,似乎上面涂着一层粗糙、半干的黏液。

喝了一些热水之后,这个人发现他能站起身来了,甚至还可以走几步,就像一个垂死的人所期望的那样走几步。大约每走一分钟,他就不得不休息一会儿。他的脚步既软弱无力,又飘忽不定,就像跟着他的那只狼一样虚弱而不稳。这天夜里,当明亮的大海被夜幕遮盖之后,他知道他向那艘轮船靠近了不到四英里。

透过夜色,他听着那只病狼的咳嗽,也不时听到一些小驯鹿的叫声。在他的四周全都是生命,不过那是强壮的生命,非常活泼和健康的生命,而他知道那只病狼跟在他这个病人身后,是希望这个人第一个死。早晨睁开眼睛,他看到那头野兽正用一种渴望、饥饿的目光盯着他。它蹲坐在那里,尾巴夹在它的两腿之间,就像一条可怜而又愁苦的狗。在早晨的寒风中,它不由自主地全身瑟瑟发抖,每当这个人对它发出一种嘶哑、微弱的声音时,它就无精打采地呲呲牙。

太阳明亮地升上了天空。整整一个早晨,这个人都摇摇摆摆、踉踉跄跄地朝那艘轮船走着,它仍停泊在明亮的大海上。天气完美至极。这是高纬度地区的深秋那种风和日丽的好天气。它可能持续一个星期,也许明天或后天就会结束。

下午,这个人发现了一些痕迹。这些痕迹是另一个人留下的,他不是在走，而是在靠四肢拖着自己向前。这个人认为，那可能是比尔，不过他也只是漠然地想一想而已，对此并无多大兴趣。事实上，感觉和感情已经离开了他，痛苦也不再能够影响他，他的胃和神经都已经沉睡了。然而，他体内的生命却在驱赶着他继续向前。他异常疲倦，可是生命却拒绝死去。由于生命拒绝死亡，所以他仍吃着沼泽浆果和小鲦鱼，喝着他的热水，对那只病狼睁着一只警戒的眼睛。

沿着那个拖着自己前进的人留下的痕迹，他不停地向前走去，不久就来到了那道痕迹的尽头——几块新鲜、被啃过的骨头被丢在潮湿的苔藓上，附近还有很多狼留下的脚印。他看到一只蹲着的鹿皮口袋，和他那只一模一样，不过这只已经被尖利的牙齿咬破了。他提起这只口袋，虽然他那衰弱的手指几乎承受不了这样的重量。比尔临终还带着它。哈！哈！他可以嘲笑比尔了。他能够幸存下去，将这只口袋带上停泊在明亮的大海中的那艘轮船。他的笑声嘶哑而又可怕，仿佛一只乌鸦“嘎嘎”的叫声，而那只病狼也随着他发出悲惨的嚎叫。突然，这个人的笑声停了下来。如果这真的是比尔，他怎么能够嘲笑比尔呢？如果这些骨头，这些红红白白被啃得干干净净的骨头，真的是比尔？

他转身离开了。哦，比尔抛弃了他，可是他不愿拿走那些金子，也不愿意吸吮比尔的骨头。可是，如果彼此调换一下，比尔会做。他摇摇晃晃地向前走着，想道。

他走到一个水塘旁。在弯腰寻找小鲦鱼的时候，他猛地缩回了他的头，好像被刺了一下似的。他看到了自己倒映在水中的脸。如此可怕的一张脸，长得足够令他震惊，竟使他的知觉苏醒过来。

这个水塘里有三条小鲦鱼，可是水塘太大无法淘水，而他尝试用他的铁皮罐去捉它们，几次都没有成功，于是他放弃了。他害怕因为极度虚弱，他会掉进水里淹死。正是由于这个原因，他才没有跨上那些沿沙洲漂流的浮木中的一根，让河水将自己带走。

这一天，他和那艘轮船之间的距离减少了三英里。第二天，两英里左右——因为他现在在爬行，像比尔那样在向前爬行。第五天结束的时候，他发现那艘轮船仍有七英里远，而他每天甚至爬不了一英里。

深秋的好天气仍在继续，而他仍在继续爬行和晕倒，周而复始。那只病狼不停地咳嗽和喘息着，继续跟随在他的身后。他的膝盖已经变得血肉模糊，像他的脚一样，虽然他把身上的衬衫垫在膝盖下，可他身后的苔藓和岩石上仍留下了一路血迹。有一次，他回头看了一眼，他看到那只狼正贪婪地舐着他的血迹，于是他清楚地认识到自己可能会出现的结局——除非——除非他能够干掉那只狼。于是，一幕残酷的生存悲剧开始上演——一个病人向前爬着，一只病狼一瘸一拐紧随在后，两个生命拖着垂死的身体穿过荒原，彼此追逐着对方的生命。

那如果是一只健康的狼，对这个人来说倒没有什么关系了。可是，一想到自己将供应这么一个讨厌、垂死的家伙的胃，他就感到不能接受。他过于挑剔了。他的大脑又开始飘忽不定地漫游，被各种幻觉搞得不知所措，而他清醒的时间越来越少，越来越短。

在一次昏迷中，他因耳边的喘息声而惊醒。那只狼一瘸一拐地向后跳去，由于虚弱而一失足跌倒在地。它那样子很滑稽，可是他并不感到好笑。他甚至也没有感到害怕。那些东西，对于他来说已经太遥远了。不过，他的大脑还是暂时清醒过来，于是他躺在那里，陷入了沉思。那艘轮船离他还有不到四英里远了。他擦掉挡在眼睛上的那层薄翳，可以十分清楚地看到它，而且他还能看到一只小艇在明亮的大海上破浪前进的白帆。可是，他再也不能爬完这四英里了。他清楚这一点，而且对这种认识感到很平静。他知道，他再也不能爬半英里了，可是他仍想活下去。在遭受了一切之后竟然还让他死掉，那简直太不合理了。命运对他要求得也太过分了。虽然生命垂危，可他仍不甘心就这样死去。或许，这完全是一种疯狂的念头，但是即使被死亡紧紧抓在了手心，他还是不愿屈服。他拒绝死亡。

他闭上眼睛，带着极大的警觉使自己镇定下来。他竭力振作起来，不让令人窒息的衰弱无力将自己吞没，可疲倦仿佛一股不断上涨的潮水，穿过了他生命的每一个角落。这种致命的衰弱无力，仿佛无边无际的大海，一涨再涨，一点点淹没了他的意识。有时，他被完全吞没了，可是他在水中仍艰难地划动着以游过灭亡的命运。有一次，凭借着灵魂中一些神奇的魔力，他又找到另外一些残存的意志，更有力地挣出了死亡的掌心。

他仰面朝天躺在那里，一动不动。他听到病狼费力地喘着气，慢慢地向他移近，越来越近。它在靠近过来，非常近了，似乎经过了无穷无尽的时间，而他仍没有动。它到了他的耳边。那条粗糙、干燥的舌头像砂纸一样擦过他的脸颊。他伸出了双手——或者说，至少他身上有某种意志命令它们伸出去。他的手指弯曲得仿佛鹰爪，可是它们什么也没有抓到。速度和准确需要力气，而这个人已经没有了那种力气。

那只狼的耐心非常可怕。这个人的耐心也丝毫不差。有半天的时间,他一动不动地躺着,抗拒着昏迷的袭击,同时等待着那个想要得到他,而他也同样希望能够得到的东西。有时,疲倦的潮水涌上来淹没了他,他会长时间陷入梦境。可是,无论任何时候,无论是醒着还是在梦中,他都在等待那种喘息和那条粗糙的舌头的亲吻。

他并没有听到那种呼吸声,他只是从一些梦境里缓缓苏醒过来,感到有舌头在顺着他的一只手游动。他等待着。一些犬牙慢慢地压在他的手上,力量在逐渐加大。那只狼正拼尽最后一丝力气将牙齿咬进它等待了很久的食物里。可是,这个人也等待了很久,他用那只被撕裂的手抠住了狼的牙床。慢慢地,就在那只狼无力地挣扎、他也同样无力地抠着的时候,他的另一只手慢慢地伸过来一把抓住了那只狼。五分钟后,这个人全身的重量已经压在了狼的身上。他双手的力量虽然不足以掐死这只狼,可是这个人的脸却紧紧地顶住了狼的咽喉,而这个人的嘴里已经塞满了狼毛。半个小时后,这个人知道有一股温暖的流体通过了他的咽喉。那东西并不令人感到愉快,就像是铅液强灌进了他的胃里,而且是他的意志自作主张强灌下去的。后来,这个人翻身仰面朝天躺在那里,睡着了。

在“贝德福德号”捕鲸船上,有一些科学探险队的队员。他们从甲板上看到岸上有一个奇怪的东西,正在向沙滩下的海水移动。他们无法分清它是哪一类动物,于是作为从事科学研究的人,他们就登上船侧面的捕鲸小艇,划到岸上去进行考察。他们发现这个

加拿大北部荒野，一头北极狼从一块浮冰跃到另一块浮冰。由此图可感受到极地荒原空寂的美与危险。

东西还活着,可是几乎已经不能称它为人。它是个瞎子,而且失去了意识。它在地上蠕动着向前,就像一些巨大的蠕虫那样。它的大部分努力都不会产生效果,但是它不停地努力着,它翻着、扭着,一直不停地向前,或许它一个小时可以前进二十英尺。

三个星期后,这个人躺在"贝德福德号"捕鲸船的一个铺位上,眼泪不断沿着他那消瘦的脸颊淌下来。他告诉了人们他是谁,以及他遭遇的一切。他还喋喋不休、语无伦次地说起他的母亲、阳光充沛的南加利福尼亚州,还有一个掩映在桔子树和花丛中的家。

不几天后,他就能够坐在餐桌旁,与那些科学家和船上的指挥官一起吃饭了。他心满意足地看着那么多的食物摆在那里,又忧虑不安地监视着它们吃进了其他人的嘴里。看到每一口食物消失不见,他的眼中都会流露出一种深深的惋惜。他神志健全,只有在进餐的时间才恨人们。他仍在遭受恐惧的折磨,担心粮食不足。他不断向厨师、船上的服务生、船长查问有关食物的贮量。他们向他保证了无数次,以打消他的疑虑,可是他仍不相信他们,他仍会狡猾地溜到贮藏室附近用他自己的眼睛来窥视一番。

显然,这个人在发胖。他每一天都会长胖一些。那些研究科学的人摇着头,开始从中建立他们的理论。他们限制了这个人每顿饭的饭量,可是他的腰身仍在增大,而他衬衣覆盖的部分异常肥胖。

水手们都在咧着嘴笑,因为他们明白其中的缘由。当那些科学研究人员派出一个看守监视这个人的时候,他们也明白了。他们看到,这个人在早饭后便无精打采地走着,然后像一个乞丐一样伸出他的手掌，对一个水手说着什么。那个水手咧开嘴笑了，递给他一片海上吃的干面包。他贪婪地抓住那片面包，看着它，就像一个守财奴看到了黄金一样，然后把它塞进了衬衫里。另外那些咧着嘴笑的水手，也送给了他同样的赠品。

那些研究科学的人很谨慎。他们没有打扰他。可是，他们常常会秘密检查他的铺位。那上面摆着一排排的干面包，床垫里塞满了干面包，每一个隐蔽的地方和裂缝里都塞满了干面包。可是，他的神志是健全的。他是为了预防另外一次可能会发生的饥荒——这就是唯一的原因。那些研究科学的人断言，他会恢复常态的。的确，在"贝德福德号"的铁锚还没有"隆隆"地抛下旧金山湾，他就恢复过来了。

生命的法则

老科斯库什贪婪地倾听着四周的声音。虽然他的视力很早以前就已经衰退了，可他的听力依然很敏锐。在他那布满皱纹的额头后面，即使最轻微的声音也能进入他那衰弱的神经系统，虽然他已经不能看见外面那个世界。哈！这是塞达卡图哈，她一边尖声咒骂着那些狗，一边推推搡搡地将它们套进挽具里。塞达卡图哈是他女儿的女儿，可她实在太忙了，根本无暇想到她那位患病的外祖父正一个人无助地坐在雪地里，被大家遗忘了。帐篷必须拆掉。短暂的白天不会逗留很久，可还有很长的路在等着他们。生命在召唤塞达卡图哈，还有生活的责任，而不是死亡。现在，他却非常接近死亡了。

这种想法使老人感到一阵惊恐，他向前伸出一只颤抖的手，哆哆嗦嗦地摸索着他身边的一小堆干柴。在确信干柴确实堆在那里之后，他把手又缩回到他那肮脏的皮袄里，然后继续倾听着周围的声音。半冻的兽皮发出的沉闷破裂声告诉他，酋长的鹿皮帐篷已经被拆了，甚至正在被折叠成轻便的包裹。酋长是他的儿子，身体魁梧而又健壮，是这个部落的头人，也是一个聪明的猎人。当妇女们收拾帐篷、行李的时候，他高声斥责她们行动太慢了。老科斯库什一直竖起耳朵听着。这是最后一次，他能够听到这种声音了。在那边，基霍的帐篷已经拆完了！塔斯肯的也拆完了！七、八、九，只有巫师的帐篷还竖在那儿。好了！现在，他们开始拆了。他能够听到巫师把帐篷放上雪橇时的嘀咕声。一个孩子呜咽着，而一个女人正在柔声安慰他，低声哼着歌。那是小库蒂，这个老人想，一个性情烦躁的孩子，身体并不强壮。他很快就会死掉，或许人们会在冻结的土层里烧个洞，然后在上面堆些岩石，以免狼獾将他的尸体叼走。哦，那又有什么关系？他最多还能活几年了，在这几年里肚子空空的时候和吃饱的时候一样多。最后，死亡等在那儿，永远饥饿地等着他们所有的人饿死。

那是什么声音？哦，男人们正抽打着雪橇，拉紧上面的皮带。他听着这些以后再也不会听到的声音。皮鞭呼啸着抽在狗群里。他可以听到它们的哀鸣。它们多么憎恨拉橇的工作和跑不完的路啊！它们出发了，一架架雪橇慢慢启动，驶入了寂静之中。他们走了。他们走出了他的生命，他将独自面对最后这段痛苦的时光。不。一双鹿皮鞋踩着积雪的“嘎吱、嘎吱”声响起来，一个男人走到他的身边，将手轻轻放在他的头上。他的儿子这样做非常好。他记得，其他老人的儿子从来都没有谁留在部落的最后，可是他的儿子这样做了。他陷入对往事的回忆中，直到那个年轻人的声音将他拉回现实。

“你感觉还好吗？”他问道。

老人回答：“很好。”

冬天，雪橇是极地地区唯一的运输工具。当地居民发明了一种带有一个与滑板分离的过梁的雪橇。最好的、也是在克朗代克备受赞誉的雪橇是用木头做成的，轻便而且坚固，可以载重500磅甚至700磅(200－300公斤)。但是由于冻土地带缺少这种材料，所以雪橇制作者不得不用鲸骨做滑行装置，用驯鹿角做过梁。

“木柴在你旁边，”年轻人继续说道，“火烧得很旺。早上天阴沉沉的，不那么冷了。很快就要下雪了。现在已经开始下雪了。”

“唉，现在已经开始下雪了。”

“部落里的人都急着赶路，他们的行李都很重，他们的肚子都还饿着。路很长，他们要快点儿走。现在我要走了。你感觉还好吗？”

“好啊。我已经是上一年的树叶了，只是轻轻地连在树枝上，第一阵微风吹过来就会掉下去。我的声音已经变得像一个老女人了，我的眼睛已经看不见我脚下的路了，我的脚步很重，而且我累了。好啊。”

他满足地低下头，直到积雪痛苦的抱怨声远远地消失了，他知道他的儿子不会再回来了。这时，他的手又急忙伸向木柴。它正孤独地矗立在他和向他敞开的永恒之间。最后，测量他的生命长度的是一把木柴，它们将一根接一根地送去供应火，正是这样，死亡一步一步向他靠近。当最后一根木柴交出去烧完，寒冷就会一点点袭来。首先他的脚会失去知觉，随后是他的手，然后麻木会逐渐蔓延，慢慢地从四肢延伸到躯干。他的头会向前落到膝盖上，就这样结束生命。这很容易。所有的人都会死去。

他没有抱怨。这就是生命的光景，它是公平的。他出生在这片土地附近，他也生长在这片土地附近，这里的生活法则他并不陌生。这是所有生命的共同法则。大自然对于众生并不慈悲。她毫不关心被称为个体的具体生命，她只对整个人类、整个种族有兴趣。这是老科斯库什尚未开化的脑子里所能产生的最深刻的思想，而他紧紧抓住了这一点。他看到，这种思想在所有的生命中都得到了证明。树液向上升去，鲜嫩的柳枝忽然绽出柳芽，黄叶飘落在地上——在这些简单孤独的生命中，它们都讲述着整个生命的历史。可是，自然也为个体生命安排了一项使命。他不履行这项使命，他会死。他履行了这项使命，他同样也要死。自然对此并不介意。有许多人很顺从，而且只是顺从了这一个规律，但顺从并不意味着就会永远活下去。科斯库什的部落是一个非常古老的部落。在这个老人还是一个男孩子的时候，他就认识很多老人，而且还知道一些更老的人，因此这个部落的存在是真实可信的，它证明了整个部落的人的顺从，包括那些沉睡在被人忘记的墓地的被人们忘记的人。他们并没有什么价值，他们只是中间的一段插曲。他们的死亡就像漂浮在夏季天空中的乌云。他也是一段插曲，也会过去。大自然并不在意这一点。对于生命来说，她只有一项任务就是制定法则。生命的任务就是要使生命不断延续下去，而它的法则就是死亡。一个少女看上去非常美丽，丰满而健壮，她的脚步轻盈，眼睛明亮。可是，她的任务也在她的眼前。她的眼睛光彩四溢，她的脚步愈发轻快，她在小伙子们面前有时大胆妄为，有时胆小羞怯，她内心的躁动不安也搅得他们心神不安。她会越长越娇美，看上去非常漂亮，直到有些猎人再也无法控制自己，把她娶进自己的帐篷为他煮饭、干活儿，成为他的孩子的母亲。随着儿女的长大，好看的容貌渐渐离她远去。她的四肢变得笨重而迟钝，她的眼睛变得暗淡而浑浊。最后，只有小孩子才高兴和这些坐在火边、形容枯槁的老妇人在一起。她的任务完成了。可是不久，一旦饥荒到来或者是长途迁徙，她就会被人们丢下，就像他被丢下一样，留在雪地里，只有一小堆木柴。这就是法则。

他小心翼翼地将一根木柴放进火里，继续他的沉思。世界各地都一样，所有的事情都一样。蚊子会随着第一次霜冻消失不见；小松鼠会爬到远处死去；兔子老了就会变得脚步缓慢笨拙，再也跑不过它的敌人；甚至连长得又笨、又瞎、又总是吵吵闹闹的大光脸狗，最后也会被一群狂吠的爱斯基摩犬拖走。他还记得一个冬天，他怎样把自己的父亲抛在了克朗代克河上游的岸边，那个冬天在那位传教士带着他的传教书籍和药箱到来之前。很多次，只要想起那个药箱，老科斯库什就会咂嘴赞叹不已，虽然他的嘴现在已经再也不会潮湿了。止痛药真是特别好的东西！可是，那个传教士也是一个大大的麻烦，因为他从来没有带一块肉回营地，可吃起肉来却很积极，猎人们对他有很多怨言。不过，他在穿过梅奥河边的分水岭时，冻坏了肺，死了。那些狗用鼻子拱开他坟上的石头，为了争他的骨头还打了起来。

科斯库什又往火里放了一根干柴，然后回到了更遥远的过去。那是一次巨大的饥荒，老人们肚子空空地蜷缩在火边，嘴里讲述着远古时代的传说，那时育空河连续三年冬天河水泛滥，又一连三年夏天河流冻结。在那次饥荒中，他失去了他的母亲。夏季到来的时候，鲑鱼没有游回这里，于是部落里的人盼望着冬天到来，那样他们可以去捕捉驯鹿。然后，冬天到来了，却没有驯鹿。在那些老人的一生中，他们还从来没有听说或经历过这种事。可是，驯鹿还是没有来，那已经是第七年了，连兔子都不多，狗们全都没有用处却瘦得只剩下了骨头。在漫长的夜晚，孩子们哀号着死去，然后是妇女和老人，最后全部落不足十分之一的人活了下来，看到了第二年春天的太阳。那真是一场饥荒！

可是，他也见过丰收的景象。那时，肉会在他们手中放坏，那些狗由于吃得太多变得肥胖过度，结果什么也做不了——那时，他们会让猎物逃走而不是杀死它们。女人们生了很多孩子，帐篷里乱糟糟地挤满男孩儿和女孩儿。男人们变得大腹便便，争论着那些古代的事情，或者越过分水岭到南部去消灭帕里人，然后又去西方到那些塔纳纳人已经熄灭的火堆旁坐一坐。他记得，在他还是一个男孩子的时候，正赶上一个丰年，他看到一头驼鹿被一群狼扑倒在地。那是京哈和他一起躺在雪地里看到的——京哈后来变成了最聪明的一个猎手，可是他最后却掉进了育空河的冰窟窿里。他们找到他的时候已经是一个月之后，他似乎已经爬出了半个身子可是却被结结实实地冻在了冰上。

可是，那头驼鹿。京哈和他那天一起出去，本来是要模仿他们的父亲的样子玩打猎游戏。在小溪的河床上,他们发现了一头驼鹿刚刚留下的脚印,附近还有很多狼的脚印。

“一头老家伙”,京哈看着那些脚印,很快便说道,“一头老得跟不上同伴的驼鹿。狼群把它从它的同伴中拦了下来,根本不让它逃走。”

事实正是这样。这是狼群的捕猎习惯。它们会不分昼夜地跟随着猎物,决不会停下来,它们在猎物的后面嗥叫着,猛地去抓它的鼻子,就这样一直跟到最后的时刻。这时,京哈和他都感到他们心里产生了一种厮杀的欲望!最后的时刻看上去一定会非常精彩。

他们追踪着那些脚印,甚至连观察力尚不敏锐、从来没有过跟踪经验的他,科斯库什,也能跟在它们身后,因为它们的脚印实在是太明显了。他们紧紧地追随在那些野兽后面,观察着最残酷的惨剧发生的每一步。那时,他们来到驼鹿曾经站过的地方。这地方有三个成年男人的身体那么长,雪上到处都是脚印而且积雪被扬得到处都是。在这个地方的中间,留有那头分蹄动物深深的印迹,在周围各处则是狼较浅的脚印。有时,在同伴们正在追杀猎物的时候,有的狼却躺在一旁休息,它们摊开四肢躺在雪里的痕迹完好无损,好像那是它们刚刚才留下的。一只狼在那头疯狂的驼鹿的进攻中被踩死了。几根被啃得干干净净的骨头还留在那儿,令人厌恶地证明了所发生的一切。

在另一个地方,他们第二次停下了脚步。在这里,那头巨大的动物进行了拼命的反抗。从雪地上留下的痕迹可以看出,它曾经两次被扑倒在地,可它竟又两次挣脱了进攻的狼,重新站起身来。

驼鹿，哺乳动物，是最大型的鹿，毛黑棕色，头大而长，颈短，鼻长如骆驼，尾短，四肢细长。雄驼鹿有角，角上部呈铲形。肉可以吃，皮可以制革。多分布于北半球高寒地区。

它早已完成了生命的使命，可它依然渴望活下去。京哈说，这真是一件怪事，一头驼鹿被扑倒了竟然还能再次站起来，然而这头驼鹿确实做到了。假如他们把这件事告诉巫师，他一定能从中看出什么预兆和奇迹。

后来，他们又追踪到了一个地方。在这里，驼鹿试图冲上堤岸跑进树林。可是，它的敌人从后面进攻它，直到它直起身子向后倒下去，将两只狼深深地埋进了雪里。显然，一场厮杀即将开始，因为那两只狼的同伴连碰都没碰就丢下它们的尸体，丝毫没有放松追赶。他们匆匆经过驼鹿两次停留的时间比较长的地方，而这两次间隔的时间却很短暂，距离也很近。此刻，路上开始出现血迹，那头庞大的动物的清晰脚印开始变得仓皇和零乱。然后，他们第一次听到了搏斗的声音——不是追赶时洪亮的齐声嗥叫，而是短促、干脆的咆哮，说明双方正在进行近距离的搏斗和撕咬。京哈趴在雪地上，迎着风爬上了山坡，和他一起爬的还有他，科斯库什，多年后部落的酋长。他们一起将一株小云杉垂下的枝条猛地推到一边，向前望去。他们看到了结局。

当时的景象，正像他青春时期所有的回忆一样，一直深深地印在他的脑子里。他暗淡的眼睛这时又看到了当年那最后一幕，它依然和多年前一样生动。科斯库什对此感到很是惊奇，因为自从那一天之后，当他成为人们的首领和议会的领袖后，他做了很多了不起的事情，使他的名字成了帕里人嘴里的诅咒，他们莫须有地说他在一次公开的决斗中，刀对刀，杀死了一个陌生的白人。

他对青春时代的回忆持续了很长时间，直到火快要熄灭，寒冷更加刺骨为止。这次，他往火里增添了两根木柴，衡量着剩下的木柴还可以支撑自己活多久。如果塞达卡图哈心里还记得他的外祖父，多搜集一些木柴，他就可以多活几个小时了。那很容易，可是她是一个粗心的孩子，而且自从京哈的孙子比沃第一次看了她一眼后，她就不再尊敬她的祖先了。哦，这又有什么关系？在他自己那飞快流逝的青春时代，他不是也做过同样的事情吗？他在静默中倾听了一会儿。或许，他的儿子心会变软，会带着狗返回来，接上他的老父亲随同部落一起前往那个有很多肉质肥美的驯鹿的地方。

他竖起他的耳朵听着，他那纷繁的思绪暂时平静了下来。没有一丝声响，什么都没有。在可怕的寂静中，只有他一个人的喘息声。多么可怕的孤独。听！那是什么声音？一股寒流瞬间穿过他的身体。那熟悉的、长长的嗥叫打破了四周的空寂，而且就在身边。这时，他漆黑的眼前出现了那头驼鹿的死亡的景象——那头老公驼鹿——它的肚子被撕烂了、两肋流着血，它的鬃毛凌乱不堪，分叉的大鹿角低垂着，而且不断颤抖到最后。他看到一个灰色的身影闪过，它的眼睛闪着光，舌头从嘴里伸出来，犬牙上淌着口水。他还看到，那个无情的圈子在逐渐缩小，直到在凌乱的雪地上成为一个黑点。

一张冰冷的嘴碰了碰他的脸颊，将他的思绪带回到现实之中。他的手伸向火堆，从中抽出一根燃烧的木柴。出于对人类恐惧的天性，那头畜生退到了一旁，可是它高声长嗥着，召唤着它的同伴，而它们也用贪婪的声音回应着它的呼唤，直到它们蹲伏下来，围成一个灰色的圈，流着口水将老人团团围住。老人听到，那个圈在逐渐缩小。他不停地挥舞着燃烧的木柴，嘴里的喘息也变成了咆哮。可是，那些吁吁喘着粗气的畜生并不肯散去。其中一只狼挺着胸、拖着腰慢慢地爬了过来，然后是第二只，接着是第三只。没有一只后退。为什么他还要抓住生命不放呢？他问自己，然后将手中燃烧的木柴扔到雪中。它“嗞嗞”响着熄灭了。环绕着他的畜生发出不安的呼噜声，可是仍站在那里。科斯库什又一次看到了最后还站着的那头老驼鹿，然后他疲惫地将头垂至膝盖。一切又有什么关系？难道这不是生命的法则吗？

强者的力量

寓言不会骗人,可是骗子会说寓言。

——里普·金

长胡子老人停止了他的叙述,舔了舔他那油腻的手指,然后在他那没能被粗糙的熊皮上衣遮住的肋部擦了擦。围绕在他身边的,是三个蹲在自己腿上的年轻人,他们是他的三个孙子:奔跑鹿、黄毛儿和小怕黑。他们从外表看起来几乎一模一样,每个人披着一块只能遮住一部分身体的兽皮。他们的体形又瘦又小,窄窄的小屁股,腿有些弯曲,胸部却很厚实,有着粗壮的胳膊和大手。他们的胸脯、肩膀以及胳膊和大腿的外侧,长了很多毛,头顶上那些未曾剪过的长发乱蓬蓬地纠结在一切,长得经常挡住眼睛,而那圆圆的黑眼睛闪闪发光,就像鸟的眼睛一样。他们的头,两眼部位狭窄,而脸颊部位宽大,短短的下巴很厚,向前突起。

这是一个晴朗的夜晚,繁星璀璨。在他们的下面,是被森林覆盖的群山,它们绵延不绝,一直伸向远方。在遥远的天际,一座正在爆发的火山的火光映红了天空。在他们背后，一个山洞张开黑漆漆的大嘴，不时吐出一阵阵寒风。在他们面前有一堆正在燃烧的篝火，火堆的一旁躺着一头已经被吃掉了一部分的死熊，而在附近稍远的地方，卧着几条像狼一样的厚毛大狗。他们每个人身边，都放着自己的弓箭和一根大木棒。洞口的岩石上，斜靠着一些尖利的长矛。

"就这样，我们从山洞搬到了大树上。"长胡子老人继续说道。

他们都响亮地大笑起来，就像是一群大孩子，因为他们不由得想起了老爷爷从前讲过的一个故事。长胡子也大笑起来，一根长五英寸的横穿过他的鼻软骨的骨针，也随着他的笑声上下跳动着，使他的相貌看上去更加凶猛。当然，他说过的话并不是非常精确地被记录在这里，不过他嘴里那种类似野兽的声音所要表达的意思，和我们记录的内容实际上完全一样。

"这是第一件我记得的发生在海谷的事，"长胡子继续说着，"我们那时是一群大傻瓜。我们不懂得力量的奥秘。因为，看吧，每一家都是自己过自己的生活，自己照管自己。我们有三十个家庭，可是我们彼此从来不把力量合起来。我们在什么时候都互相提防，从不互相来往。我们都在自己的树尖上搭起一个小草房，还在草房外边的平台上放了一堆石头，一旦有人偶尔想来拜访我们的时候，我们就用石头砸他的脑袋。另外，我们还准备好了长矛和弓箭。我们从来不走到另外一户人家的树下去，任何一家都不去。有一次，我哥哥走到老布乌家的树下，他的脑袋被砸破了，一下子就送了命。

"老布乌是一个力气很大的人。听人说，他能一下子揪下一个成年男人的脑袋。我从来没听说他这么干过,因为没人愿意让他揪一次。我父亲也不愿意。有一天,我父亲到海滩上去了,布乌来抢我的母亲。她跑得不快,因为前一天她到山上采浆果的时候,她的腿让一头熊给抓伤了。就这样,布乌就抓住了她,把她抱进他在树上的草房子里。我父亲一直没有把她抢回来。他害怕。老布乌对他做了个鬼脸。

"可是,我父亲并不在意。'壮胳膊'是另外一个大力士,他也是一个最好的捉鱼高手。可是,有一天他登高去找海鸥蛋时,从悬崖上掉了下来。从那天以后,他就再也不强壮了。他总是不停地咳嗽,两个肩膀都快要缩到一块儿去了。这样,我父亲就抢走了壮胳膊的妻子。每当他走过来,在我们家的大树下咳嗽的时候,我父亲就嘲笑他,还向他扔石头。那时候,我们就是这样。我们不懂得,如何把大家的力量合在一起,让我们变得强大起来。"

"一个弟兄会去抢另一个弟兄的妻子吗?"奔跑鹿问道。

"会,如果他自己住到另外一棵树上去了,就会发生这种事。"

"可是,现在我们已经不干这种事了。"小怕黑反驳道。

"那是因为我把你们的父辈教导得好一些了。"长胡子将他那一只毛茸茸的手伸进熊肉中,抓出一把板油,吸吮着陷入了沉思。然后,他又把他的手在裸露的肋部擦了擦,继续说道,"我告诉你们的这些事都发生在很久以前,我们那时候懂得很少。"

"你们肯定都是傻瓜,所以才懂得不多。"奔跑鹿说出了自己的意见。

黄毛儿也咕哝着,赞同他的看法。

"当然,我们是傻瓜,可是,后来我们变成了更大的傻瓜,等一下你们就会明白。可是,我们已经学得好多了,这是我们必然要走的路。那时候,我们这些‘吃鱼的人’没有学会把我们的力量合起来,直到我们个人的力量成为我们全体的力量。可是,那些居住在分水岭那边大山谷里的‘吃肉的人’,他们却团结一致,他们一块儿打猎,一块儿捉鱼,也一块儿打仗。一天,他们走进了我们的山谷里。我们每一家都跑进了自己的山洞或是上了树。他们只有十个‘吃肉的人’,可是他们一块儿打仗,而我们打仗却是每一家自己管自己。”

长胡子伸出他的手指,为难地数了很长时间。

“我们有六十个男人,”他一边用手指比划着,一边动嘴说着,“我们都很强壮,只是我们自己并不知道这一点。我们就那样在一边看着,看那十个男人攻击布乌的大树。他奋力地和他们打起来,可是他根本打不过他们。我们都在一边看着,没人去帮忙。当几个‘吃肉的人’开始爬树的时候,布乌不得不从草房子里出来,用石头砸他们的脑袋,可是另外那几个‘吃肉的人’正等着他出来,射得他满身都是箭。然后,布乌就彻底完了。

“接下来,‘吃肉的人’又去进攻住在自己的山洞的‘一只眼’和他一家人。他们在洞口点了一堆火,把他熏了出来,就像我们今天从熊窝里把熊熏出来一样。然后,他们又爬上‘六根指头’的大树,杀死了他和他的大儿子。我们这些剩下的人都赶快逃跑了。他们抓住了我们几个女人,杀死了两个跑不快的老人和几个孩子。那些女人都被他们带走,去了大山谷。

“后来,我们这些剩下的人偷偷跑了回来,也不知道为什么,或许是因为我们感到害怕,也感到互相需要,总之我们就聚在一块儿说起了这件事。这是我们第一次在一块儿开会——第一次真正地开会。在这次开会的时候,我们组成了我们的第一个部落,因为我们已经学到了这个功课。那十个‘吃肉的人’,每一个人都有十个人的力气,因为他们十个人在打仗的时候就像是一个人一样。他们把每个人的力气都加在了一块儿。虽然我们有三十户家庭和六十个男人,可是我们有的力气只是一个人的力气,因为我们每个人都是单独在打仗。

“我们在一块儿说了很长时间,而且说得很辛苦,因为当时我们还没有今天我们说话的这种语言。后来,过了很长时间,一个名叫臭虫的人才造出一些词,我们中的其他人有时候也造了一些词。不过,在最后我们都同意,等‘吃肉的人’翻过分水岭来抢我们的女人的时候,我们要把我们的力量合在一块儿像一个人一样。这就是我们的部落。

“我们派了两个人把守分水岭,一个人负责白天,一个人负责晚上,监视着‘吃肉的人’有没有过来。他们就是部落的两只眼。然后,不管是白天还是晚上,我们都专门有十个男人拿着木棒、长矛和弓箭不睡觉,随时准备着打仗。从前,一个人每次出去捉鱼、捉蛤或者是找海鸥蛋的时候,总要带上他的武器,一半的时间求食,一半的时间观察着四周,因为他害怕会有人来进攻他。现在,一切都变了。人们出去时再也不用带着他们的武器了,他们可以把所有的时间都用在求食上了。照样,女人们进山挖菜根和采浆果的时候,那十个男人里会有五个陪她们去,负责保护她们。不管什么时候,不管是白天还是晚上,部落的两只眼会一直在分水岭上监视着敌人的动静。

“不过，麻烦又来了。这次，照常是为了女人。一个男人如果没有女人，他就总想着其他男人的女人，男人们为这种事打了很多回架，总是有男人的脑袋被砸烂，或者身体被长矛刺透。有一次，一个男人到分水岭上去负责守望，另一个男人趁机偷走了他的女人，他下山后就去找这个人打架。这时候，另外那个负责守望的人，因为害怕什么人抢走他的妻子，他也就照样下山回来了。同样，那十个总是带着武器的男人中间也出了麻烦。他们五个人对五个人打了起来，直到一些人跑向海岸，其余的人在后边追他们。

“就这样，这个部落没有了眼和守卫。我们再也没有六十个人的力量了。我们所有的力量都没有了。于是，我们又开了一次会，在会上规定了我们最早的法律。那时候，我虽然只是一个不懂规矩的年轻人，可是我还记得当时的情景。我们说，为了强大起来，我们一定不能彼此打架，而且我们规定出一条法律，如果一个人杀死了另一个人，他就要被部落杀死。我们还规定了另外一条法律，谁要是偷另一个男人的妻子，他也要被部落杀死。我们说，不管一个人他有多么强壮有力，如果他要是靠力气来伤害他在部落里的弟兄，我们都要杀死他，让他的力气再也不能伤害更多的人，因为如果我们让他的力气继续伤害人，兄弟们就会变得怕他，那样部落就会四分五裂，我们还会变得没有一点儿力量，就像那些‘吃肉的人’第一次来攻打我们还杀了布乌的时候一样。

“‘指关节骨’是一个大力士，一个非常有力气的男人，他不懂得我们规定的法律，他只懂他自己力量，而且还很自以为是，因此他就跑去抢了‘三蛤’的妻子。‘三蛤’想和他打架，可是‘指关节骨’一棒子就打出了他的脑髓。不过，‘指关节骨’忘了，我们已经把我们所有人的力量都合在了一块儿，来保护我们规定的法律，于是他就被我们杀死在他自己的大树下，而且我们还把他的尸首挂在一根树枝上作为一种警告，让人们明白法律比任何人都有力量，因为我们所有的人就是法律，没有一个人的力量能超过法律。

“后来，又有了其他麻烦，因为你们不知道，哦，奔跑鹿、黄毛儿和小怕黑，你们得知道，建立一个部落是多么不容易的一件事。总是有很多事，都是小事，每一件事都要召集所有的人来开会，那实在是太麻烦了。我们早上开会，中午开会，晚上开会，甚至半夜里还要开会。我们只能找出很少的时间出去求食，会议太多了，因为总有很多很多小事要处理，比如像要委派两个新守望到山顶上去换下老的那两个，或者是应该分多少食物给那些手里总是拿着武器、不能去求食的人。

“我们需要一个头人来处理这些事，他就是会议的声音，然后他要把他做的事向会议说明白。这样，我们就指定菲斯菲斯作了头人。他也是一个大力士，非常狡猾，每次他发火的时候，他总是发出‘菲斯菲斯’的声音，就像一只野猫。

“部落的那十个保卫者被派去造一道石墙，这道墙造在山谷最窄的地方。女人和大孩子们都跑去帮忙，还有其他一些男人，直到大家一块儿把那道墙造得结结实实。从那儿以后，所有的家庭都从他们的山洞里、大树上搬过来，在墙后边盖起了草房子。这些草房子盖得很大，比山洞和树上的草房子好多了，这样每个人都活得快快乐乐，因为我们把力量合在一块儿，变成了一个部落。由于有了墙、守卫和守望的人，我们有更多的时间去打猎、捉鱼、挖菜根和采浆果，我们就有了更多的食物，比以前更好的食物，再也没有人挨饿了。再说说‘三条腿’，因为腿在小时候摔坏了，要拄着一根木棍走路而得到这个名字的家伙——他采到一些野玉米种子，种在离他家最近的山谷里。另外，他还试着种了一些肥菜根和其他从山谷里找来的东西。

“我们住在海谷很安全，因为那里有墙、有守望的人还有守卫，也因为那里食物很多，人们再也不用为食物打架了。后来，那些住在靠海的山谷两边的家庭，还有那些住在高高的后山上过着像野兽一样生活的人，都跑来和我们住在一块儿。没过多久，海谷里就住满了人，有数不清的家庭。可是，在这些人搬到这儿来住之前，那些本来谁都可以用、属于所有人的土地，已经被分占了。‘三条腿’在种谷子的时候先开始占了一块地。不过，我们大多数人都没在意那些土地。我们认为用石头墙标明地界是一桩蠢事。我们现在有很多食物吃，我们还要那么多土地干什么？我记得，父亲和我帮‘三条腿’修了一道石墙，还得到了一些玉米作为报答。

“就这样，所有的土地只是被几个人分占去了，其中‘三条腿’占得最多。这时候，另外那几个占了土地的人，又把那些土地给了其他那些占着土地不放手的人，作为报答他们得到了玉米、肥菜根、熊皮和鱼。那些鱼是种地的人用玉米从捉鱼的人那儿换来的。这样，等我们开始明白其中的道理时，所有的土地都已经被人占完了。

“大约就在这个时候，菲斯菲斯死了，他的儿子狗牙做了部落的酋长。他无论如何也要当酋长，因为他父亲以前就是酋长。还有，他把自己看作是一个伟大的酋长，比他父亲更了不起。他开始的时候是一个好酋长，做事很努力，这样会议要决定的事越来越少了。后来,海谷出现了一个新声音,这个人就是‘歪嘴’。我们大家从来没有留意过他,直到有一天他开始跟死人的灵魂说起话来。后来,我们都叫他大胖子,因为他吃得太多了,可是又不肯干活儿,所以长得圆滚滚的,个子还挺高。有一天,大胖子告诉我们说,他清楚那些死人的秘密,他是神的声音。后来,他和狗牙变成了最要好的朋友,狗牙还派人给大胖子造了一座草房子。然后,大胖子就围着这座房子定了很多禁忌,房子里边还供着神。

“狗牙的势力变得越来越大,最后超过了会议,所以会议里的人们开始对他不满,说要指定一个新酋长。这时候,大胖子就开始用神的声音说话,他说不行。同样,‘三条腿’和另外那些占了土地的人也站在狗牙背后支持他。另外,那时候会议里最有地位的人是海狮,那些地主背地里给了他一些土地,连同很多熊皮和很多篮玉米。于是,海狮说大胖子的声音真是神的声音,必须顺从。不久,海狮就被指定成了狗牙的声音,狗牙的大部分话都让海狮替他说。

“然后,有一个人叫小肚子,是一个小个子,身体中间很细,所以看上去就像从来都吃不饱一样。在河口里边,沙坝把海浪的力量变小了,他在那里造了一个很大的捉鱼器。从来没有人看见过捉鱼器,甚至我们连做梦都没有想到过那种东西。为了造那个家伙,他和他儿子、他妻子一直不停地干了好几个星期,当时我们都嘲笑他们这么干,可是等捉鱼器做好了,他第一天就捉到很多鱼,比我们整个部落一个星期里捉到的鱼都多,所以我们都很高兴。那时候,河里只剩有一个地方还可以造捉鱼器,可是当我父亲、我、还有另外十二个人开始在那里造一个非常非常大的捉鱼器的时候,那些守卫从我们为狗牙建起的大草房子里走出来,用他们的长矛刺我们,告诉我们走开,因为小肚子要在这里再造一个捉鱼器,海狮已经答应了,因为他可是狗牙的声音。

“大家都很不满意,我父亲就召集大家开会。可是,他站起来说话的时候,海狮用一根长矛一下子刺穿了他的喉咙,然后他就死了。狗牙、小肚子、‘三条腿’、还有所有那些占着土地的人,他们都说海狮做得很对。大胖子说,这是神的意愿。从那儿以后,所有的人都开始害怕在开会的时候站起来,所以开会就变得再也没什么用了。

“部落里还有一个人叫猪下巴,他开始养山羊。他是在那些‘吃肉的人’中间听说这回事的,不久后他就有了一大群羊。另外那些人呢,他们没有土地也没有捉鱼器,为了不至于饿肚子,他们都高兴为猪下巴干活儿,照看他的山羊,保护它们不被野狗和老虎吃掉,而且还赶着它们到山上去吃草。作为报答,猪下巴给他们山羊肉吃,给他们山羊皮穿,而他们有时候就用羊肉去换一些鱼、玉米和肥菜根。

“这时候,钱就出现了。海狮是最早想到钱的人,他跟狗牙和大胖子商量了这件事。你们看,在海谷里的任何东西他们三个人都要分一份。每三篮子玉米他们要拿走一篮子,每三条鱼他们要拿走一条,每三只羊他们也要牵走一只。作为报答,他们把这些东西一部分用来养活那些守卫和守望的人,剩下的就全都归他们自己了。有时候捉到的鱼太多,他们不知道该怎么处理他们拿走的那一份,于是海狮就让女人们做了一些贝壳钱——一些小圆片,每个圆片穿一个洞,而且全都做得又光滑又漂亮。最后,这些圆片用线穿起来变成一串一串的，这些贝壳串就叫钱。

“每一串钱值三十条鱼或者四十条鱼，可是那些女人每天做好几串钱后，只能得到两条鱼。这些鱼都是狗牙、大胖子和海狮从他们分来的那三分之一里拿出来的，因为他们三个吃不完。这样，所有的钱都属于他们三个人。后来，他们告诉‘三条腿’和另外那些有土地的人，他们在上交收获的玉米和肥菜根的时候要用钱，小肚子他们在上交鱼的时候也要用钱，猪下巴他们上交山羊和奶酪的时候也要用钱。一个什么东西都没有的人，在为一个有东西的人干活儿的时候，他得到的报答也是钱。他用这些钱可以买玉米、鱼、肉和奶酪。‘三条腿’和所有有东西的人，上交给狗牙、海狮和大胖子的三分之一也要用钱，守卫和守望的人在他们那里得到的也是钱，然后他们再用这些钱去买食物。后来，因为钱很便宜，狗牙就让更多的人来做守卫。再后来，因为钱很容易造，有一些人他们就自己用贝壳造钱。可是，那些守卫就用长矛刺他们，把他们全身射满了箭，因为他们那么做是在破坏部落。破坏部落是很严重的事，因为那些‘吃肉的人’会翻过分水岭，杀死我们所有的人。

“大胖子是神的声音，可是他找到一个叫断肋骨的人，让他成了一个教士，所以断肋骨就变成了大胖子的发言人，大胖子的大部分话都让他来说。他们两个都有一些仆人来伺候他们。同样，小肚子、‘三条腿’和猪下巴也有一些仆人躺在他们的草房子四周晒太阳，随时为他们传送消息和命令。这样，越来越多的人不再干活儿，其他那些人就干得比以前更辛苦。人们似乎都不愿意干活儿了，都尽量想出一些办法让其他人来为自己干活儿。这时，一个叫斜眼的人找到一个办法。他第一个用谷子造出了烧酒。从那时候开始，他就不怎么干活儿了，因为他已经背地里跟狗牙、大胖子和另外那些主子们商量好了，他们都同意只让他一个人来造烧酒。不过，斜眼并不自己动手干活儿，他都是让别人来干，他给他们钱。后来，他卖烧酒换钱，所有的人都跑去买他的烧酒。他给了狗牙、海狮和他们所有的人很多很多串钱。

“在狗牙娶第二个妻子、第三个妻子的时候，大胖子和断肋骨都替他说话。他们说，狗牙和其他人不一样啊，除了大胖子一直供奉在草房子里的神，狗牙在我们这里最大，当然狗牙自己也这么说，他还想查清楚到底是谁抱怨他娶了那么多女人。那时候，狗牙造了一只大独木舟，他找来很多很多过去一直干活儿的人，这些人现在什么活儿都不干了，只是躺在那儿晒太阳，等狗牙乘着独木舟出海的时候替他划船。然后，狗牙又让一个叫老虎脸的人做了所有守卫的头领，于是老虎脸就成了他的好帮手，在他不喜欢谁的时候，老虎脸就去替他把那个人杀死。另外，老虎脸也找了另外一个人做他的好帮手，按照他的命令去为他杀人。

“可这真是怪事，一天天过去了，我们这些剩下来干活儿的人越来越辛苦，我们吃的东西却越来越少了。”

“可是，那些山羊、玉米、肥菜根和捉鱼器，”小怕黑开口说道，“那些东西全都跑到哪儿去了？人不停地干活儿，得到的食物不应该更多吗？”

“当然是这样，”长胡子赞同地说，“三个人用捉鱼器捉到的鱼，比从前整个部落有一个捉鱼器的时候捉到的鱼还多。可是，我不是说过我们都是傻瓜吗？我们能得到的食物越多，我们吃到的食物却越少了。”

“可是，这是很明显的道理，是不是那些食物都让那么多不干活儿的人全部吃光了？”黄毛儿问道。

长胡子悲哀地点点头。

“狗牙的狗都让肉喂得肚子饱饱的，还有那些躺着晒太阳的人什么活儿也不干，却活在肉堆里，这时候却有很多小孩子饿得大哭大叫，最后哭着哭着就睡着了。”

老爷爷讲述的饥荒刺激了奔跑鹿，他撕下一大块熊肉插到一根木棍上，然后在火上烤起来。后来，他嘴里“吧唧”、“吧唧”地大嚼着烤肉，继续听长胡子老爷爷讲下去。

“每次我们抱怨的时候，大胖子就用神的声音对我们说，神挑出那些聪明的人，给了他们土地、山羊、捉鱼器和烧酒，如果没有这些聪明人，我们现在还都过着像野兽一样的日子，就像我们从前住在树上的时候一样。

“那时候有一个人，他成了一个专门为部落大王唱颂歌的人。人们都叫他臭虫。因为他是一个小个子，脸和手脚都长得很丑，而且干活儿和办事都比不上别人。他喜欢吃最肥的骨髓、最上等的鱼、刚挤出来的热羊奶和第一茬长熟的谷子，而且他还喜欢坐在火边最暖和的地方。于是，他做了一个专为大王唱歌的人，他找到了一条可以不干活儿却又能吃得肥肥胖胖的路。后来，当抱怨的人越来越多的时候，有些人开始向大王的草房子扔石头，那个臭虫就唱起了一支歌，说做一个‘吃鱼的人’是多么多么的幸福。在他的歌里，他告诉人们‘吃鱼的人’是神选出来的人，是神造得最好的人。他唱那些‘吃肉的人’正像是猪和乌鸦，还唱‘吃鱼的人’去打仗为神去送死是多么快乐和美好，也就是说他要我们去杀死那些

‘吃肉的人’。他唱的那些话像火一样在我们心里烧起来,我们都叫嚷着要去打那些‘吃肉的人’。然后,我们就忘了肚子饿,忘了我们为什么抱怨,而且还乐意让虎脸带着我们翻过分水岭去打仗。我们在那里杀死了很多‘吃肉的人’,大家都感到很开心。

“可是,海谷并没有变得好起来。人们要想得到食物,只有一个办法就是为‘三条腿’、小肚子或者猪下巴干活儿,因为海谷已经没有土地让我们种自己的谷子了。常常会有很多人在‘三条腿’和另外那几个人那里找不到工作,所以他们只能饿肚子,他们的女人、孩子和老母亲也只能饿肚子。虎脸说,如果他们愿意,他们可以去当守卫,结果很多人就去当了守卫,从那时候起他们就再也不用干活儿了,除了用长矛去刺那些干活儿的人,刺那些对养活太多懒人的事感到不满意的人。

“在我们抱怨的时候,臭虫总会唱一些新歌。他说‘三条腿’、猪下巴和还有其他的人都是强者,这就是他们会有那么多财产的原因。他唱着说,我们感到多么高兴,有这些强者在我们中间,不然我们就会因为自己的无能而毁灭,或是被‘吃肉的人’杀死,因此我们应当高高兴兴地让那些强者得到他们能得到的一切东西。大胖子、猪下巴、虎脸和另外那些人都说这是真理。

“‘好吧,’一个叫长牙的人说,‘那我也要做一个强者。’他就弄到一些谷子,开始造烧酒,而且卖了很多串钱。后来,当斜眼开始抱怨的时候,长牙就说他自己是一个强者,如果斜眼再敢多嘴,他就要把他的脑袋打得稀烂。因为这个,斜眼害怕了,他跑去和‘三条腿’、猪下巴商量了一下,然后他们三个人就一起去找狗牙商量。狗牙把自己的主意告诉了海狮,海狮就派一个人给虎脸送去了消息，最后虎脸就派出他的守卫，烧了长牙的房子和他造的那些烧酒，同时他们还杀死了长牙和他的全家。大胖子说这样做非常好，于是臭虫就唱起了另一支歌，那歌里说服从法律是怎么怎么好，还有海谷是一片多么美好的土地，每一个热爱海谷的人都应该一路前进，去杀死那些低等的'吃肉的人'。他的歌让我们的血又热辣辣地烧起来，于是我们就忘了抱怨。

"有一些事很奇怪。每次小肚子捉到很多鱼的时候，也就是说他卖很多鱼只能得到很少钱的时候，他都会把很多鱼放回海里，这样剩下的鱼就能卖很多的钱。'三条腿'也常常让很多很多庄稼地荒着什么也不种，这样他的谷子就能卖很多钱了。至于说那些女人，因为她们做了太多的贝壳钱，所以后来要用很多钱才能买到东西，这时狗牙就不让她们造钱了。这些女人没有活儿干了，她们就去顶替男人来干活儿。我用捉鱼器捉鱼的时候，五天能得到一串钱。可是，我的妹妹来顶替我捉鱼的时候，她十天才能得到一串钱。女人干活儿很便宜，所以我们得到的食物就更少了，于是虎脸就又让我们去当守卫，可是我却不能当守卫，因为我有一条腿是瘸的，虎脸不让我干守卫。那时候，有很多人像我一样。我们都是身体有毛病的人，只能求别人给我们一些活儿干，或者在女人干活儿的时候为她们照看小孩子。"

黄毛儿也被老爷爷的故事刺激得饥饿起来，他也在火上烤着一块熊肉。

"可是，为什么你们不一块儿反抗呢，你们所有的人，起来杀死'三条腿'、猪下巴、大胖子还有剩余的那些人，这样就能让自己吃饱了。为什么不杀死他们呢?"小怕黑问道。

"因为我们不明白,"长胡子回答说,"我们有太多念头,还有那些守卫也会用长矛扎死我们,另外还有大胖子嘴里说的神、臭虫嘴里唱的新歌。后来,有一些人想明白了,就像你这么说的时候,虎脸和那些守卫就抓住他,在海水落潮的时候把他绑在礁石上,然后让涨潮的海水淹死了他。

"那真是个很奇怪的东西——那些钱。它就像臭虫唱的那些歌,好像是很对,可是它对我们没有好处,这个道理我们明白得太晚。后来,狗牙开始收集那些钱。他把一大堆钱都堆在一个草房子里,白天黑夜都让守卫看着它们。后来,因为他在草房子里堆的钱越来越多,钱就开始变得很宝贵了,所以一个人想得到一串钱,他干的活儿要比以前更多。还有,他们总是说起我们和'吃肉的人'打仗的事,狗牙和虎脸在很多房子里都装满了谷子、干鱼、熏羊肉和奶酪。那时,因为那些食物像小山一样堆在他们的房子里,人们就更不够吃了。可是,这又能怎么样呢?只要人们开始大声抱怨的时候,臭虫就会唱起一支新歌,然后大胖子就会说神的话,说我们应该去杀死那些'吃肉的人',于是虎脸就会带着我们翻过分水岭去杀人,同时也被人杀死。我的身体不够好,所以不能去当守卫,也不能变成肥肥胖胖晒太阳的人,可是在我们去打仗的时候,虎脸却很愿意带着我一块儿去。等我们吃完堆在房子里的所有食物,我们就不打仗了,开始回来干活儿,然后让食物堆得比从前更高。"

"当时,你们全都疯了。"奔跑鹿说着自己的看法。

"当时,我们真的全都疯了,"长胡子赞同地说,"这也是很奇怪的,所有的事都很奇怪。有一个人叫豁鼻子,他说我们每件事都做错了。他说，因为我们把我们的力量合在了一起，真的是变强大了。他还说，我们开始组成部落的时候，我们做得很对，因为我们消灭了那些凭着自己的力气大，伤害整个部落的人的力量——也就是那些打碎他兄弟的脑袋、偷他们兄弟的女人的人。他说，可是现在我们的部落不是变强大了，相反是变弱了，因为有些人用另外一种力量正在伤害整个部落——有人用的是土地的力量，像'三条腿'；有的人用的是捉鱼器的力量，像小肚子；有的人用的是全部羊肉的力量，像猪下巴。豁鼻子说，我们现在应该做的事，就是除掉这些人用的那种邪恶的力量，让他们去干活儿，全都去干活儿，让一个人不干活儿就没有东西吃。

"这时候，臭虫又唱起了另外一支歌，说像豁鼻子这种人是想回到过去，想让人们还住到树上去。

"可豁鼻子说不是，他不是想回到过去，是想要往前走，只要我们把我们的力量合在一起，我们就会变得强大起来。另外，假如'吃鱼的人'愿意把他们的力量和'吃肉的人'的力量合在一起，那就再也不用去打仗了，也就不用有人守望了，不用再有守卫，这样所有的人都会去干活儿，因此就会有很多很多的食物，那么每个人一天干活儿不到两小时就可以。

"这时候，臭虫又唱起了歌，他唱豁鼻子是个懒惰鬼，当时他还唱了一支歌叫'蜜蜂歌'。那真是一支奇怪的歌，人们听了它都会变成疯子，就像喝了一种很烈的烧酒一样。那支歌说的是一群蜜蜂和一只黄蜂贼的故事。黄蜂跑来和蜜蜂们住在一块儿，然后偷走了它们所有的蜂蜜。这只黄蜂是个懒惰鬼，而且还告诉蜜蜂们不用去干活儿，它还劝蜜蜂们去和熊交朋友，熊不会偷它们的蜂蜜还会对它们很和气。臭虫唱得巧妙极了，所以人们听了他的歌都明白那群蜜蜂指的就是海谷部落，熊就是指‘吃肉的人’，那只懒惰的黄蜂就是豁鼻子。等臭虫唱到蜜蜂们听了黄蜂的话，差不多全都死了的时候，人们都气得大骂起来，等臭虫唱到勤劳的蜜蜂终于明白过来，最后刺死了黄蜂的时候，人们就从地上捡起石头打死了豁鼻子，一直到他埋在石头堆里一点儿都看不见了，人们才不扔了。那时候，有好多穷人每天干活儿的时间很长、很辛苦，可是却不够吃，他们也帮着人们向豁鼻子扔石头。

“豁鼻子死了以后，还有另外一个人敢站起来说出他心里的想法，这个人叫毛脸。‘强者的力量在哪儿呢？’他问人们，‘我们就是强者，我们所有的人都是强者，我们的力量超过了狗牙、虎脸、‘三条腿’、猪下巴和其余那些不干活儿却吃得很多的人，他们用邪恶的力量来伤害我们，让我们变得弱小，变得没有力量了。一个做奴隶的人决不是强者。如果一个人最早发现了火的优点和用处，他利用火的力量，我们都会变成他的奴隶，就像现在我们变成了小肚子的奴隶一样，因为发现了捉鱼器的优点和用处。还有一些人发现了土地、山羊、烧酒的优点和用处，我们也成了他们的奴隶。过去，我们住在大树上，弟兄们，我们没有一个人不会受到攻击。不过，我们现在再也不互相打架了，我们把我们的力量都合在了一起。那么，让我们也不要再和那些‘吃肉的人’打仗了，让我们把我们的力量和他们的力量合在一起，那样我们成为真正的强者。那时候，我们就会一块儿出去，‘吃鱼的人’和‘吃肉的人’一块儿去打猎，我们会杀死老虎、狮子、狼和野狗，我们可以把我们的山羊带到任何一个山坡上去吃草，还可以在所有的山谷里种谷子和肥菜根。

到了那一天，我们会变得非常非常强大，所有的野兽都会在我们面前逃跑，或者被我们杀死。再也没有东西能和我们作对，因为每一个人的力量都会成为这个世界上所有人的力量。'

"可是，毛脸说完这些话，他们就杀死了他。他们说他是一个野人，他想回到过去，回到住在大树上的时候。这真是奇怪。只要是有人站起来想要人们往前走的时候，所有那些站着不动的人就会说他是要回到过去，应该被人们杀死。那些穷人也帮着用石头打他，他们真是傻瓜。除了那些胖乎乎什么活儿也不干的人，我们全都是傻瓜。可是，那些傻瓜都被当成了聪明人，那些真聪明的人却被石头打死了。干活儿的人总是不够吃，可是那些不干活儿的人却吃得太多了。

"就这样，我们的部落越来越没有力量。那些孩子们又弱又有病，我们因为吃不饱而得了各种各样的怪病，最后像苍蝇一样一群群地病死。这时候，那些'吃肉的人'来和我们打仗。以前的时候，我们跟着虎脸一次次翻过分水岭去杀他们，现在他们来要我们流血还债了。我们的身体太弱了，而且又有病，根本守不住那个大石墙。后来，他们开始杀我们，除了一些被他们带走的女人，我们的人全都被他们杀死了，只有臭虫和我逃了出来。我藏在荒野变成了一个打野兽的猎人，再也不常常饿肚子了。后来，我从'吃肉的人'那里偷了一个妻子，我们跑到一座高山的山洞里住下来，让他们再也找不着我。我们生了三个儿子，每个儿子又都从'吃肉的人'那里偷了一个妻子。以后的事情你们都知道了，因为你们不就是我那些儿子的儿子吗？"

"可是，臭虫呢？"奔跑鹿问道，"他最后变得怎么样了？"

“他去和那些‘吃肉的人’住在一块儿，成了一个为那里的大王唱歌的人。他现在已经是一个老家伙了，他唱的还是那些老歌，每当有个人站起来想要往前走，他就唱那个人想要回到过去，回到住在大树上的时候。”

长胡子把手伸进死熊的身体，然后用他那没牙的齿龈吸着一把板油。

“总有一天，”他说着，把手在肋部抹了抹，“所有的傻瓜都会死掉，所有活着的人都会一直往前走。那时候，他们就会有强者的力量，他们会把他们的力量合在一起，世界上所有的人再也不会打来打去。城墙上再也不用人守卫，也不用人去守望了。所有凶猛的野兽都会被杀死，就像毛脸说过的那样，所有的山坡都会有山羊在吃草，所有的山谷都种着谷物和肥菜根。那时候，所有的人都是兄弟，再也没有人躺着晒太阳，靠他的同伴干活儿来养活。等到傻瓜们都死光了，等到再也没有人站在那儿唱‘蜜蜂歌’的时候。蜜蜂可不是人啊。等到了那一天，美好的东西就会都跑来了。”

为在路上的人干杯

“倒进去吧。”

“可是，我说，基德，这样蛮干是不是太烈了？威士忌加酒精已经够厉害了，再加上白兰地、辣椒酱和——”

“倒进去吧。总之，是谁在调潘趣酒[①]啊？”马尔穆特·基德透过烟雾，温和地微笑着，“等你在这一带住的时间和我一样长了，我的孩子，每天要靠追赶兔子、钓鲑鱼活命，你就会懂得圣诞节每年只有一次。一个圣诞节如果没有潘趣酒，那就像是一个洞已经挖到了岩床，却还是没有发现富矿脉。”

“说得太对了，”大吉姆·贝尔德附和道，他是专程从他的马齐·梅矿到这里来过圣诞节的，而且每个人都知道，在过去的两个月里他完全靠鹿肉生活，“你没有忘了我们在塔纳纳河边酿造的那种烈酒吧，啊？”

“哦，我想不会忘的。伙计们，要是你们看见所有的人都醉醺

①潘趣酒，一种果汁饮料，有时加碳酸水或苏打水，通常调味后在底部混有葡萄酒或蒸馏酒。

醺地打了起来，心里一定会高兴的——这都是因为那些用糖和面起子酿出来的好东西。那都是你出世之前的事。”马尔穆特·基德转身对斯坦利·普林斯说道，这个年轻人是在这里住了两年的采矿专家，“那时，这个地区根本看不见白种女人，梅森想结婚。鲁思的父亲是塔纳纳族的酋长，而且拒绝了梅森的求婚，就像其他那些部落一样。酒劲很大吧？哦，我把最后一磅糖都加进去了，这是我一生中做得最得意的一次潘趣酒了。你们真应该见识一下那次追赶，顺着河一直追过了水陆联运码头。”

“可是，那个女人呢？”路易斯·萨沃埃问道，这个高大的法裔加拿大人开始对这个故事产生兴趣，因为去年冬天在“四十英里”驿站，他就听说了这个疯狂的行为。

于是，马尔穆特·基德，这个天生健谈的人，如实地向大家讲述起那个北方的洛钦瓦尔①的故事。几个到北方来的鲁莽的冒险家顿时感到他们的心弦绷得紧紧的，怅然怀念起阳光充足的南方的草原，那里的生活总比在无聊的荒原与寒冷和死亡为伴要好得多。

“我们正好在第一块冰融化的时候到达了育空河，”基德最后说道，“那些部落的人只比我们晚到了一刻钟。可是，这一刻钟救了我们，因为第二块浮冰冲破了堵在上面的冰块，把他们拦在了对岸。当他们最后赶到奴克鲁克图的时候，全驿站的人都为他们准备好了一切。正好偶然碰上了，下面的事你们问在这里的瑞伯神父好了，他主持了结婚仪式。”

---

①洛钦瓦尔，英国作家斯各特的长诗《马密恩》中的主人公，他在心爱的姑娘艾伦结婚的时候将她抢走。

那位耶稣会士[1]从他的嘴里取下烟斗，可是什么也没有说，只是以较长的的微笑表示了他内心的满足。这时，在场的基督教新教徒和天主教徒都热情洋溢地鼓掌欢呼起来。

"上帝啊！"路易斯·萨沃埃忽然情不自禁地叫道，这段浪漫传奇似乎打动了他的心，"那个小女人，勇敢的梅森。我的上帝！"

然后，随着一只只装满潘趣酒的铁皮杯开始在人们中间传递，激情澎湃的贝特斯跳起来，唱着他最喜欢的祝酒歌：

亨利·沃德·比彻，
还有主日学校的几个教师，
每人都喝起檫木根酒。
可是你仍可以打赌，
如果问起它的名字，
那就是禁果的果汁。

哦，那就是禁果的果汁。

这时，那些饮酒狂欢的人们吼叫着，一起大声唱道：

哦，那就是禁果的果汁！
可是你仍可以打赌，
如果问起它的名字，
那就是禁果的果汁。

---

①耶稣会士，耶稣会会员。耶稣会是1534年由圣罗耀拉伊纳哥创立的一个天主教修会。

马尔穆特·基德的可怕的混合酒开始发生作用，营地的主人和路过投宿的客人在亲切的酒力的催动下，都变得热情洋溢。人们围着桌子说着笑话、唱着歌，讲述着过去的冒险经历。虽然这些异乡人来自十几个不同的国家，可是他们人人都在彼此敬酒。那个英国人普林斯，举杯祝“山姆大叔①，新世界早熟的婴儿”身体健康。那个美国佬贝特斯，祝福“英国女王，愿上帝保佑她”。萨沃埃和那个德国商人麦耶斯，在为阿尔萨斯和洛林②交换酒杯。

这时，马尔穆特·基德站起来，手上端着酒杯，看了看冰霜结了有三英寸厚的油窗纸，说道：“为今晚在路上的人干杯。祝他食物充足，祝他的狗不会跌倒，祝他的火柴永远不会点不着火。”

“噼啪！”“噼啪！”——他们听到了亲切的狗鞭的乐曲，马尔穆特的那群狗“呜呜”地嚎叫着，然后一架雪橇“嘎吱、嘎吱”驶近了木屋。谈笑声慢慢消失了，大家都静静地等待着。

“一个老手，先照看他的狗，然后才顾自己。”马尔穆特·基德低声对普林斯说道。这时，他们听到狗猛地咬住东西的声音，然后是狼一般的嚎叫和痛苦的狗吠，这一切在他们那老练的耳朵里显示出，那个陌生人正在打退他们的狗，给他自己的狗喂食。

终于传来了大家等待的敲门声，声音响亮而自信，然后那个陌生人走进了木屋。小屋里的灯光照得他有些眼花，因此他在门口

①山姆大叔，指美国政府，其常被拟人化为一个瘦高的男人，长着白胡子，穿着蓝色燕尾服，红白条纹的裤子，戴着缀有一条星星的高帽子。

②洛林，法国东北部一个地区，以前是一个省，但在1871年普法战争后，它和邻近的阿尔萨斯一起割让给德国。1919年，在《凡尔赛和约》签定后洛林回归法国。

停了片刻,使得小屋里的人们有机会仔细打量着他。他是一个很引人注目的人,简直是一个最独特的人,他身穿一套北极人习惯穿着的羊毛衣和皮衣。他站在那里有六英尺两三英寸高,宽宽的肩膀配上隆起的胸脯显得非常匀称,他那张刮得很干净的脸被冻得通红,长长的睫毛和眉毛上都结着白色的冰霜,而他那顶巨大的狼皮帽子的护耳和护颈都松松地向上卷着。他似乎真的是冰霜世界的王,刚刚从外面的黑夜中走进来。他的方格毛呢外套外面,紧紧地系着一条子弹带,上面挂着两把大号柯尔特式连发左轮手枪和一把猎刀。他的手中除了拿着一根必不可少的狗鞭外,还拿了一支最大口径的新式无烟来复枪。当他向前走来的时候,尽管他的步伐稳定而有弹性,但人们仍能看出他已经累得疲惫不堪。

在一阵尴尬的沉默中,他热情地招呼了一声:“你们好吗,伙计们?”这声招呼使得大家随即轻松起来。然后,马尔穆特·基德立刻上前和他紧紧握着手。虽然他们从来没有见过,可是彼此却都听说过,因此一见面就认出了对方。在客人还没有说明他到这里的使命之前,基德就迅速向大家介绍了他,并把一杯潘趣酒端到了他的面前。

“三个男人赶着八条狗,他们拉着一架柳条雪橇过去多长时间了?”他问道。

“那是两天前的事了。你在追他们?”

“是的,那是我的狗队。他们简直是从我的鼻子底下抢走了它们,那些坏蛋。我已经追了他们两天了——再有一天我就会追上他们。”

“可以预料,他们会跟你干起来吧?”为了使得谈话能够继续下去，贝尔德问道，因为马尔穆特·基德这时候已经把咖啡壶放到了火炉上，正忙着炸熏肉和驼鹿肉。

这位陌生人意味深长地拍拍他的连发左轮手枪。

“你什么时候离开道森的？”

“十二点钟。”

“前一个晚上？”——这不用说。

“今天白天。”

周围的人不由得低声发出惊叹。他们的反应是很正常的，因为这时候刚刚是午夜，十二个小时之内在难走的冰道上跑七十五英里，这可是不能嘲笑的。

不久，他们的谈话就变得和个人无关了，大家回忆起童年的好时光。当那位年轻的陌生人吃着那些简单的食物的时候，马尔穆特·基德留心研究了一下他的脸。他很快便断定，这是一张正直、诚实和坦诚的面孔，而且他很喜欢这样一张脸。这个人还很年轻，可是艰难困苦已经在他的脸上刻下了深深的皱纹。虽然他的表情在谈话时很亲切，休息的时候也很温和，但是可以看出在需要采取行动的时候，尤其在关键时刻，他那双蓝眼睛会射出严厉、钢铁般的光芒。他那宽大的颚部和方正的下巴，说明他具有坚强不屈的性格。尽管他身上带有狮子一样勇猛的特征，可是他也并不缺乏温柔的特质，甚至是一些女人的特质，这又说明他是一个感情丰富的人。

“所以，我就这样和那个女人结婚了，”贝尔德说道，结束了他那激动人心的求婚的故事，“‘我们来了，爸爸。’她对她父亲说。‘你这个该死的东西，’他父亲骂了她一句，然后又对我说，‘吉姆，你——脱下你那套好衣服。我希望在吃饭前，你能把那四十英亩地的大部分都犁好。'然后，他又转向他女儿说，'你，萨尔，去把那些帆布洗干净。'说完，他鼻子里哼哼着，吻了吻她。我真是太开心了——可是，他看着我大吼了一声，'你，吉姆！'我保证我是一溜烟儿跑到谷仓里去的。"

"在美国有小孩子等着你回去吗？"陌生人问道。

"没有，萨尔还没来得及生孩子就死了。这就是我为什么会来这儿的原因。"贝尔德开始出神地点他的烟斗，因为它一直没有被点着，然后他立刻又兴致勃勃地问道，"你怎么样，陌生人——结婚了吗？"

作为回答，陌生人打开他的表，将它从一根充作表链的皮带上解下来，递了过去。贝尔德挑亮油灯，仔细打量着表壳的里面，羡慕地自言自语着，然后又把它递给旁边的路易斯·萨沃埃。萨沃埃一连赞叹了几声"我的天！"最后，他又把表递给了普林斯，他们注意到他的手颤抖着，眼睛里浮现出一种罕见的温柔的光芒。就这样，这只表从一只粗糙的手转到了另一只粗糙的手中——那里面贴着一张女人的照片，正是大部分人想象中让人难以割舍的那种女人，一个孩子正依偎在她的胸前。那些还没有看到这件珍宝的人，心中充满了好奇，而那些已经看过的人都沉默下来，回味着往事。他们都能够面对饥饿的逼迫、败血病的折磨或者能够使人很快送命的旷野和洪水，可是一张陌生的女人和孩子的照片，却使他们全都变成了女人和孩子。

"我还从来没有见过这个孩子——她说，他是个男孩子，已经两岁了。"当陌生人收回他的珍宝的时候，他对大家说道，然后又依依依不舍地对着照片看了片刻，才猛地合上表盖，转过身去，可是他的动作还不够快，因此没有来得及掩藏住他那夺眶而出的泪水。

马尔穆特·基德将他带到一张铺位前，让他上床睡下。

“四点钟叫醒我，准时。不要忘了。”他说完这最后几个字后，转眼便在疲惫中沉沉地睡着了。

“我的天！他可真是个有勇气的家伙，”普林斯赞叹道，“带着狗跑了七十五英里后，只睡三个小时，然后又要上路。他是谁，基德？”

“杰克·韦斯顿德尔。来这里已经三年了，还什么都没有，除了他干活的名声像一匹马外，倒霉的运气都让他碰上了。我从来不认识他，不过塞特卡·查理对我谈起过他。”

“这可真是太不容易了，一个男人像他这样，有那么一个甜蜜而又年轻的妻子，竟然还会跑到这种荒凉的地方来浪费他的时光。这里的每一年都抵得上外面的两年。”

“他遇到的麻烦是他太认真、太倔强。他以前也赚到过两次钱，可是最后又都失去了。”

这时，他们的谈话被贝特斯的一阵吵闹打断了，因为那张照片对人们产生的影响已经开始消失。不久，他们在粗鲁的嬉闹中，忘记了那些食物单调、劳苦奔波的寒冷岁月。似乎只有马尔穆特·基德一个人还没有忘掉自己的责任，他多次焦灼地看着他的表。一次，他戴上手套和海狸皮帽子离开了小木屋，然后到储藏室找出了一些东西。

他没有等到指定的时间，而是提前十五分钟叫醒了他的客人。这个高大的年轻人的身体僵硬得非常严重，必须用力揉搓一会儿才能站起身来。当他脚步踉跄地、痛苦地走出小木屋时，发现他的狗已经套好了，而且出发前的一切准备都已经做好。大家祝愿他一路好运，能够很快追上那些强盗。这时，瑞伯神父匆匆为他祝福后，率先跑回了木屋。这并不奇怪，因为不戴手套和帽子面对-74℃的气温，脖子和手可不会感到舒服。

出发前的一切准备都已经做好。大家祝愿他一路好运。

马尔穆特·基德将客人送上大路，热诚地握住他的手，给了他一些建议。

“你会在雪橇上找到一百磅鲑鱼籽，”基德说道，“那些狗吃了鲑鱼籽跑起来就像吃了一百五十磅鱼，能跑很远。你或许希望能在佩里买到狗粮，可那是不可能的。”听了这些话，那个陌生人吃了一惊，他的眼睛闪闪发亮，可是他没有打断基德的话。“在到达五指河之前，你根本不可能买到狗或人吃的粮食，而且那是非常艰难的二百英里路。在三十英里河，你要注意那些没有结冰的河段，还有你必须走巴尔杰湖上面那条捷径。”

“你怎么知道的？消息不可能在我之前就传到这里吧？”

“我不知道什么消息。没有任何消息，而且我也不希望知道什么消息。可是，你追赶的那支狗队从来就不属于你。那是去年春天，塞特卡·查理卖给他们的。不过，他有一次对我评价过你很正派，我相信他。我已经观察过你的脸，我很喜欢这张脸。我已经看出——好了，去他妈的，你赶快跑到高地那里，然后渡过大海回到你妻子的身边吧，还有——”说到这里，基德脱去手套，猛地掏出他的口袋。

“不，我不需要。”当这个人用一双痉挛的手紧握住基德的手时，眼泪冻在了他的脸颊上。

“那就别舍不下狗，只要它们倒下，就切断它们的缰绳。要舍得买狗，即使十美元一磅也要认为价格很便宜。在五指山、小鲑鱼河还有胡塔林卡，你能够买到狗。另外，不要湿了你的脚。”这是他最后的临别忠告，“一直保持二十五英里的滑行速度，可是如果低于这个速度，你就点上一堆火换换你的袜子。”

他刚刚走了十五分钟，一阵门铃声便宣告有新的客人到来。小木屋的房门打开后，一个西北警局的骑警走了进来，他的身后跟着两个赶狗的混血儿。他们也像韦斯顿德尔一样全副武装，看上去疲惫不堪。那两个混血儿生来就会赶路，而且走起来很容易，可是那个年轻的警察却一路累得疲惫不堪。尽管如此,由于他的那个民族具有顽强固执的特征,所以他还是坚持走到了这里,或者说只要他不倒在路上,他就能够坚持到底。

“韦斯顿德尔什么时候离开的?”警察问道,“他在这儿停过,是吗?”这个问题有些多余,因为路上的雪橇印会清清楚楚地告诉他一切。

马尔穆特·基德向贝尔德递了一个眼色,贝尔德立刻嗅出了其中的味道,于是他搪塞地回答说:“应该有一会儿了。”

“好了,伙计,大声说吧。”这位警察警告他。

“你好像很想立刻找到他。难道那个家伙在道森惹了麻烦?”

“他抢了哈利·麦克法兰德赌场四万美元,然后在太平洋公司换了一张西雅图的支票,如果我们不追上他,谁能够阻止他兑现那张支票呢?他究竟什么时候离开的这里?”

这时,每个人都抑制住了自己兴奋的目光,因为马尔穆特·基德已经给他们发出了暗示,因此这位年轻的警官在每张脸上,看到的都是一副木然的神情。

年轻的警察大步走向普林斯,然后又向他提出了这个问题。尽管普林斯感到自己受到了伤害,可是面对着同伴们坦率、认真的目光,他不合逻辑地回答了一些路况问题。

这时,警察看到了瑞伯神父,他知道神父不能撒谎。

“一刻钟之前离开的。”那位神父回答道,“可是,他和他的狗已经休息了整整四个小时。”

“走了十五分钟,而且他刚刚休息过!我的上帝!”这个可怜的小家伙在疲惫和失望的双重打击下,不由得摇摇晃晃地后退了两步,几乎昏过去。他低声喃喃自语着,他从道森跑到这里,已经走了十个小时，那群狗都跑不动了。

马尔穆特·基德将一杯潘趣酒塞到他手上。他喝过酒，转身走向门口，命令那两个赶狗人跟他一起走。可是，温暖和休息的希望太诱人了，因此那两个人竭力反抗着。基德非常精通他们的法语方言，他焦虑不安地听着他们的谈话。

他们发誓说那些狗已经累垮了，走不出一英里，他们就得开枪打死斯瓦什和巴比特，其他那些狗几乎同样走不动了，人和狗最好全都休息一会儿。

"借给我五条狗好吗？"警察转身对马尔穆特·基德说道。

可是，基德摇了摇头。

"我可以以康斯坦丁队长的名义，给你开一张五千美元的支票——这是我的证件——我已经得到批准，有提款权。"

又是沉默的拒绝。

"那么，我将以女王的名义征用它们。"

基德露出一丝怀疑的微笑，然后看了看他那储备充足的武器库。这个英国人知道自己对基德毫无办法，转身走向门口。可是，那两个赶狗人仍然反对出发，于是他转过身来，恶狠狠地骂他们是女人和杂种。那个脸色黝黑、年纪较大的混血儿愤怒地站起来，毫不客气地回敬了他的长官几句，说让领队狗跑断腿，然后埋在雪里他才高兴。

那位年轻的警官——鼓起全身的力量——坚定地走向门口，尽管他已经筋疲力尽却竭力做出精神饱满的样子。人们都知道他非常疲惫，可是却很欣赏他努力支撑自己的这种骄傲。不过，他却无法掩饰他脸上不时掠过的痛苦的表情。那群狗身上结满了冰霜，它们蜷缩在雪地上，几乎无法使它们站起来。这些可怜的畜生在鞭打下哀号着，因为那两个赶狗人这时又愤怒又残暴。后来，直到他们砍断领队的巴比特的缰绳，将它拖出去，那些狗才拉动雪橇开始前进。

“这个下流的无赖，一个骗子！”

“我的天！他不是好人！”

“一个贼！”

“比印第安人还坏！”

显然，大家都感到愤怒——首先，他们都感到自己受到了欺骗；另外，北方的道德规范也受到了侵犯；最重要的是，在这里诚实是一个人最珍贵的品德。

“我们知道了那个家伙的底细后，还要帮他的忙。”所有的人都将责备的目光转到马尔穆特·基德身上。这时，他正在房间的角落尽量使巴比特舒服一些。他站起身来，默默地将剩下的潘趣酒轮流倒在每个人的杯子里。

“这是个寒冷的晚上，伙计们——一个冷得刺骨的晚上，”他用这些不相关的话开始了他的辩护，“你们都赶过路，你们知道那到底意味着什么。不要打一条倒下的狗。你们只听到了一方的说法。在和我们用同一张锅吃饭、同一条毯子睡觉的人中，没有一个白人比杰克·韦斯顿德尔更清白。去年秋天，他把他所有的积蓄，四万美元，交给乔·卡斯特尔去买进股票。今天，他本来应该是一个百万富翁。可是，他当时要留在色口城照料他的一个得了败血病的伙伴。卡斯特尔做了什么？他跑到麦克法兰德赌场，把赌注下到最大，把所有的钱一下子都输光了。第二天，人们在雪地里找到他，他已经死了。可怜的杰克，他本来计划这个冬天回家，回到他的妻子和那个从来没有见过的孩子身边。请你们注意，他拿走的正好是他那个同伴输掉的钱——四万美元。好了，他已经走了，你们要怎么说呢？”

基德环顾着周围这些审判他的人，看出他们的态度都软了下来，于是他高高地举起了他的酒杯。

“那么，让我们为今晚在路上的那个人干杯。祝他食物充足，祝他的狗不会跌倒，祝他的火柴永远不会点不着火。愿上帝保佑他一路顺利，祝好运与他同在，祝——”

“祝那个骑马的警察追错了方向！”贝特斯大叫着，用他的酒杯碰着每个人的空杯子。

“让我们为今晚在路上的那个人干杯。”

寂静的雪野

“卡门熬不过两天了。”梅森从嘴里吐出一大块冰，悲伤地察看着那条可怜的狗，将它的脚放进他的嘴里，然后咬掉它脚趾之间那块冻得很硬的冰块。

“我从来没有看见过一条有一个骄傲自大的名字的狗，它的价值和名字相称。”梅森咬掉那块冰后，一边说着，一边将狗推开，“它们不过是慢慢衰弱下去，最后被它们的职责压死。你看见过一条有切合实际的名字的狗出错么，像卡西亚，西瓦什，或者哈斯基？没有，先生！看看舒卡姆，它——”

猛地一口！那只干瘦的畜生突然勃然大怒，它那雪白的牙齿几乎咬断梅森的喉咙。

“你想咬我，是吗？”梅森用狗鞭的柄端，对准它的耳后敏捷地敲了一下，那只畜生立刻倒在了雪上，全身颤抖着没有了一丝力气，一道黄色的口水从它的犬牙上滴了下来。

“正像我说的，你看看舒卡姆，在那儿——它多精神。我打赌，不出这个星期它就会吃掉卡门。”

"我敢跟你打另一个相反的赌。"马尔穆特·基德说道,把放在火上解冻的面包翻了一下,"在这次旅行结束之前,我们就会吃掉舒卡姆。你怎么想,鲁思?"

那个印第安女人在咖啡里加了一块冰,她看看马尔穆特·基德,再看看她的丈夫,然后又将目光转向那几条狗,可是没有回答。这是一个不言而喻的事实。在他们前面,还有两百英里未曾开辟的路在等着他们,而他们的粮食只能勉强吃六天,狗不能得到任何食物。他们没有其他方案可以选择。两个男人和一个女人围在火的四周,开始吃他们那少得可怜的午餐。那些狗躺在它们的挽具中,因为这是午间休息时间。它们羡慕地看着那三个人一口口地吃着东西。

"从今天以后,午餐取消了,"马尔穆特·基德说,"我们必须时刻当心这些狗——它们已经变得恶狠狠的了。一旦找到机会,它们会一下子把人扑倒在地上。"

"从前,我做过埃普沃斯教区的主席,还在主日学校①教过学生呢。"梅森莫名其妙地说完这些话,然后看着他那双冒着热气的鹿皮靴陷入了沉思,可鲁思在他的杯子里倒茶的声音又惊醒了他,"感谢上帝,我们总算还有很多茶!我以前在田纳西州亲眼看见过茶叶生长。现在,即使是只为了一个热玉米饼,我也什么都愿意付出!鲁思,你不用担心,你不会饿很长时间,也不会一直穿着鹿皮鞋的。"

那个女人听到这句话,心头的阴云顿时一扫而光,她的眼中流露出对她的白人丈夫的热烈的爱——他是她看到的第一个白种男

---

①主日学校,星期日对儿童进行宗教教育的学校。

人——也是她知道的第一个对女人比对待动物或者驮畜要好一些的男人。

“是的，鲁思，”她的丈夫继续说道，他使用的是一种混杂了两种语言，只有他们才彼此明白的行话，“等赚到一些钱，我们就动身到‘外面’去。我们要乘坐着白人的小船去盐海。是的，那是一片糟糕的水域，水很粗暴——海浪总是像一座大山似的跳上跳下。而且，它是那么大，那么远，简直太远了——你要在海上睡十个晚上，二十个晚上，四十个晚上，”——他举着手指比划着，列举着航行的天数——“到处都是水，脾气暴躁的水。然后，你会到达一个很大的村庄，有很多人，简直就像明年夏天的蚊子一样多。那里的小屋，哈，太高了——有十棵、二十棵松树那样高。啊呀，简直好极了！”

说到这里，他停了下来，再也无力继续说下去，转而用恳求的目光看了马尔穆特·基德一眼，然后费力地用手势将那二十棵松树，一棵接一棵地连上去。马尔穆特·基德脸上带着愉快、讥讽的神情微笑着，可是鲁思的眼睛却睁得大大的，闪烁着惊奇和愉快的光芒，因为她虽然半信半疑，认为他多半是在开玩笑，可是那过分的殷勤却令这个可怜的女人心中感到高兴。

“然后，你走进了一只——一只箱子，‘噗’的一下！你就上去了。”他把他的空杯子抛向半空用以说明他的描述，然后又灵敏地将杯子接住，大声叫道，“‘啪’的一下！你又下来了。哦，多么伟大的魔法师！你到育空城堡，我去北极城——隔着二十五天的路程——用一根长绳一直连结在一起——我拿着绳子的一头——我说：‘喂，鲁思！你好吗？’——然后你说：‘这是我的好丈夫吗?'——我说:'是啊!'——然后你又说:'不能烤出好面包了,没有苏打了。'——于是,我说:'到储藏室去看看,在面粉下面,再见。'你找了找,找到了很多苏打。你一直待在育空城堡,我一直在北极城。啊呀,魔法师真是了不起!"

听了这个神话故事,鲁思笑得那么率真,逗得那两个男人都突然大笑起来。这时,狗群中间发出一阵吠叫,打断了"外面"的神奇故事,当那些乱吼乱叫打架的狗被分开时,鲁思已经捆好雪橇,做好了出发的准备。

"走!鲍蒂!嘿!往前走啊!"梅森漂亮地甩动着他的皮鞭,使套在挽具里的狗低声哀叫起来,他将雪橇上的舵杆一拉,雪橇开始缓缓启动。鲁思随着第二支狗队也出发了,留下帮她启动雪橇的马尔穆特·基德带着后面的狗队。马尔穆特·基德是个身体强壮的男人,简直像是一头猛兽,能一拳打倒一头牛,可他却不忍心鞭打那些可怜的畜生,而且总是迁就它们,这对于一个赶狗人来说非常罕见——不,看到它们所受的痛苦,他几乎要流下眼泪。

"来,走起来吧,你们这些可怜的脚疼的畜生!"他几次尝试着让雪橇开动起来,可是却失败了,他不由得低声抱怨了几句。不过,他的耐心最终还是得到了回报,虽然这群狗疼得哀叫着,可是它们仍加快脚步追上了它们的同伴。

他们都不会说太多的话,因为一路跋涉不允许他们浪费太多的精力。所有最劳累的工作中,在北极地区开路是最辛苦的。如果一个人能冒着风雨在有人踏过的路上走一天,即使没人和他说话,他也该感到高兴了。

1898 年摄于加拿大育空地区的道森城,图中人所着衣物为当地典型的防寒装束,身边的拉撬犬轻松地卧在地上。画面左侧的驼鹿角则显示了这个人的战果。

而所有让人难以忍受的工作中，开路也是最为艰辛的。每走出一步，那种带有足蹼的大雪鞋就会陷下去，直到雪没了人的膝盖。然后，拔出腿时，要笔直地提上去，只要偏离一英寸，就一定会有某种灾难发生。另外，每走一步必须把雪鞋提得离开雪面，向前，再落下去，然后把另一条腿笔直地提起半码高。第一次穿雪鞋的人，如果他幸运地没有把两只雪鞋危险地碰到一起，然后一头摔倒在脚下的积雪里，那么他走完一百码，也会累得精疲力尽。如果一个人能够保持一整天不被狗碰着，那么他在爬进毯子睡觉的时候将会有充分的理由，感到一种别人无法理解的良心上的平安和自豪。一个人如果能够在漫长的雪路上一连行走二十天，即使是上帝见了他，也会感到由衷的钦佩。

下午过去了。寂静的雪野上，弥漫着一种可怕的威严的气氛，使默默行走的人们更加谨慎地向前迈动着脚步。大自然有很多手段，可以让人类认识到自己的有限——不断发生的潮水泛滥、猛烈的暴风雨、地震的打击、天雷在空中久久不息的滚动——可是最巨大、最令人感到毛骨悚然的，还是不动声色的寂静的雪野。在这里，任何动作都停止了，天空一片晴朗，天幕仿佛是一种黄铜制品。轻微的耳语仿佛都是一种亵渎，人在这时会变得非常的胆怯，连听到自己的声音都会感到恐惧。如果一个人像一颗黑点独自穿行在这个可怕、荒芜、死寂的世界，他会为自己的大胆吓得浑身发抖，他会认识到自己的生命不过像一条蛆虫一样，不过如此而已。在这里，各种离奇的思绪都会纷至沓来，似乎所有的事物都在竭力述说着自己的秘密。人在这里会产生对死亡、上帝、宇宙的恐惧，反过来他又会对复活、对生命产生希望，对不朽产生渴慕，正像一个囚徒进行的毫无意义的挣扎——

在这个时刻,人只能让自己与上帝同行。

这一天就这样过去了。那条河在这里转了一个大弯,梅森带着他的狗队打算走近路,穿过一个狭窄的地带。可是,那些拉橇狗在高高的堤岸前畏缩着停下了脚步。一次又一次,尽管鲁思和马尔穆特·基德用力向上推着雪橇,可它们还是向后滑了回来。最后,人和狗一起努力向上走去。那些可怜的畜生已经饿得非常虚弱,它们用尽了它们最后一丝力气,向上——向上——雪橇终于稳稳地拖上了堤岸的顶部。可是,领队的拉橇狗带着它后面的狗向右一冲,撞到了梅森的雪鞋上。结果令人非常的难过。梅森被撞倒在地上,套在挽具中的一条狗也倒在了地上。然后,雪橇向后滑去,又拖着所有的东西回到了堤岸下。

猛地一鞭!狗鞭残酷地落到了拉橇狗中间,尤其是落到那条倒下的狗身上。

"不要这样,梅森,"马尔穆特·基德恳求道,"这可怜的畜生只剩下最后一口气了。等等,让我们把我的狗套上去。"

梅森故意收回鞭子,等基德最后一句话说完,他将鞭子扬起来一甩,鞭子便完全落在了那个令他生气的畜生身上。卡门——因为它就是卡门——瑟缩在雪里,可怜地大叫了一声,翻身倒向了一边。

这是非常悲惨的一刻,旅途中令人同情的一幕——一条垂死的狗,两个愤怒的同伴。鲁思目光焦灼地看看这个男人,又看看那个男人。不过,马尔穆特·基德克制住了自己,虽然他的目光中带有极大的责备。他俯下身去,割断了这条狗身上的缰绳。谁都没有说什么。拉橇狗被合并成两队,终于克服了他们遇到的困难。于是,一架架雪橇继续向前驶去,而那条垂死的狗拖着它的身体跟在队伍后面。当一头畜生还能走得动的时候，它是不会被开枪杀死的，这是给予它的最后一次机会——如果它能爬到露营的地方，而又有希望在那里杀死一头驼鹿。

梅森对自己粗暴的举动，已经开始感到后悔，可是他的固执使得他不愿承认自己的错误，而只是一路走在队伍的最前面。他做梦也不会想到，灾难这时已经在他的头顶盘旋。在被遮蔽的堤岸下，有一片茂密的树林，他们正好穿过这片树林。在距离他们穿行的路线五十英尺左右的地方，有一棵像高塔一般直插云霄的大松树。这棵松树在这里已经矗立了几个时代，而它最后的结果是可以预见的——或许，同样的结局也是梅森无法逃避的命运。

他弯下腰，扎紧鹿皮鞋上松开的鞋带。雪橇暂时都停了下来，拉橇狗们卧在雪里，没有任何声音。四周寂静得有些怪异，没有一丝微风吹动这片结满白霜的树林。树林外的寒冷和寂静冻结了自然的心脏，击打着它那颤抖的嘴唇。一声微微的叹息穿过半空——他们并没有真正听到那声叹息，可是他们感到了它，好像静止的空间即将出现一种剧烈行动的先兆。然后，那棵大树，在岁月和积雪的重压下，演出了它生命中最后一场悲剧。梅森听到了大树即将坠落的爆裂声，正要跳开，可是他几乎刚刚站起身来，倒下的大树便直直地打在他的肩膀上。

突然而来的危险，飞快到来的死亡——马尔穆特·基德已经面对过太多了！在松针还在颤抖的时候，他就发出了命令，并跳起来采取了行动。那个印第安女人既没有昏倒，也没有徒劳地高声哀号，她不像她那大多数的白人姐妹。随着基德的命令，她立刻将全身的重量压在一根飞快做成的推杆的一端，以减轻大树的压力，同时听着她丈夫的呻吟。这时，马尔穆特·基德正在用斧头猛砍这棵大树。斧头的钢刃砍进冻结的树干，立刻发出清脆的响声。同时，每砍一下，还可以听到这位樵夫急促的“呼哧！呼哧！”的喘息声。

最后，基德终于把那个曾经是人的可怜的东西，放到了雪地里。可是，比他的同伴的痛苦更令人感到难过的，是那个女人脸上的那种无言的伤痛，以及她那同时饱含着希望和绝望的询问的目光。他们很少说什么。这些生活在北方地区的人，早已经懂得了语言的无益和行动难以估量的价值。在-65℃的温度下，一个人只要在雪上躺几分钟，他就不可能活下去，因此雪橇的皮带被割了下来，受伤的人被抬到皮褥子上裹好，放在了用大树枝搭起的床上。借助那棵制造了这场灾祸的大树的树枝，他们在受伤的人面前点起了一堆火。他们又在他后面和旁边竖起一块帆布，当作一个简单的屏风，以便将火散发的热量截住，并反射到受伤的人身上——这种方法，凡是学习过物理学的人都会懂得。

那些曾经与死神同床共枕的人，都知道它的召唤会何时到来。梅森被砸得非常严重，任何人只要匆匆看一眼都会明白这一点。他的右臂、右腿和脊背都被砸断了，臀部以下完全丧失了知觉，而且可能内伤也很严重。只有偶尔的呻吟，表示他依然存活。

没有希望，无能为力。无情的夜晚慢慢地过去了——鲁思唯一能做的，只是在这种绝望的情况下，以她那个民族所特有的精神忍耐着眼前的不幸。马尔穆特·基德青铜色的脸上，增添了一些新的皱纹。事实上，梅森所受感受到的痛苦最少，因为他已经将全部时间花费在了田纳西州东部，他正在重温他在大烟山区的童年时光。最可怜的是，他开始用他遗忘了很久的南方音调唱起歌谣，那是他童年在湖水中游泳、捉浣熊和偷西瓜的时候哼唱的。对于鲁思来说，这种语言如同希腊语，可是基德听懂了，而且非常感动——那种感动只有一个被整个文明社会抛弃了多年的人才能够体会。

早晨，受伤的人恢复了意识，马尔穆特·基德俯身凑近他，听着他那低低的耳语。

“你还记得，我们在塔纳纳偶然相遇的情景吗？到下一次冰雪融化的时候就有四年了，是吗？当时候，我并不是太在意她。她似乎还是个漂亮姑娘，我想，只是有些刺激罢了。可是，你知道，我后来就总是不停地想她了。她对我来说是一个好妻子，在关键的时候她总是和我在一起。如果说到我们这种工作，你知道，没有人比得上她。你还记得那次吗，她冒着像冰雹一样落在水面上的子弹，穿过驼鹿急流，把你和我从岩石上拉了下来？——还有那一次，在努克鲁克图遭遇饥荒？——还有，她怎样穿过那些浮冰，给我们带来了消息？真的，对我来说她是一个好妻子，比我另外那一个好多了。你不知道，我在家里结过婚？我从来没有告诉过你，啊？哦，我结过一次婚，那是在美国。这也是我为什么到这儿来的原因。我们还是一起长大的。我离开家，就是为了给她一个离婚的机会。她得到了那个机会。

“不过，这些和鲁思没有什么关系。我本来想赚些钱，然后明年到‘外面’去——她和我——可是，已经太晚了。不要把她送回她的族人那里去，基德。让一个女人再回到那里去，太残忍了。你想想！——有将近四年的时间，她和我们一起吃熏肉、豆子、面粉和干果，然后再让她回去吃鱼和鹿肉！她已经习惯了我们的生活方式，而且已经知道这种生活比她的族人的方式好，现在再送她回到他们中间去，对她不好。照顾她,基德——你为什么不愿意? ——不过,不,你总是害羞地躲开她们——你还从来没有告诉过我,你为什么到了这个地方。对她仁慈一些,如果你能做到,把她送到美国去。不过,你要保证她还能回来——她很容易得思乡病的,你知道。

“还有那个孩子——他使我们更亲近了,基德。我只希望他是一个男孩子。你想想! ——那是我的骨肉,基德。他决不能留在这个地方。如果是一个女孩子,不,她不可能生女孩子。卖掉我的皮货,它们至少可以卖到五千美元,我在公司还有这么多钱。把我的股份和你的股份合在一起运作吧。我相信,我们申购的那块地一定能挖出金子。你要让他受到好的教育,还有,基德,最重要的是不要让他回到这个地方来。这个地方不适合白人生活。

“我是个要死的人,基德。最多也不过三四天了。你一定要继续赶路! 你必须继续赶路! 记着,那是我的妻子,我的儿子——哦,上帝! 我希望他是个男孩子! 你不能再待在我身边了——我是个垂死的人了,我责令你,继续赶路吧。”

“给我三天的时间,”马尔穆特·基德恳求道,“你可能会好起来,可能会发生奇迹。”

“不。”

“只三天。”

“你必须继续走。”

“两天。”

“为了我的妻子和我的儿子,基德。你不要再说了。”

“一天。”

“不,不! 我责令——”

“只有一天。靠这些粮食，我们会挺过去的，而且有可能我们还会发现一头驼鹿。”

“不——好吧，一天，可是一分钟也不能再多了。另外，基德，不要——不要让我一个人在这里等死。只要一颗子弹，扣动一下扳机就可以了。你明白我的意思。你想想！你想想！那是我的骨肉，我再也不能活着看见他了！

“让鲁思过来。我想和她告别，告诉她必须为孩子着想，不能等我死了再走。如果我不告诉她，她可能不会跟你走的。再见了，老伙计，再见。

“基德！我说——一个——在那片山坡上挖一个洞，山谷旁边。我用铁铲在那儿铲出过四十美分金子。

“还有，基德！”基德将身子俯得更低一些，以便听清最后那几个微弱的字，那表明一个垂死的人最后终于放下了他的骄傲，“我感到很抱歉——因为——你知道——卡门。”

离开了那个女人，让她俯在她男人的身上温柔地哭泣，马尔穆特·基德匆忙穿上他的皮外套，套上雪鞋，胳膊下夹着他的来复枪，走进了树林里。他在北方地区不是没有遇到过这种残酷的悲剧，可是他还从来没有面对过这样棘手的问题。从道理上讲，这是一个非常简单的数学问题——三个可能活下去的生命面对一个注定要死的人。可是，他现在却不愿面对这个问题。五年了，他们形影不离，在河上、路上，在帐篷里、矿山中，他们一起面对旷野、洪水以及饥荒带来的死亡威胁，这些使他们的感情紧紧联结在一起。这种感情结合得太紧密了，因此自从鲁思第一次插入他们中间，他常常感到一种说不清的嫉妒。现在，他要亲手来割断这种联结了。

他们一起面对旷野、洪水以及饥荒带来的死亡威胁。

虽然他祈求捕到一头驼鹿，只要一头驼鹿就好，可是似乎所有的猎物都离开了这片土地，夜晚降临的时候，这个疲惫不堪的男人带着沉重的心情，两手空空地向露营地走去。忽然，一阵狗的狂吠和鲁思的尖叫使他加快了脚步。

冲进营地，他看见那个女人手中挥舞着一把斧头，正在一群狂吠的狗中间厮杀着。那些狗已经破坏了主人为它们制定的铁的纪律，正蜂拥而上抢夺着食物。他掉过枪柄，冲进了狗群之中。于是，古老的适者生存的剧情，像原始时代那样残酷地重新上演起来。无论是否击中目标，来复枪和斧头都以单调的动作胡乱地上下挥舞着。那些身体柔软的狗灵活地窜来窜去，它们的眼睛散发着疯狂的光芒,犬牙向下滴着口水。人和畜生为了争夺最后的主动权,进行着激烈的决战。最后,那群被打败了的畜生爬回了火堆旁,舔着它们的伤口,不时仰起头对着星星诉说它们心中的痛苦。

所有的干鲑鱼都被那些狗吞吃了,或许还剩下五磅面粉,却要支撑他们走过两百多英里的荒野。鲁思走回了她的丈夫身边,马尔穆特·基德这时砍着一条身体尚有余温的死狗。它的脑袋已经被斧子劈碎了。他小心翼翼地将每一块肉藏好,只把剥下的狗皮和杂碎丢给了刚才还是它的同伴的那群狗。

早晨又出现了新的麻烦。那群畜生又互相打了起来。卡门,仍有一丝微弱的生命气息的卡门,被狗群扑倒了。飞舞的鞭子落到它们中间毫无作用,它们虽然在皮鞭下畏缩地惨叫着,可是它们还是不肯放弃嘴边的食物,直到那条可怜的狗被它们吃得干干净净——骨头、皮、毛,所有的东西。

马尔穆特·基德做着手里的工作,同时听着梅森的声音,梅森已经又回到了田纳西州,正在对他那时的伙伴杂乱无章地述说着什么,有时又狂热地教训起他们。

马尔穆特·基德利用附近的松树,迅速做着手中的工作,而鲁思看着他搭起了一个类似小储藏室的木棚,正像有时猎人为了储存兽肉,免得被狼獾和狗吃掉的那种木棚。他相继将两棵小松树的树梢彼此对弯下来,而且几乎碰到地面上,然后他再用皮带将它们捆紧。随后,他又敲打着那些狗,让它们顺服地套上了两架雪橇的挽具,他再将所有的东西都装上雪橇,除了包裹着梅森的皮褥子。他将梅森裹好,捆得结结实实,然后把绳子的两端分别绑在弯下来的两棵小松树上。他只要用他的猎刀一刀砍下去,小松树就会把梅森的身体高高地弹到半空。

马尔穆特·基德这时砍着一条身体尚有余温的死狗。

鲁思接受了她丈夫的最后心愿，这个可怜的女人不再挣扎，她学习顺服的教导太深了。从她还是一个孩子的时候，她便俯首听命，看到所有的女人对男人们俯首听命，似乎女人理所当然不应该进行反抗。在得到基德的允许后，她才让心中的悲伤喷发出来，她吻别了自己的丈夫——她自己的族人并没有这种习俗——然后，基德带她走到第一架雪橇前，帮她套上雪鞋。她像盲人一样什么都没有看到，只是本能地握着雪橇的驾驶杆和狗鞭，对拉橇狗吆喝了一声“走”，便上路了。

这时，基德回到梅森身边，梅森此刻已经陷入了昏迷之中。鲁思走了很长时间，她的身影消失在视野外之后，基德依然蜷缩在火堆旁，等待着，希望着，为同伴的死而祷告着。

一个人怀着痛苦的心情独自在寂静的雪野中思索，并不是一件愉快的事情。阴暗的寂静更仁慈一些，它能够将人覆盖起来，如同给了人一种保护，同时又无形中给予了人无限的同情。可是，在像钢铁一样明亮、寒冷的天空下，这片明亮而寂静的雪野是那样的冷酷无情。

一个小时过去了——两个小时——可是，那个受伤的男人仍没有死。正午的太阳在南方的地平线边缘滚动着，并没有升起来，只是将一片微弱的火光在天空闪了闪，然后便很快收了回去。马尔穆特·基德清醒过来，走到他的同伴身边。他环视了一下四周。寂静的雪野似乎正在嘲笑他，一种强烈的恐惧爬上他的心头。随着一声响亮的枪声，梅森被弹进了他在空中的墓地。

马尔穆特·基德扬起鞭子抽打着那些拉橇狗，它们一路狂奔，飞快地穿行在雪野中。

一块牛排

汤姆·金用最后一口面包擦净了盘子里最后一点儿肉汁，放到嘴里慢慢嚼着，陷入了沉思。当他从餐桌旁站起身来时，他明显感觉到了饥饿的压迫。可是，全家只有他一个人吃过东西，另外那个房间里的两个孩子早早便被送上了床，为的是在睡眠中可以忘记自己没有吃过晚饭。他的妻子什么也没有吃，静静地坐在那里，用焦虑的目光看着他。她是一个瘦弱、憔悴的女人，生长在工人家庭，可是在她脸上依然留有当年美丽的痕迹。她向走廊对面的邻居借来面粉制作了肉汁，并用最后两个便士买了面包。

他在窗边一张摇摇晃晃的椅子上坐下，这张椅子由于不堪重负而发出一阵不满的抗议。他完全出于一种机械动作，将烟斗放到嘴上，手伸进外套的口袋里。可那里并没有烟叶，这才使他意识到自己刚才的行为，于是为自己的健忘皱起了眉头，将烟斗放到了一旁。他的动作很缓慢，甚至有些笨拙，似乎难以承受胳膊那沉重的负荷。他是一个身材魁梧、看上去感觉有些迟钝的男人，他的外貌也不是引人注意的那种。他那做工粗糙的衣服已经很旧，松松垮垮地套在他的身上。那双鞋子还是在很久以前换过鞋底，而现在鞋面已经难以带动那么沉重的鞋底了。他的棉衬衣，那种一件只需要付两个先令的便宜货，如今已露出磨损的领口，上面还染上了一些再也不能除去的油漆污渍。

不过，汤姆·金这张脸明明白白地为他做着广告，告诉人们他是什么人。这是一张典型的职业拳击手的面孔，一张在方形拳击台上生活了很多年的脸，也就是说在这张脸上逐步形成并突现了斗兽形态的一切标记。这显然是一张阴沉的面孔，而且上面的每一部分都难以逃脱人们的注意，上面的胡子刮得很光，嘴唇却已经不成形状，因此组成了一张极为难看的嘴巴，仿佛是砍在脸上的一道深深的伤口。他的下巴是好斗的，残忍而阴沉。他的眼睛转动起来很慢，眼皮很厚，在杂乱的浓眉下几乎毫无表情。他完全是一头动物，一对眼睛在他身上是最具动物特征的部分，它们一副昏昏欲睡的表情，仿佛狮子——一对好斗的猛兽的眼睛。他的额头紧绷着向后斜向发际，而他的头发剪得很短，露出他头上每一个肿块，使他的头部看上去非常狰狞。他的鼻子曾经断过两次，上面还留下了曾被无数次击打的烙印，还有他那多次被打开花的耳朵，永远不变地肿着，由于变形而有原来的两倍那么大。这些都是他的装饰，他的胡子虽然像现在这样刚刚刮过，但是却在皮肤里发了芽，给他的脸染上了一片深蓝色的污迹。

总之，这张男人的脸不管是在黑漆漆的小巷还是其他偏僻的地方，都是一张令人恐惧的脸。不过，汤姆·金不是一个罪犯，他从来没有做过任何违法犯罪的事。在他的生活中，除了通常的职业性争吵外，他没有伤害过任何一个人。人们从来没有听说过他寻衅闹事。他是一名职业拳击手,他所有那些野兽般的战斗,都是留待在拳击场上表现的。在拳击场之外,他是一个动作迟缓、本性宽厚的人。在他年轻的时候,他挣钱很多,而他过于慷慨大方,很少为自己的利益考虑。他从不记恨,仇敌也很少。拳击是他谋生的一种方式。在拳击场上,他把人打伤、打残、打死,但是并不含有敌意。这是非常简单的职业特点。观众们聚集到拳击场,花钱来观赏人和人互相击倒的情景。最后,胜利者会得到一大笔金钱。二十年前,当汤姆·金面对沃鲁穆鲁·高杰的时候,他知道高杰的下巴在纽卡斯尔的一场拳击赛中被打断了,四个月前刚刚治愈。于是,他专门进攻对手的下巴,并在第九轮再次将它打断,这并不是由于他对高杰怀有任何恶意,而只是因为这是击倒高杰的可靠方法,可以使他得到那一大笔金钱。高杰也不会为此对他怀有任何恶意。这就是比赛,搏斗的双方都清楚这一点,而且是按照规则来进行比赛。

汤姆·金从来不是一个健谈的人,他坐在窗户旁边,满脸愁苦地一声不吭,只是盯着他的那双手。他的手背血管突起,又大又肿,那些曾被打破、打碎如今已经严重变形的指关节,证明了它们曾被怎样使用过。他从来没有听说过一个人的生命就是他的动脉的生命,可是他很清楚那些粗大、突起的血管所代表的意义。他的心脏曾以最大的压力将过多的血液输送到这些血管中,从而使得它们终于丧失了功能。他破坏了这些血管的弹性,随着它们的逐渐膨胀,他的忍耐力也在逐渐丧失。现在,他很容易感到疲倦,已经再也不能快速打完二十轮比赛了。在过去的岁月,他曾全力以赴地出拳,打啊,打啊,打啊,从这次锣声打到下一次锣声,一次凶猛的进攻紧接着下一次凶猛的进攻，被对手击倒在防护绳上。然后再反过来将对手击倒在防护绳上，在最后疲惫至极的第二十轮对决中，他的进攻最凶猛也最迅速，随着全场观众都站起来狂呼大叫，他凶猛地冲过去、挥拳击打、急速低头躲闪，雨点般挥拳出击接着雨点般挥拳出击，同时也接受对手雨点般的挥拳还击，他的心脏始终忠实地把汹涌的血液输送到适当的血管中。那些血管，当时虽然会肿胀起来，可最后总能再次收缩回去，虽然并不是完全收缩回去——开始还察觉不到，但每一次血管都会比原来稍稍粗大一些。盯着这些血管和他那打碎的指关节，他眼前瞬间闪过这双手在绰号为"威尔士恶煞"的班尼·琼斯头上打碎第一个关节之前的青春活力。

他又开始有了饥饿的感觉。

"啊，难道我就不能吃到一块牛排吗？"他大声嘀咕着，握紧他那对巨大的拳头，从牙缝里挤出了一句压抑的诅咒。

"我试着去过柏克家和索利家了。"他的妻子歉疚地说。

"他们都不肯？"他问道。

"少半个便士都不行。柏克说……"她支支吾吾地说着。

"继续说！他说了什么？"

"他认为桑德尔今天晚上会打败你，他还说你欠的账已经很多了。"

汤姆·金轻蔑地哼了一声，可是他没有说什么。这时，他正想着他年轻时养的那条英格兰杂交狗，他总是喂牛排给它吃。柏克可以赊给他一千块牛排——那时候。可是，一切已经时过境迁。汤姆·金已经老了，那些在二流俱乐部打拳的老人们，是不能期待商人会让他们赊账的。

从早晨起床开始，他就渴望能够吃到一块牛排，这种渴望此刻并没有消退。这次比赛，他赛前没有进行充分的训练。这是澳大利亚的一个干旱的年头，人们生计维艰，甚至连一份临时的短工都很难找到。他没有陪练的拳击手，他吃的食物不是最好的而且还填不饱肚子。在能够找到工作的情况下，他做了几天挖土工。他早晨早早起来，环绕着陶门公园跑了跑，以便使他的腿处于一种良好状态。可是这很难，他既没有陪练的伙伴，又有一个妻子、两个小孩子要喂养。在他即将和桑德尔进行比赛的时候，商人们才十分有限地放宽了对他的赊账。轻松俱乐部的秘书已经预付了他三个金镑——这是被打败的人最后将得到的报酬——且拒绝多付。他不时设法从老朋友那里借几个先令，如果不是干旱的年头，老朋友们会多借给他一些，可是他们目前自己过得也很艰难。不——掩盖事实毫无用处——他的训练是不能令人满意的。他应该吃一些稍好的食物，一无挂虑。另外，当一个人四十岁时，他进入竞技状态要比二十岁的时候困难得多。

“什么时候了，莉齐？”他问道。

他妻子穿过走廊去询问时间，然后走了回来。

“差一刻八点。”

“几分钟后，他们就要开始第一场比赛了，”他说，“只不过是一场预赛。然后，迪勒·威尔斯和格里德雷之间有一场四轮拳击赛，斯塔赖特和某个当水手的小子之间有一场十轮比赛。一个小时以后才轮到我的比赛。”

又是十分钟的沉默，他忽然站起身来。

“事实上,莉齐,我没有适当地进行训练。”

他伸手拿起他的帽子,然后动身向门口走去。他没有亲吻她的表示——他出门时从没这样做过——可是,今天晚上她却赶过来亲吻他,她伸出胳膊抱住他,使他弯下腰来凑近她的脸。在这个魁梧的大男人面前,她看上去非常瘦小。

“祝你好运,汤姆,”她说道,“你必须打败他。”

“唉,我必须打败他,”他不断重复着她的话,“总之,必须这么做。我必须打败他。”

他笑着,努力让自己笑得热情一些,这时她仍紧紧地抱着他。越过她的肩头,他巡视了一周空荡荡的房间。这就是他在这个世界上拥有的全部,有拖欠的房租,还有她和他的小孩子。他要离开这里,走进外面的黑夜为他的女人和小崽子们争取一些肉——不是像现代工人那样走到机器旁受折磨,而是用古老、原始、直接、动物的方式,靠战斗来获得它。

“我必须打败他,”他又重复了一遍,这次他的声音透露出一些绝望的情绪,“如果赢了这次比赛,那就会拿到三十个金镑——我可以付清全部欠账,还能剩余一大笔钱。如果输了这场比赛,我会什么都拿不到——甚至回家乘电车的一个便士都没有。秘书已经把输家该得的酬金全都预付给我了。再见了,老伴。如果赢了比赛,我会立刻赶回家来。”

“我会一直等你回来。”她沿着走廊向他喊道。

到轻松俱乐部足有两英里。他一边向前走着,一边回忆着他鼎盛时期的光景——他从前曾是新南威尔士的重量级拳击冠军——他总是乘坐出租马车前去参加比赛,一些重要的支持者会

用古老、原始、直接、动物的方式，靠战斗来获得它。

将最大的希望投注在他的身上，他们为他支付出租马车的费用，而且乘车与他一同前往赛场。那时候，有汤米·彭斯和那个美国黑鬼杰克·约翰逊——他们都乘坐着汽车。现在，他要走着去参加比赛！另外，任何人都知道，辛辛苦苦走两英里去参加比赛绝不是最好的赛前准备。他是一个老家伙了，这个世界并不欢迎一个老家伙。现在，除了挖土的工作他并不擅长任何事情，而他那被打裂的鼻子和肿胀的耳朵甚至还要不停跟他作对。他发现，他多么希望自己能够掌握一种技能。从长远来看，那是更好的出路。不过，没有一个人告诉过他这一点，而在内心深处他也很清楚，即使他们当时告诉了他，他也不会听的。当时的生活太轻松了。大笔的酬金——激烈、光荣的战斗——两场比赛之间有一段休息周期，那也是一段游荡的时光——一大群热心的奉承者追随在他身后，拍着他的后背，握着他的手，那些花花公子都为能给他买一杯饮料来争取五分钟的谈话特权而兴高采烈——那真是一段光荣的时期，全场的观众都在大喊大叫，他以一阵旋风般的挥拳动作结束战斗，然后裁判员大声宣布结果："金获胜！"他的名字第二天就会出现在报纸的体育专栏上。

那真是一段美妙的时光！可是，他现在已经从慢慢的沉思中认识到，他干掉的都是一些老家伙。他是一个青年人，正处于人生的上升阶段，而他们已经老了，正在走向没落。难怪打败他们那样容易——他们的血管肿胀、指关节已经打碎了，而且他们长期进行比赛，参加过无数战斗，疲乏已经深入到他们的骨髓之中。他想起那次在拉什－卡特斯湾，他在第十八轮中淘汰了老斯托舍·比尔，老比尔后来在更衣室里竟然哭得像个孩子。或许，老比尔拖欠着房租。或许，他家里有一个妻子和几个孩子。也许，正是在比赛的那一天，比尔非常渴望吃到一块牛排。比尔在比赛中打得很凶，然而也遭受了令人难以置信的还击。在亲身经历了众多磨难后，他现在终于明白了，二十年前那个夜晚，斯托舍·比尔是在为更大的赌注而战，而青年的汤姆·金只不过是为了光荣和轻松得来的金钱而战。难怪斯托舍·比尔后来会在更衣室里哭泣。

哦，本来一个人一生只能打那么多次。这是拳击比赛铁的规则。一个人一生中或许能苦战一百次，另一个人或许只能打二十次，每个人根据他的体形和身体素质，都会有一定的次数，当他打完这个定数，他就该结束了。是的，在他一生中他已经比他们大多数人参加了更多的比赛，他已经远远超过了他分内能够苦战的定数，那些令人筋疲力尽的战斗——那种心脏和肺紧张得快要爆炸的战斗，它们会夺去动脉的弹性，使青年灵活、柔软的肌肉慢慢结成硬块，消耗着人的勇气和耐力，而且由于用力过度和持续的过度紧张，使大脑和全身都疲惫不堪。是的，他比他们所有的人坚持得更长久，他那些老战斗伙伴如今已经一个不剩了。他是那些老拳击手中最后一个仍坚守在拳击台上的人。他亲眼看着他们一个个结束了自己的职业生涯，他甚至还参与了一些人的结束。

他们试着让他来对付那些老家伙，他将他们一个又一个淘汰出去——当他们像老斯托舍·比尔那样在更衣室里哭泣的时候，他却在那里大笑。现在，他也变成了一个老家伙，他们开始试着让那些更年轻的人来淘汰他了。其中，有一个家伙名叫桑德尔。他来自新西兰，而且在那里留下了比赛的最高记录。可是，澳大利亚没有一个人了解他的任何情况，于是他们就让他来对阵老汤姆·金。如果桑德尔这次有出色的表现，那么他就可以进一步跟更出色的拳手比赛，赢得更多的金钱，所以他一定会在这次比赛中制造一场激烈的战斗。他可以赢得一切——金钱、荣誉、事业，而汤姆·金则是一个头发斑白、遭受击打的老剁肉板，正挡在他通往名声和财富的大道上。他除了将用来支付给房东和商人的那三十个金镑，已经没有任何东西可以赢得了。这时，当汤姆·金正陷入沉思的时候，他那迟钝的视觉中出现了那个青年人的形象，一个显赫的青年人，趾高气扬而又不可战胜，有着柔韧的肌肉、光滑的皮肤，心脏和肺从来不会感到疲倦，对力量的局限抱着蔑视和嘲笑的态度。是的，年轻人就是复仇女神，他们将消灭那些老家伙，却没有想到这样做也是在消灭他们自己。他们的动脉会膨胀，指关节会被打碎，最后轮到他们自己被年轻人消灭，因为年轻人将永远年轻，而人的年龄只会变老。

在卡斯特雷瑞大街，他向左转经过三个街区，走向轻松俱乐部。一群聚集在门外的小无赖恭敬地给他让着路，他听到一个对另外一个说道："这就是他！这就是汤姆·金！"

走进俱乐部大门，他在前往更衣室的路上遇到了俱乐部的秘书，一个目光敏锐、满脸精明的年轻人，他握了握他的手。

"你感觉怎么样，汤姆？"他问道。

"非常健康。"汤姆·金这样回答，尽管他知道他在撒谎，如果他手里有一个金镑，他会毫不犹豫地去买一块上好的牛排。

当他走出更衣室的时候，他的助手随在他的身后，他穿过走廊走向大厅中央的方形拳击台，正在等待的人群突然爆发出一阵热烈的问候和欢呼声。他向左右两侧的观众还了礼，虽然他只熟悉其中很少几张面孔。当年他在方形拳击台上最初赢得桂冠的时候，这些面孔还都是小孩子。他轻快地跳上拳击台，弯腰钻过防护绳，走到他所属的那个角落，在一张折叠凳上坐下来。裁判员杰克·鲍尔走过来握了握他的手。鲍尔是一个衰老的拳击家，已经有十多年不曾作为拳击手站在拳击台上了。金很高兴这次比赛由他担任裁判。他们两个都是老家伙。如果他超出比赛规则打击一下桑德尔，他知道鲍尔可以帮他应付过去。

满腹雄心的年轻的重量级拳击手轮番登上拳击台，由裁判员介绍给观众。同样，他也向大家宣布了他们各自提出的挑战条件。

"年轻的普隆托，"鲍尔宣布道，"来自北悉尼，他愿另加五十镑，挑战比赛的获胜者。”

观众们鼓掌欢呼起来。当桑德尔跳上拳击台，钻过防护绳，坐到他的那个角落时，又响起了一阵鼓掌欢呼声。汤姆·金好奇地从拳击台另一头打量着他，因为在几分钟之内，他们之间就会发生一场残酷的搏斗，每个人都会竭尽全力试图将对方打昏。可是，他看不出任何异常，因为桑德尔正像他一样，在拳击服外套着长裤和厚运动衫。他的面孔非常英俊，一头卷曲的黄发，他那粗壮、强健的脖子显示着他的身体非常强壮。

年轻的普隆托从一个角落走向另一个角落，同参赛的选手握了握手，然后跳下了拳击台。挑战在继续进行。年轻人不断登上拳击台，钻过防护绳——这些无名的、从不满足的年轻人——对着人群大声喊叫着，宣布他们将凭着自己的力量和技巧，挑战比赛的得胜者。几年前，在他自己所向披靡的全盛时期，汤姆·金总是对这些预赛感到又好玩、又无聊。可是，他现在却入迷地坐在那里，无法摆脱眼中这些青年人的幻影。这些年轻人总是在拳击比赛中脱颖而出，他们跳上拳击台，钻过防护绳，大声地进行挑战。然后，那些老家伙总是在他们面前纷纷倒下去。他们是踏着那些老家伙的身体，登上了成功的宝座。他们总是不断冒出来，越来越多的年轻人——难以遏制、无法抵抗的年轻人——他们不断打败那些老家伙，等到他们自己也变成了老家伙，同样滑向下坡路的时候，他们身后又会出现没完没了的年轻人，将他们打败——那些新生儿，当他们强壮之后，就会打败他们的长辈，而在他们身后又将出现更多的新生儿，这样没完没了直到时间的尽头——年轻人一定拥有他们自己的意志，而这种意志永远都不曾消亡。

汤姆·金巡视着记者席，向《运动员报》的摩根和《裁判员报》的考博特点了点头。然后，他伸出他的手，让桑德尔的一名助手仔细检查了缠绕在他的指关节上的胶带，并在他的严密监视下，由他自己的助手锡德·沙利文和查理·贝茨给他戴上拳击手套，并将它们牢牢系好。他的一名助手在桑德尔所在的那个角落，也履行了同样的职责。桑德尔的长裤被拽了下去，当他站起身来的时候，他的厚运动衫也被人从头上脱去。汤姆·金看过去，他看到了一具年轻的身体，这个身体有着发达的胸脯、健壮的活力，那些肌肉在白绸一般的皮肤下仿佛活物一样滚来滚去。这具身体从上到下充满了生命的活力。汤姆·金知道，这个生命还未曾在长期的战斗中，从疼痛的毛孔里渗漏它那饱满的精神，而年轻人经过那样的战斗总是要付出代价的，当他经历过那一切之后，他就再也不会像刚进来的时候那样年轻了。

两个人走上前去相互碰了一下。当铜锣声响起来的时候，他们各自的助手们就“哗啦”一声带着折叠椅走下了拳击台。他们握了握手，立刻摆出了一副搏击的姿势。这时，桑德尔仿佛一部由钢铁和弹簧组装成的机械，一触即发，他前前后后来回跳动着，一个左拳打在汤姆·金的眼睛上，一个右拳打在他的肋部，然后急速闪开一个反击，轻轻地跳开了，随即却又带着威胁跳了回来。他迅速而又机敏。这真是一个令人眼花缭乱的展示，全场观众立刻爆发出一阵满意的喊叫，可是汤姆·金并没有眼花。他经历过太多的战斗，也遇到过太多的年轻人了。他知道他们为什么要这样打击对手——过于敏捷、过于灵巧，并不会构成什么危险。显然，桑德尔一心想要速战速决。这是可以预料的事情。这就是年轻人的方式，锋芒毕露，在疯狂的进攻和激烈的击打中尽展才能，试图用自己无限荣耀的力量和愿望来压倒对手。

桑德尔前前后后地跳着，一会儿跳到这里，一会儿又跳到那里，在整个拳击台上跑来跑去，脚步轻盈，心情急切，仿佛一个由雪白的肉体和有力的肌肉构成的活的奇迹，然后化为一个令人眼花缭乱的攻击器具，跳来跳去像一只飞梭那样，一个动作接一个动作，上千个动作连在一起，而所有动作的目标都集中于消灭汤姆·金，因为他正是挡在他和财富之间的障碍。汤姆·金耐心地忍受着这一切。他非常了解他所从事的职业，他也懂得年轻人，虽然青春现在已经不再属于他。现在还不能向对手发起进攻，要等到他消耗掉一部分力量之后再采取行动，这是他的想法。当他故意蹲闪了一下，使得头顶遭受到重重的一击时，他裂开嘴笑了笑。这是一种恶劣的举动，可是按照拳击比赛的规则，这却是非常公正的行为。一个人应该注意保护他自己的指关节，如果他定意要击打对手的头顶，那么他这样做本身是要自己来承担风险的。金本来可以躲避得更低一些，让那一拳“嗖”地从他的头顶上方空打过去，但是他想起了他自己在早年的战斗中怎样在“威尔士恶煞”的头上打碎了他的第一个指关节。他只是在遵守比赛规则，可是他的躲闪却毁掉了桑德尔的一个指关节。现在，桑德尔不会注意到这一点，他会继续打下去，勇猛而无所顾忌，他会一直猛烈地打完整场比赛。可是，将来在长期的拳击角逐中，他会为这个指关节感到悔恨，然后回想起他如何在汤姆·金的头上打碎了它。

第一轮完全被桑德尔控制着，他那旋风一般的攻击速度赢得了全场观众的热烈欢呼。他以雪崩般的猛击压倒了金，金没有进行任何反击。他从没有出过一次拳，只是遮掩着自己，阻挡和躲闪着，或者抱住对手以免遭到痛击。他有时候也假装进攻一下，在拳头落下时摇摇头，然后迟缓地移动着身体，从不跳来跳去或消耗一丝体力。必须等年轻人把气焰消耗殆尽后，慎重的老年人才敢进行回击。金的所有动作虽然缓慢，却有条不紊，他厚重的眼皮垂着，眼球缓慢地转动着，看上去一副半睡不醒或头昏眼花的模样。然而，这仍是一双能看清一切的眼睛，经过二十多年拳击场上的鏖战，这双眼睛已经训练得能够观察到来自对手的一切。在迎面打来的一拳面前，这双眼睛既不会眨动一下，也不会出现任何畏惧的表情，而是能够沉着地观测出这一拳的距离。

一轮结束后，他坐在自己的那个角落休息了一分钟。他伸开双腿向后躺下，他的胳膊搭在形成直角的防护绳上，当他大口大口呼吸着助手们用毛巾扇动的空气时，他的胸腔和腹部明显地上下起伏着。他闭着眼睛，听到场上的观众大叫着："为什么不打他，汤姆？"很多人都在大喊，"你不会怕他，是吗？"

"肌肉僵硬了，"他听到坐在前排座位上的一个人评价说，"他已经不能快速行动了。我二比一用现金赌桑德尔赢。"

铜锣响起来，他们两人起身从各自所在的角落走向对方。桑德尔向前走了足有四分之三的距离，渴望着再次投入战斗，可是金只让自己向前走了很短的几步。这样做符合他节省体力的原则。他赛前既没有进行很好的训练，又没有吃饱，因此每一步对于他来说都具有非常的价值。况且，他赶到拳击场已经走了两英里的路。这一轮只是前一轮的重复，桑德尔的进攻仿佛一阵旋风，而观众们都在愤怒地质问金为什么不进行反击。他只是假装进攻，缓慢地挥舞了几下拳头，可是这几拳根本不会给对手造成任何威胁。他除了阻挡、拖延和抱住对手，没有做出任何有效的打击。桑德尔一心想要加快比赛速度，可是金却非常智慧，对此根本不予配合。他咧开嘴笑了笑，而他那张在拳击场上被打坏的脸却带有某种愁苦的感伤。他怀着只有老年人才具备的谨慎，继续保存他的力量。桑德尔是个年轻人，他以年轻人的放任肆意挥霍着力量。金属于拳击场上的老将，具有经过长期痛苦的战斗培养出的智慧。他以冷静的目光和头脑观察着对手的一举一动，缓缓地移动着身体，等待着桑德尔把年轻人的气焰消耗一空。在大多数旁观者看来，金好像已经毫无希望和对手一争高下了，因此他们大声发表着自己的意见，出价三比一赌桑德尔赢。可是，有几个明白人，他们了解过去的金，因此接受了他们认为容易得来的赌注。

第三轮开始的时候照旧，随着桑德尔的主动进攻和频频猛击，他占据着场上的绝对优势。半分钟过去了，当桑德尔由于过度自负露出一个空档时，金的眼睛和右臂瞬间像闪电一般闪了一下。这是他第一次真正的出拳进攻——一个钩拳，他的胳膊一扭弯成弓形狠狠地向目标打去，随之他的身体旋转了半周将全部重量都加到了这一拳上。这就像一头看上去昏昏欲睡的狮子，忽然闪电一般猛地伸出了它的狮爪。桑德尔的下巴一侧重重地接受了这一拳，他像头小公牛一样倒了下去。观众们紧张地张开嘴，喃喃地发出一阵敬畏的欢呼。这个人的肌肉并没有僵硬，毕竟他还可以像一把锤子一样猛地打出一击。

桑德尔颤抖着。他翻身想要站起来，可是他的助手们大声尖叫着阻止了他，让他等待计数。他单膝跪在地上，做出站起身来的准备,同时等待着俯身站在他旁边的裁判员在他耳边大声计算着秒数。在第九秒的时候,他摆着一副战斗的姿势站了起来。汤姆·金看着他,心中感到非常遗憾,这一拳如果离桑德尔的下巴尖再近一英寸,他就能将桑德尔打昏,那么他就可以带着那三十个英镑回家去见他的妻子和孩子们了。

这一轮延续到三分钟结束的时候,桑德尔第一次对他的对手产生了敬重之感,而金依然缓慢地移动着身体,眼睛昏昏欲睡。当这一轮接近尾声的时候,金看到他的助手们蹲伏在拳击台外面,准备随时越过防护绳跳上拳击台,他感到这是一种警告,于是将战斗引向他自己所在的角落。当铜锣声一响,他立刻坐到那张正在等待他的凳子上,这时桑德尔却不得不穿过整个方形拳击台的对角线,走回他自己所在的角落。这是一件小事情,可是很多小事情累积在一起就会拧成一股强大的力量。桑德尔将不得不多走很多步,消耗很多体力,失去宝贵的半分钟休息时间。此后每一轮开始,金都慢悠悠地晃出他那个角落,迫使他的对手向前走很长的距离凑过来。每一轮结束的时候,金都主动将战斗引向他自己所在的角落,以便他能够立刻坐下去。

又有两轮过去了,金一直节省着他的体力,而桑德尔却浪费了很多力气。桑德尔逼迫金速战速决的方式使他感到很不舒服,因为密集的进攻像阵雨一般打在他的身上,一部分击中了他的要害。可是,金依然顽强地坚持着他固有的缓慢节奏,对那些年轻、鲁莽的观众要求他上前进攻的喊叫一概不予理睬。在第六轮中,桑德尔又一次出现了疏忽,汤姆·金可怕的右拳再一次打在他的下巴上,桑德尔又等裁判员数到第九秒才站起来。

比赛进行到第七轮的时候，桑德尔已经渐渐失去了优势地位，他开始平静下来，认识到这是他一生所经历的最为艰巨的战斗。汤姆·金是一个老家伙，可是却比他曾经遭遇过的那些老家伙更为出色——这是一个从不会丧失理智的老家伙，也是一个非常善于防卫的老家伙，他的打击具有多节棍的力量，他能够用任何一只手击倒对手。不过，汤姆·金不敢频频出击。他从来没有忘记他那被打碎的指关节。他懂得如果让他的指关节坚持战斗到最后一刻，他必须让每一次打击都能击中对手的要害。当他坐在他那个角落里，看着对面的对手时，他总是生出一种念头，如果能把他的智慧和桑德尔的年轻活力加在一起，那就可以组成一个世界重量级冠军了。然而，问题是桑德尔绝不会成为一名世界冠军。他缺乏智慧，而他得到智慧的唯一途径就是付出青春来换取智慧，可当他拥有了智慧时，他的青春却已经消耗殆尽了。

金懂得利用一切有利条件。他抓住每一次扭抱在一起的机会，在大多数抱住对方的时候，他都会用肩膀狠狠地撞击对方的肋部。根据拳击场上的经验，一次肩膀的撞击和一拳凶猛的打击造成的伤害同样有效，而一拳凶猛的打击消耗的力量却要比肩膀大得多。同样，在抱住对方的时候，金总是将全身的重量压在他的对手身上不愿放开。这样就会迫使裁判员前来干涉，将他们分开，而每次分开又总是在还没有学会休息的桑德尔的帮助下，因为他总是忍不住要挥舞他那出色的双臂，同时扭动着他的肌肉。每当金冲过来抱住桑德尔，用肩膀撞击他的肋部，同时将头靠在他的左臂下时，桑德尔几乎总是挥起他的右拳，从他的背后去击打对手那张暴露在外的脸。这是一种非常聪明的打击，常常会赢得场上的观众一阵阵欢呼，可是这种打击并不会造成危险，因此只是白白消耗了他大量的体力。不过，桑德尔并不疲倦，而且毫无节制，因此汤姆·金咧开嘴笑着，顽强地忍受着这种打击。

后来，桑德尔开始用右拳猛烈地击打对手的身体，表面上看来金挨了无数拳头，可只有那些拳击场上的老看客才懂得欣赏汤姆·金在拳头打来之前，用左拳的手套灵巧地碰一下对手的二头肌的技巧。的确，每一次击打都会打中他，可是每一次在二头肌上那轻轻的一碰都会削弱打击的力量。第九轮开始后，在一分钟之内有三次，金的右钩拳以弓形手法击中了对手的下巴，桑德尔的身体也就这样三次重重地摔倒在垫子上。每一次，他都会等到比赛规则许可的第九秒钟才站起身。他摇摇晃晃、全身发抖，可是他仍然很强壮。这时，他的进攻速度已经慢了下来，可是他浪费的力量也很少了。他冷酷地继续战斗着，可他继续汲取的主要资源是他的青春。金的主要资源是他的经验。当他的精力开始衰退，活力开始丧失时，他利用巧妙的技术来替代失去的一切，用长期战斗赢得的智慧和谨慎地使用力量来继续进行战斗。他不仅懂得决不做一个多余的动作，而且他还懂得诱使对手消耗力量的方法。一次又一次，他利用脚、手和身体的佯攻动作，不断诱骗桑德尔向后跳去、疾速躲闪或者进行还击。金自己可以休息，可是他决不允许桑德尔休息。这正是老年人的策略。

第十轮刚刚开始的时候，金开始用左直拳进攻桑德尔的面部，阻止他的猛冲，而桑德尔也开始变得机警起来，他的反应是收回左臂，然后迅速闪过对手的进攻，同时右臂用一个晃动的钩拳，打向汤姆·金脑袋的一侧。这一拳打得太高，没有造成致命的打击。

然而当它刚刚落到对手的脑袋上，金便感到了过去他所熟悉的那种晕眩的黑纱的侵袭，他的脑子里一片黑暗。在这个关键时刻，或者说在这最紧迫的一瞬，他的思维正好停了下来。瞬间，他看到他的对手逃出了他的视野，背景上那些观看的白色面孔也消失不见了。片刻之后，他的对手和背景上那些面孔才重新浮现在他的眼前。他好像刚才睡了一小段时间，现在不过是重新睁开了眼睛，不过那段意识不清持续的时间非常短暂，因此来不及让他倒下去。观众看到他踉跄了一下，膝盖一弯，随后又看见他恢复了正常，同时将他的下巴更深地缩进左肩的隐蔽处。

桑德尔接连几次用这种方法发动进攻，使金一直处于半晕眩状态，最后金终于想出了他的防卫措施，而这同时也是一种反击。他假装用左拳进攻，身体后退了半步，同时将全部力量集中在右拳，打出了一记上钩拳。这一拳的时间计算得非常准确，它正好在桑德尔低头躲闪时垂直落在他的脸上，桑德尔随即腾空飞了起来，身体蜷成一团向后倒去，他的头和肩膀重重地摔在垫子上。金用这种方法两次击中了桑德尔，然后他开始放手连续出击，将对手逼向防护绳。他不给桑德尔任何休息或喘息的机会，只是一阵猛攻，给对手以毁灭性的打击，全场的观众都站起身来，空中不断回荡着喝彩的怒吼。然而，桑德尔的力气和耐力异乎寻常，他竭力不让自己倒下去。在这种打击下，桑德尔被击昏似乎已经确定无疑，一位警长看到这样可怕的进攻，吓得胆战心惊，他在拳击台旁站起来想要制止这场比赛。正在这时，比赛结束的铜锣声响了起来，桑德尔踉踉跄跄地走回他那个角落，向警长表示他很健康也很强壮。为了证明他的话，他向后连续跳了两下，那位警长只好作罢。

汤姆·金向后斜靠在他那个角落里，猛力呼吸着，心中感到非常失望。如果这场比赛被制止了，那么裁判肯定会宣布他获胜，然后那些钱也就归他所有了。他不像桑德尔，他不是为了荣誉和事业而战，他只是为了那三十金镑奖金。现在，桑德尔在一分钟的休息时间内会恢复他的精力。

青春总是受到青睐——这句话闪过金的脑子，他记得他初次听到这句话，正是在他打败斯托舍·比尔的那天晚上。比赛结束后，一个有钱人为他买了一瓶饮料，然后拍着他的肩膀，对他说了这句话。青春总是受到青睐！那个有钱人说得完全正确。在很久之前的那个晚上，他正是一个年轻人。今天晚上，年轻人却坐在他对面的那个角落里。至于他自己，他现在已经战斗了半个小时，他已经是一个老人了。如果像桑德尔那样打下去，他连十五分钟都坚持不了，问题的关键是他无法恢复体力。那些膨胀的动脉和疼痛的心脏，不让他在两轮比赛的间隙慢慢聚集起力量。一开始的时候，他就力气不足。现在，支撑他身体的双腿异常沉重，而且开始抽筋。他不应该走那两英里赶来参加比赛。另外，还有从早晨他就渴望吃到的那块牛排。对那些拒绝赊账给他的屠夫，他心里猛地生出一种强烈而又可怕的仇恨。让一个老人不吃饱肚子去参加拳击比赛，真是太为难他了。一块牛排是那样微不足道，最多值几个便士，可对他来说却意味着三十金镑。

第十一轮开始的锣声敲响了，桑德尔立刻冲过来，显示着他实际上并不真正拥有的饱满活力。金很清楚事实如何——这只不过是一种像拳击比赛本身一样古老的虚张声势而已。他抱住对手来保存自己的力量，然后他又放开对手，让桑德尔开始发动进攻。这正是金所期待的。他用左手假装进攻使得桑德尔低头躲闪，然后他退后半步，以上钩拳打在桑德尔脸上，将他打倒在垫子上。然后，他再也不让对手休息，自己也承受着来自对方的还击，可是他击中的次数要多得多。他先用一阵猛攻将桑德尔逼向防护绳，然后又用钩拳和各种各样的拳法发动进攻，并竭力挣脱对手的扭抱，或者打得他无法抱住自己，而每当桑德尔正要倒下去的时候，他就用一记上拳稳住他的身体，随即又是凶猛的一拳，将他打到防护绳上，使他无法倒下去。

这时，全场都陷入了疯狂之中，这里成了他的天下，几乎每一个声音都在大喊："拼命打啊，汤姆！""打他！打他啊！""你已经打败了他，汤姆！你已经打败了他！"这将是一阵旋风般的结束，而这也正是拳击场上的观众花钱想看到的场面。

半个小时以来，汤姆·金一直保存着自己的体力，现在他一鼓作气将他所拥有的力量全都发挥了出来。这是他唯一的机会——现在彻底打败对手，或者再也没有机会。他的体力消耗得很快，他的希望是在最后的体力耗尽之前，他能够彻底打败对手。这时，他继续向对手发动猛攻，步步紧逼，同时冷静地估计着他的打击力度和造成的损伤程度，他已经认识到桑德尔是怎样一个难以打败的人了。这个人具有极度的毅力和耐力，那也是年轻人最纯粹的毅力和耐力。桑德尔无疑是拳击场上的后起之秀。他天生就是一个拳击手，也只有如此坚韧的材质，才可以塑造出一名成功的斗士。

桑德尔向后退缩着，身体摇摇晃晃，可汤姆·金的腿这时开始抽筋，他的指关节也背叛了他。然而，他铁了心让自己继续凶猛地攻击对手，虽然每一次打击都给他那饱受折磨的双手带来巨大痛苦。现在,尽管他事实上并没有挨打,可是他却和对手一样迅速衰弱了下去。他的打击全都击中了要害,可是这些打击背后不再有充分的力量支撑,每一次打击都只是意志顽强努力的结果。他的腿像铅一样沉重,可以明显看出他是在拖着两条腿向前。桑德尔的支持者看到这种征兆后,全都欢呼起来,他们开始大喊大叫地鼓励着桑德尔。

金被刺激出一股爆发力。他接连打出两拳——一记左拳,有些稍高,正打在对手腹腔的神经丛上,然后一记右拳正中对手的下巴。这两拳的打击分量都不是太重,可是桑德尔已经非常虚弱,而且头昏眼花,因此他倒下去躺在那里,全身都在颤抖。裁判员站在他的旁边,对着他的耳朵大喊着那致命的秒数。如果在裁判员喊出第十秒之前,他仍不能站起来,那么他就输了这场比赛。这时,全场观众都静静地站在那里,场上一片沉默。

金用两条发抖的腿支撑着身体,一种致命的眩晕控制了他,在他的眼前有一片脸的海洋在上下漂流、左右晃动,裁判员数秒的声音传入他的耳中,却好像来自一个遥远的地方。不过,他认为这场比赛自己已经赢了。一个人受到那样沉重的打击,再要站起来是不可能的。

只有年轻人能够站起来,桑德尔站起来了。在第四秒钟的时候,他翻了一个身,脸向下,盲目地伸手摸索着拳击台的防护绳。在第七秒钟的时候,他将自己拖起来单膝跪在那里,他一边休息,一边晕眩地晃动着肩膀上的脑袋。当裁判员喊到:“九!”桑德尔已经笔直地站了起来,摆出适当的招架姿势,他的左臂护住他的脸部,右臂护住他的胃部。护卫好这些重要部位后,他脚步蹒跚着向金走去,希望和他抱在一起以便争取更多的时间。

在桑德尔站起来的那一刻,金就开始打击他,但是他打出的两拳都被对手招架的手臂挡住了。随即,桑德尔就抱住了他,而且拼命抓住他不放,裁判员只好竭力将两人拉开。金从对手的扭抱中挣脱出来。他很清楚,年轻人恢复体力的速度很快,他也很清楚如果他能够阻止桑德尔恢复体力,那么对手就会输给他。狠狠的一拳就可以解决这一切。桑德尔会输给他,确定无疑会输给他。他已经以优越的战术打败了他,在战斗中打败了他,在得分上打败了他。桑德尔踉踉跄跄从扭抱中挣脱出来,而胜负成败就在这一线之间了。只要出色的一拳就可以打倒他,让他再也爬不起来。汤姆·金在这苦涩的瞬间,想起了那块牛排,而他多么希望背后有一块牛排支撑他打出这关键的一拳。他拼命打出了一拳,可是不但力量不够重,速度也不够快。桑德尔身体摇晃着,可是并没有倒下去,他只是脚步踉跄着退到了防护绳上以撑住自己。金踉踉跄跄地追过去,带着一种仿佛被肢解的剧痛,打出了另外一拳。然而,他的身体已经再也不受控制。他所剩下的只是一种战斗的意识,而这种意识由于精疲力竭变得模糊而又阴沉。他打击的目标是对手的下巴,可是他的拳头落下去却没能高过对手的肩膀。他想要打得高一些,可是疲惫的肌肉已经不再服从他的意志。另外,从打击造成的碰撞中,汤姆·金自己也脚步蹒跚地退了回来,而且几乎跌倒。他又努力打了一拳。这一次,他的一拳完全没有击中目标,而且由于虚弱至极,他倒向桑德尔并和他抱在了一起,他以此来支撑住自己免得倒在地上。

金不再努力挣脱,因为他已经竭尽了全力。他彻底完了。青春总是受到青睐。即使是抱在一起的时候,他也能感到桑德尔的体力增长得比他更强大了。当裁判员将他们分开的时候，他看到在他面前的年轻人已经恢复了体力。桑德尔每时每刻都在变得强壮起来。他的打击开始还很虚弱，毫无效果，可是渐渐在变硬、变得准确起来。汤姆·金双眼模糊地看到，一只戴着手套的拳头向自己的下巴打来，他想举起胳膊保护自己。他看到了危险，也有意志采取行动，可是他的胳膊实在是太沉重了，似乎有一百担铅压在上面，再也举不起来了，他竭力用灵魂的力量来抬起它。这时，戴手套的拳头已经击中了目标。他感到猛地有什么东西忽然折断了，正像一个电火花瞬间闪过，同时一片黑色的面纱蒙住了他。

他再次睁开眼睛的时候，他已经回到了他自己的那个角落里。他听到，观众们的狂叫仿佛邦迪海岸汹涌的波涛在怒号。一块湿海绵垫在他的脑袋下，锡德·沙利文正在往他的脸和胸口上喷洒着令人清爽的冷水。他的拳击手套已经被脱下去了，桑德尔俯下身来握了握他的手。对这个将他打败的人，他丝毫没有任何憎恶之感，他真诚地用紧紧一握来回赠对方，使他那被打碎的指关节又一阵剧烈地疼痛。然后，桑德尔走到拳击台的中央，观众的大吵大闹立刻平静下去，人们听到他接受了年轻的普隆托的挑战，并提议将额外的赌注增加到一百镑。金冷漠地看着眼前的一切，他的助手为他擦去身上的水流，擦干他的脸，为他做好离开拳击场的准备。他感到饥饿。这不是平常那种咬噬的饥饿，而是一种无边的虚弱，一种发自心窝的心悸，这种心悸传遍了他全身的每个毛孔。他记得在刚才的战斗中，他已经打得桑德尔全身摇晃、步履蹒跚，打败他只在一线之间。啊，那块牛排把一切都毁掉了！他只缺那决定性的一拳，他就输在那一拳上。这一切，全都是因为一块牛排。

他的助手们搀扶着他,想要帮他钻过防护绳。他挣开了他们,自己一低头钻过了绳子,然后沉重地跳下了拳击台。他的助手从拥挤的走廊中间为他开出一条路,他跟在他们身后走出了拳击场。在离开更衣室走向大街的时候,通往大厅的入口有一个年轻人和他聊了几句。

“在你能干掉他的时候,为什么不把他干掉?”那个年轻人问道。

“哈,去死吧!”汤姆·金说着,走下台阶,来到人行道上。

街角的酒吧店门敞开着,他可以看到里面的灯光和微笑的女招待,他还能听到里面有很多声音正在讨论这场比赛,以及吧台上传来的“叮叮当当”的钱币声。有人喊他去喝一杯。他明显地犹豫了一下,然后谢绝了对方,继续向前走去。

他的口袋里没有一枚铜币,走两英里路回家似乎太长了。他的确变老了。横穿陶门公园的时候,他突然在一张长椅上坐下来,感到身心交瘁,因为他想到了他的妻子还没有睡正在等他,等着知道这场比赛的结果。这比任何打击都更令人难以接受,他简直无法面对这个问题。

他感到全身衰弱而又疼痛,他那被打碎的指关节用疼痛警告他,即使找到一份挖土的零工,他也要一个星期才能握得住锄柄或铁铲。饥饿使他的心窝又一阵心悸,他感到有些恶心。悲惨的遭遇猛地淹没了他,他的眼睛不寻常地潮湿起来。他用双手蒙住脸,一边哭泣,一边回想起斯托舍·比尔,还有在很久以前的那个夜晚自己是怎样对待他的。可怜的老斯托舍·比尔!现在,他终于明白比尔为什么会在更衣室里哭泣了。

黄金谷

这里是峡谷的绿色心脏，险峻的峭壁延伸到这里后一改从前粗犷的线条，形成了一个隐蔽的小避难所，充满甜蜜、丰满和温柔的情调。这里所有的一切都归于寂静。甚至狭窄的溪流也停止了它们狂暴的倾泻，在漫长的岁月中渐渐汇成了一湾宁静的池塘。一头长有多叉鹿角的红色雄鹿站在没膝的水中，垂着头，半闭着眼睛，正在打瞌睡。

在池塘的一旁有一小片青草地，一片清凉、柔韧的绿茵一直从水边延伸到嶙峋的峭壁底部。在池塘的另一边是一片柔和的土坡，这片土坡一直向上延伸到对面的峭壁。斜坡上覆盖着绿茵茵的青草——青草中间点缀着一些五颜六色的鲜花，有橙色、紫色还有金黄色。在斜坡下面，一道峡谷夹在峭壁中间。在这里，没有任何奇异的景色。峡谷两岸的峭壁突兀地倾斜到一起，峡谷的尽头是一堆乱石，这些岩石的上面爬满了苔藓，然后又被一道由藤蔓、攀缘植物和树枝编织成的绿色帷幕遮掩起来。峡谷上方峰峦叠嶂，一大片覆盖着松树的山麓一直伸向遥远的地方。在更远的地方，像天尽头的白云一样，高耸着白色尖塔一般、常年积雪的齿状山脊，忠实地反映出太阳的光芒。

峡谷里没有一丝灰尘。树叶和花朵洁净如洗，毫无瑕疵。那些青草仿佛是未经践踏的天鹅绒。在池塘上方矗立着三棵三叶杨，它们雪白的绒毛在寂静的空中飘摇而落。斜坡上，熊果树的花朵散发的葡萄酒味，使空气里洋溢着一股春天的气息。它们那富有经验的叶片，此刻已经开始聪明地垂直卷曲起来，以抵抗正在到来的夏季的干旱。在草坡上那些空旷的地方，熊果树最远的阴影也延伸不到的地方，长满了蝴蝶百合，它们好像很多全身点缀着宝石的蝴蝶在飞行中突然停下来似的，全身仍在微微战栗着，随时准备重新逃走。在各处，偶尔也可以看到一些树木中的滑稽角色，那就是马德隆纳树，它们的树干在雨后由淡绿色变成了茜红色，大串大串蜡似的花铃散发着芬芳的香气。那些花铃为乳白色，花形好像铃兰花，散发着春天甜蜜的芳香。

没有一丝微风。空气中的香气熏得人昏昏欲睡。如果空气过于潮湿，浓郁的香甜或许会令人感到有些厌烦。然而，空气清新而又稀薄，仿佛星光融入了空气之中，然后又被阳光照得暖洋洋的，浸透了甜蜜的花香。

偶尔，一只蝴蝶在明暗相间的光斑中飞来飞去。这时，从各处传来山蜜蜂那令人困倦的、低沉的“嗡嗡”声——这些喜欢在盛宴中纵情逸乐的小家伙，在花朵间和善地互相拥挤着，简直都没有粗暴无礼的闲暇。溪水在静静地流淌，它们穿过溪谷时只是偶尔才会发出微弱的潺潺的水声。这种潺潺的水声仿佛一阵催眠的私语，总是时而被一阵瞌睡遮住，安静下来，时而又醒来继续窃窃私语。

在峡谷的心脏，一切事物的运动都是飘动的。阳光和蝴蝶在树林中飘进来又飘出去。蜜蜂的“嗡嗡”声、小溪的窃窃私语声也是飘来飘去的。飘动的声音和飘忽的颜色，似乎共同编织出一片精美、无形的轻纱，而它就是这里的精神。这是和平的精神，没有死亡，只有安然跳动的生命，安谧却不死寂，运动着却没有突兀的行动，充满了实在而又活泼的气息，没有激烈而又痛苦的斗争。这里的精神是具有生命气息的和平精神，一切都陶醉在繁荣的安逸与满足中，丝毫不受远方战争传闻的搅扰。

那头红色的、角叉很多的雄鹿，受到这个地方的精神的影响，正站在池塘那幽暗、没膝的凉水中打着瞌睡。在这里，似乎没有苍蝇来惹恼它，它休息得简直有些疲倦了。有时，当溪流醒来窃窃私语的时候，它的耳朵会动一动，不过那也只是懒洋洋地动一动，因为它早就知道，这不过是小溪发现它睡着了忍不住多嘴多舌地责怪它几句。

不过，这一次雄鹿的耳朵却紧张地竖了起来，它迅速而又急切地寻找着声音的源头。它的头转向下面的峡谷，它那敏感的鼻孔颤动地嗅着空中的气味。它的目光无法沿着流向远方的溪流穿透那道绿色帷幕，可是它的耳朵却听到了人的声音。那是一种坚定而单调的歌声。随后，雄鹿又听到金属碰到岩石上发出的刺耳的撞击声。这种声音使它喷着鼻息突然纵身一跃，从溪水中跳到了水边的草地上，然后站在未经践踏的天鹅绒般的草地上，竖着它的耳朵，再次用力嗅着空气中的气味。后来，它悄悄穿过那一小片草地，中间还停下来听了听四周的动静，最后像一个幻影迈着轻灵无声的脚步，慢慢消失在峡谷的尽头。

这时，钉有铁掌的鞋底踏在岩石上的声音再次响起来，人的歌声也越来越响亮。它此刻已经变成了一种引亢高歌，而且随着距离越来越近声音也越来越清晰，因此那些歌词也能够被听得清清楚楚：

回身转过你的脸庞，
转向那甜蜜而优美的山冈，
（你要轻蔑罪恶的力量！）
环视周围，遥望四方，
将罪恶的包裹抛在地上。
（你将遇到上帝，在一个早上！）

随着歌声，传来一种攀登的声音，于是这里和平的精神也随着红色雄鹿的脚步飞向了远方。绿色的帷幕被突然撕开了，一个人探身窥视着这里的草地、池塘和倾斜的山坡。他是那种做事会深思熟虑的人。他先用一种匆促的目光环视了一下四周，然后他的两眼开始仔细校正他最初的总体印象。最后，直到这个时候，他才大胆地张开嘴，一本正经地称赞着这个地方：

"一个充满生机、可以让人洗净罪恶的地方！你看看这些！树木、小溪、草地、山坡！这真是一个采矿人的乐园，一个卡尤塞人①的天堂！清爽的绿茵可以解除眼睛的疲劳！在这里，不用为脸色苍白的人准备粉红色的药丸。这是为采矿人准备的一片秘密的草

①卡尤塞人，居住在俄勒冈州东北部和华盛顿东南部的北美土著民族。

地，一个让疲惫的驴子休息的地方，他妈的！”

他是一个脸色沙黄的人，亲切和幽默似乎是他脸上最显著的特征。这是一张易变的脸，可以随着内在心情和想法的变化而迅速改变。对于他来说，思考的过程完全可以从他的脸上体现出来。各种念头在他的脸上闪过，正像一阵掠过湖面的狂风。他的头发稀疏、蓬乱，模糊的发色正如他的肤色一样。似乎他全身所有的颜色都注进了他的眼睛里，因为他的眼睛蓝得简直令人吃惊。同时，这双眼睛也是一双含笑、愉快的眼睛，里面还带有不少孩子般的纯真和惊奇，可是不知道为什么，这双眼睛又包含着一种由于自身丰富的阅历和经验，因而产生的镇定、自信和坚定的意志。

从藤蔓和攀缘植物围出的屏幕后，他扔出一把矿工用的鹤嘴锄、一把铁铲和一个淘金盘。然后，他自己也爬出来，走到一个空旷的地方。他全身套在一件褪色的工装裤中，上身是一件黑色的棉布衬衫，脚上是一双钉着平头钉的坚固的皮靴，脑袋上戴着一顶已经不成形的脏帽子，而帽子的形状和颜色说明它经受过无数风风雨雨、日晒以及营地的烟尘的侵袭。他直挺挺地站在那里，睁大眼睛观看着眼前神秘的景色，他的鼻孔愉快地张得很大，并微微有些颤动地呼吸着这个峡谷花园温暖、甜蜜的芬芳。他的眼睛笑眯眯的，眯成了一道狭窄的蓝缝儿，他满脸都洋溢着喜悦，他的嘴微微向上翘着大声说道：

“跳动的蒲公英和快乐的蜀葵，对我来说散发着最美妙的香味儿！你们的玫瑰精油和科隆香水厂有什么好说的！它们在这里简直微不足道！”

他习惯于自言自语。他那种容易变化的面部表情，虽然会透露他全部的思想和情绪,可他的舌头必然跑得更努力一些,它总要将一切重复一遍,正像第二个鲍斯维尔①。

这个人在池塘旁边躺下来,喝了很长时间溪水。“这味道对我来说太棒了。”他低声自语着,然后抬起头,一边凝视着池塘对面的山坡,一边用手背擦了擦他的嘴。这个山坡引起了他的注意。他一直俯卧在那里,花了很长时间仔细研究着小山的结构。那是一种经验丰富的目光,它们沿着山坡向上一直巡视到崩裂的峡谷峭壁,然后再返回向后、向下一直观察到池塘旁边。他迅速站起身来,再次将这个山坡观测了一遍。

“在我看来太棒了。”他终于得出了结论,然后他拿起了他的鹤嘴锄、铁铲和淘金盘。

他敏捷地踩着一块块石头,越过池塘下边的小溪。在山坡靠近溪水的地方,他挖了一铲泥土,然后放到淘金盘上。他坐下来,两手端着淘金盘,把其中一部分浸入溪水中。然后,他熟练而又敏捷地旋转着盘子,让溪水流进泥沙然后再流出去。这时,那些比较大、比较轻的砂砾被漂到了表面,他巧妙地将盘子稍稍一斜,那些砂砾便被漂了出去。有时候,为了提高速度,他会放下盘子,用手指将那些较大的鹅卵石和小石块拣出去。

淘金盘里的东西在迅速减少,最后只剩下了细泥和极小的细沙。在这个时候,他开始非常从容、仔细地淘洗它们。这就是精淘了。他淘洗得越来越仔细,同时敏锐地观察着泥沙,动作精密而又严格地旋转着淘金盘。最后,似乎盘子里除了水,什么东西都没有

①鲍斯维尔,即鲍斯维尔·詹姆斯(1740－1795),苏格兰律师、日记作家和作家,因撰写萨缪尔·约翰逊传记而扬名。

混合着石英的黄金深藏在下层土里，岩石和沉积物的自然运动，使它们逐渐被带到地球表面。由于山地侵蚀，流水不断地冲击着金子，致使河底产生了沉积物。而地壳运动也使沉积物在山坡上出现。所以，提取金子的方法有两种：用筛子过滤河沙或者挖矿石，然后在矿石中寻找金子。不管用哪种方法，探矿都需要用铁铲、镐、短柄斧来开凿河床，凿穿和支撑矿井。有时候为了省时省力，人们干脆就用炸药。

了,可他迅速地将盘子转了半圈,让水沿着盘子的浅边流进小溪,他发现在盘底留有一层黑砂。这层黑砂薄薄地铺在盘底,就像一道喷漆。他仔细检查了一下,在黑砂中有一粒很小的金砂。他让溪水从盘子较低的边缘流进来一点儿,然后迅速摇动了一下盘子,让溪水冲过盘底的黑砂,将那些黑砂翻了又翻。他的努力又收获到一粒小小的金砂。

这时,淘洗已经变得非常精细——精细得远远超出了普通淘金的需要。每次,他一点点将那些黑砂淘出盘子的浅边。每一小点儿泥沙他都要仔细检查,因此在每一粒黑砂他都亲眼看过之后,他才允许它们漂出盘子的边缘。他审慎地让那些黑砂滑出去。这时,一粒金砂出现在盘子边缘,不过针尖大小。他赶紧让水倒流,将那粒金砂带回了盘底。就这样,他又发现了一粒金砂,接着又是另外一粒。他极为小心地看顾着那些金砂,好像一位牧羊人看顾他的羊群一样,因此没有一粒金羊因他的不小心而流失。最后,一盘泥沙全都漂走了,只剩下了他的金羊群。他数了数那些金砂,然后在经过那样努力的工作后,他忽然把淘金盘里的水一转,将它们全都泼了出去。

不过,当他站起来的时候,他那双蓝色的眼睛却闪烁着希望的光芒。

"七粒,"他大声嘀咕着,这个数目就是他经过辛苦的工作淘出来,然后又被他任性地泼出去的金砂数。"七粒。"他用强调的语气又重复了一遍,设法让这个数字刻在他的记忆中。

他静静地在那里站了很久,观测着眼前的山坡。在他眼睛里,有一种好奇、仿佛大梦初醒而又炽热的光芒。他感到一种狂喜,同时感觉敏锐得正像一只正在捕猎的动物闻到了猎物的气味。

他沿着小溪向下走了几步,然后又挖了一大盘泥土。

他又开始仔细淘洗起来,审慎地收集着金砂,然后在数完它们的数目后,又任性地将它们泼到溪水中。

“五粒,”他嘀咕了一句,然后又重复道,“五粒。”

他沿着小溪向下走了几步,在将淘金盘填满之前,他忍不住又将小山观测了一番。他收集到的金砂又少了。

“四粒,三粒,两粒,两粒,一粒。”当他沿着小溪向下走去的时候,他的记忆表里记录下了这些数字。当他只能淘到一粒金砂的时候,他停下来,用干树枝点起了一堆火。他将淘金盘放进火里去烧,直到盘子变成了蓝黑色。他举起盘子,用钻研的目光将它检查了一遍,然后满意地点了点头。逆着蓝黑的背景颜色,即使是极小的黄点,他也能将它们找出来。

他依旧沿着小溪向下走去,又淘洗了一次。他只找到一粒金砂。第三盘根本没有金砂。他仍不满足,又接连淘洗了三次,每相隔不到一英尺他就铲一铲泥土进行淘洗。每一盘的结果都没有任何金砂,可这个事实不但没有使他气馁,似乎还使他感到很满意。每次淘洗毫无收获,他却越来越兴高采烈,直到他站起身来,喜气洋洋地大声喊道:

“如果这不是一个上等矿,我宁愿上帝用酸苹果敲掉我的脑袋!”

回到最初开始淘洗的地方后,他又开始沿着小溪向上淘洗。最初,他的金羊群增加得很快——大量增加。

“十四粒,十八粒,二十一粒,二十六粒。”这些数字印在他的记忆表格中。正好在池塘的上边，他淘到了收获最多的一盘——三十五粒金砂。

"几乎值得保留下来了。"当他用水将这些金砂冲走的时候，他有些懊悔地评价说。

太阳已经升到头顶，这个人仍在不停地工作。一盘又一盘，他逆流而上，淘洗到的金砂数目一直在稳定地减少。

"这真是太好了，矿脉在逐渐消失。"当他在一铲泥土中再也找不到第二粒金砂的时候，他感到非常高兴。

后来，他一连淘洗了几盘，却没有发现一粒金砂，于是他站起身来，用充满信心的目光看着那个幸运的山坡。

"啊哈！矿穴先生！"他对着上面大声喊道，好像正在对一位隐藏在山坡里的听众说话，"啊哈！矿穴先生！我来了！我来了！我一定会抓住你的！你听见我的话了吗，矿穴先生！我一定会抓住你的，就像南瓜不会变成花椰菜一样！"

他转过身来，以观测的目光看到，太阳已经升上晴朗无云的蓝天，然后沿着淘金时挖出的一排小洞，向峡谷下走去。他在池塘下边越过小溪，然后穿过那道绿色的帷幕，消失不见了。现在，要让这个地方恢复从前的宁静和安息，几乎是不可能的了，因为那个人的声音，那种带有拉格泰姆音乐①风格的歌声，一直回荡在这片峡谷中。

过了一会儿，随着鞋底上的铁钉踏在岩石上的巨大声响，他又走了回来。那道绿色帷幕变得非常不安，它在一种挣扎的痛苦中来来回回摇摆着。这时，又响起一阵尖厉的摩擦声和金属的"叮

---

①拉格泰姆音乐，1890－1915年间在美国流行的一种音乐。爵士乐的一种风格。

当”声。那个人忽然提高音量，变成了一种高音，而且明显地还带有一种命令的口气。一个巨大的东西气喘吁吁地跳了出来，在一阵突然折断的“噼啪”声、劈折声和撕裂声中，一匹马从如雨一样纷飞的落叶中冲出了那道绿色的帷幕。它背上驮着一只包裹，身后还拖着一些被扯断的藤蔓和攀缘植物。面对眼前突然出现的景色，这匹牲口用惊讶的目光看了一会儿，然后低下头去，开始安心地吃起青草。这时，第二匹马冲进了这里，还在长满青苔的岩石上滑了一下，直到它的马蹄踏到松软的草地上时，才恢复了平衡。这是一匹没人骑的马，虽然它的背上配着一副带有高鞍的墨西哥马鞍，而马鞍由于用的时间太长，已经疤痕累累而且还褪了颜色。

那个人跟在马的后面。他卸下包裹和马鞍，选择了一个露营的地方，然后让那两匹马自由自在地吃草。他打开他的食物袋，拿出一只煎锅和一只咖啡壶，然后收集了一抱干柴，用几块石头垒出了一个可以烧火的灶台。

“啊呀！”他说道，“我可是有一个好胃口。我简直可以吞下铁屑和马蹄上的钉子。谢谢你的好心，太太，谢谢你给了我双份食物。”

他直起身来，然后伸手去从工装裤的口袋里掏火柴，可是他的眼睛却越过池塘打量着那边的山坡。本来，他的手指已经抓住了那包火柴，可是指头一松，那只手又空空地伸了出来。这个人显然有些犹豫不决。他看了看那些准备烹饪的食物，然后又看了看那片山坡。

“我想我应该再试一次。”他终于做出了决定，开始迈步穿过那道溪流。

“这样做并不是没有价值的,我知道。”他喃喃地辩解着,“我想,推迟一个小时吃饭是不会造成什么危害的。”

在距离最初试着淘洗的那条线后几步远的地方,他又开始试验第二条淘洗线。这时,太阳开始向西天落下去,地面上的影子在逐渐拉长,可是这个人仍在不停地工作。后来,他又开始试验第三条淘洗线。当他向小山上攀去的时候,他在山坡上划出一道道横线。每条横线的中心点淘洗的收获最大,两端便淘不到什么东西了。随着他沿山坡向上走去,那些横线在明显变短。根据这些横线长度逐渐变短的规律,那么预示着在山坡的某个地方,最后那条横线一定会短得几乎没有长度,终于变成了一个点。这些横线组成的图形最后排列成一个倒置的“V”形结构。这个倒置的“V”形结构逐渐聚拢的两条边,显然就是含有金砂的泥土的边界,而“V”形的顶点显然就是这个人最终要寻找的目标。他的目光常常沿着“V”形逐渐聚拢的两条斜边向山坡上望去,试图确定顶点的位置,而那个顶点就是含有金砂的泥土的终点。那里就是“矿穴先生”居住的地方——这个人就是这样亲密地称呼山坡上那个假想的点的,他大声呼喊着:

“下来吧,矿穴先生!高高兴兴地下来吧!”

“好吧!”他随后又用果断的语气加了一句,“好吧,矿穴先生。我明白了,看起来我要亲自上去,把你的秃头揪出来。我一定会揪出你来的!我一定会揪出你来的!”他最后恐吓道。

每一盘泥沙,他都端到下边的溪水中去淘洗。当他越往山坡上走,淘金盘淘出的金砂就越丰富,直到他开始将淘出的金砂收集起来,放进一只曾经用来装发酵粉的空罐子里,而这只罐子原是他不经意间塞在裤子后袋里的。他只顾全神贯注地辛勤工作,完全没有注意到漫长的夜晚正在到来。直到他再也无法看清淘金盘盘底的金砂,他才意识到时间的流逝。他突然直起身来,脸上露出一种不断变化的惊奇表情,然后懒洋洋地说道:

"糟了,该死的!我竟然完全忘了晚饭!"

他在黑暗中跌跌撞撞地穿过小溪,点燃他那堆已经等待了很长时间的干柴。他的晚饭有薄煎饼、熏肉和加过热的豆子。然后,他在闷烧的火堆旁,吸了一袋烟,一边倾听着夜幕中传来的各种声音,一边观望着倾斜在峡谷里的月光。最后,他打开他的铺盖,脱下笨重的靴子,然后将毯子一直拉到下巴底下。他的脸在月光的照耀下一片惨白,好像一具死尸的脸。不过,这是一具懂得复活的死尸,因为这个人突然用一只胳膊肘撑起身体,凝视着对面的那片山坡。

"晚安,矿穴先生,"他困倦地大喊道,"晚安。"

他睡过了灰蒙蒙的清晨,直到阳光垂直照射在他那紧闭的眼皮上,他才突然惊醒过来,然后环视着四周,直到慢慢回想起昨天所发生的一切,这才意识到这一天的他本人就是以前活着的那个人。

至于穿衣服,他只不过是套上鞋子然后系紧就可以了。他看了看他的火堆,然后又看了看他的山坡,犹豫着,可是他终于战胜了诱惑,开始点起火来。

"保持耐心,比尔,保持冷静,"他劝告着自己,"匆匆忙忙有什么好处?兴奋得满身大汗是没有用的。矿穴先生会等你的。在你吃完早饭之前,他是不会逃走的。现在,你需要的是,比尔,吃一些新鲜的东西。所以,你应该设法去弄些新鲜食物。”

他在水边砍下一段不长的树枝,然后从一个口袋里掏出一段渔线和一个从前很漂亮但现在已经拖脏了的假蝇饵。

“在这么一大早,它们也许会上钩的。”当第一次将鱼钩抛进池塘的时候,他自言自语地嘀咕着。过了一会儿,他就快乐地大叫起来,“我怎么告诉你的,嗯?我怎么告诉你的?”

他没有卷轴,他也不想让任何多余的动作来浪费时间,他完全凭着自己的力气很快便从水中拉出一条亮闪闪、长达十英寸的鲑鱼。很快,他又接连拉出了三条鲑鱼作为他的早餐。当到他踏着垫脚石走向他那片山坡的时候,他忽然产生了一个想法,于是他停下了脚步。

“我最好是先到小溪下游去走走,”他说道,“说不定,有个什么家伙正躲在那里探头探脑呢。”

可是,他还是越过了小溪,只是说了一句“我真应该去走走”,然后就忘记了应有的警惕,开始动手干起活儿来。

黄昏的时候,他直起了身子。由于一直弯腰苦干,他的腰背已经僵硬了,当他将手伸到背后安抚那些疼痛的肌肉时,他说道:

“你现在想想,这到底是怎么了?他妈的!我又把午饭忘得干干净净!如果我再不小心,我肯定会退化成一个一天两餐的怪物。”

“矿穴真是一种太该被诅咒的东西,我不断看到有人被它迷得心神恍惚。”那天晚上,当他爬进自己的毯子的时候,他这样自言自语着,不过他仍没有忘记向那个小山坡告别,“晚安,矿穴先生!晚安!”

太阳刚刚升起来的时候，他便匆匆吃完了简单的早餐，然后早早地开始工作了。一种狂热似乎开始在他内心增长，淘金盘淘到的金子虽然越来越多，却无助于减轻这种狂热。他的脸颊泛着红晕，而这完全不同于太阳晒出的红晕。他忘记了疲倦，也忘记了时间的流逝。每当他装满一盘泥沙，他就会跑下小山去溪水中淘洗。虽然已经累得气喘吁吁，走起来步履蹒跚，可他仍忍不住要重新跑上小山，将淘金盘装满。

现在，他距离水源已经有一百码远，那个倒置的“V”形正在按一定比例缩小。由于含金泥沙的宽度正在有规律地缩小，这个人开始在想象中延伸“V”形结构的两条斜边，寻找它们在远处山坡上的交点。那正是他的目标，那个“V”形的顶点，为了给它定位，他已经淘洗了无数盘泥沙。

“应该在那些熊果树丛向上大约两码，然后再偏右一码远的地方。”他终于做出了推断。

然后，那种诱惑紧紧抓住了他。“这就像你脸上的鼻子一样清清楚楚。”他说完，放弃了他以前辛辛苦苦挖掘的一道道横线，然后直接爬到他想象中的那个顶点所在的地方。他装满一盘泥沙，然后将它带下小山去淘洗。那些泥沙里根本没有金子。他深挖、浅挖、填满然后淘洗了十几盘泥沙，可是连最微小的一粒金砂都没有找到。他为自己那样容易被诱惑而气愤不已，毫不留情地咒骂着自己的不虔诚和自以为是。然后，他走下小山，继续沿着横线向上挖去。

“慢而可靠，比尔，慢而可靠，”他低声哼哼着说，“在你这一行，捷径不会通往财富，关于这一点你应该很清楚。要明智，比尔，要明智。慢而可靠，这是你能玩的唯一手段。就这样努力干下去吧，要坚持到底。”

当横线缩短后，“V”形结构的两条斜边在逐渐靠拢，可是“V”形的深度也开始逐渐增加。金脉钻进了小山中。这时，他只有在地面下三十英寸的泥沙里才能淘到金子，而在距离地面二十五英寸或三十五英寸的泥沙里，他发现根本没有金子。在“V”形结构的底部，靠近水边的地方，他曾在草根中淘到一些金子。他越往小山的高处走，金子埋藏得也就越深。现在，为了填满一盘泥沙，他要挖一个三英尺深的深洞，而这并不是一般的工作量。在他和那个顶点之间，他还要挖无数这样的深洞。

“不知道它会倾斜多深。”他叹了一口气，立刻停下来用手指安抚着他那疼痛的脊背。

在狂热的欲望的催逼下，尽管脊背疼痛、肌肉僵硬，可这个人还是不停地用鹤嘴锄和铁铲对着松软的褐色泥土又挖又刨，努力向山上走去。在他面前是一片平坦的斜坡，斜坡上点缀的鲜花喷吐着香甜的芬芳。在他的身后，则是一片遭到破坏的土地。看上去，好像这座小山平滑的肌肤上忽然冒出了一些可怕的小疹子。他的工作进展缓慢，就像一只鼻涕虫在身后留下了一些畸形、可怕的痕迹，玷污了这里的美景。

虽然金脉越来越深，增加着这个人的工作量，可令人安慰的是，他发现盘子里的收获也越来越丰富了。二十美分、三十美分、五十美分、六十美分，淘金盘里的金子的价值在逐渐增加。傍晚的时候，他从一铲泥沙中竟然淘出了价值一美元的金砂。

“我敢打赌，我的好运一定会让一些好奇的家伙闯进我的这片牧场。”这天晚上，当他将毯子拉到下巴底下的时候，他困倦地喃喃自语了一句。

忽然，他猛地直挺挺坐起来。

“比尔，”他急促地大叫着，“现在，听我说，比尔，你听着！等到明天早上，你一定要到四周去走一走，看看你能发现一些什么。明白了吗？明天早上，你不能忘了啊！”他打了一个哈欠，看着对面他那片山坡，“晚安，矿穴先生。”他大声说道。

早上，他比太阳提前走了一步，因为当第一道阳光照耀在他身上的时候，他已经吃完早餐，正沿着虽然崩裂却可以落脚的峡谷峭壁，爬上谷顶。他站在谷顶放眼望去，发现自己正处于一片孤寂之中。当他竭力眺望着远方，却只见一重重群山矗立在他的视野中。他的目光转向东方，在层层叠叠、一望无际的群山之间，终于出现了一排雪峰的山脊——这是主峰，西部世界背后高耸入云的脊柱。至于北方和南方，他可以非常清楚地看到一片纵横交错的山脉，它们形成了这片无边无际的山海的主体布局。至于西方的山脉，它们一直向下延伸到很远的地方，一座座山峰渐渐低矮，依次变成了平缓的小丘，最后慢慢融入他视线尽头的是一片辽阔的山谷。

在这个一望无际的地方，他既看不到任何人的踪迹，也看不到任何人造的痕迹——只有他脚下那片山坡中间被撕破的洞口。这个人久久地侦察着四周的一切。有一次，在他的峡谷下面很远的地方，他以为自己看到半空有一缕模模糊糊的青烟。他又仔细看了看，然后才确定那是山间紫色的烟岚，是峡谷的峭壁环绕在山后形成的暗影。

“嗨，你，矿穴先生！”他对着下面的峡谷大声喊道，“从地下钻出来吧！我来了，矿穴先生！我来了！”

这个人脚上的皮靴很重，使他的脚步显得有些笨拙，可是当他从令人头晕目眩的高处晃下来的时候，却像一只野山羊那样轻松和轻盈。在悬崖的边缘，有一块岩石在他脚下旋转了一下，可是他并没有惊慌失措。他似乎非常准确地知道，这块岩石旋转多长时间才会造成灾难，因此在这个瞬间他要利用脚下的失误，暂时将这块岩石作为必要的立足之地，然后让它将自己带到安全的所在。在坡势陡峭的地方，不可能有片刻直立的机会，而这个人也不曾有过任何犹豫。他的脚会踏着那些不可靠的地方，在即将失足的瞬间纵身向前跳去。有时候，甚至连瞬间落足的地方都没有，他便用手抓住峭壁上一块突出的岩石、一道裂缝或者一丛根部根本不稳的灌木，瞬间将自己的身体荡过去。最后，随着疯狂的一跳和一声大喊，他身体脱离峭壁，跳到了土坡上。与此同时，几吨重的泥土和碎石也随之一同滚落下来。

这天早上，他首次淘洗便得到了价值两美元的金砂。这是从“V”形机构的中心部位淘出来的。然后，沿着这个结构的任何一条斜边淘过去，淘到的金子都在迅速减少。他挖掘的横线已经变得很短。这个倒置的“V”形结构的两条斜边正在逐渐聚拢，它们之间相隔只有几码远了。它们的交点就在他上方几码远的地方。可是，富矿脉越来越深地潜入了地下。中午过后，他要挖一个五英尺的深洞才能够淘到金子。

从这种情况看来，金脉已经变得越来越确定了，不再只是一种迹象。这里完全是一个冲积矿矿山，因此这个人断然决定在找到矿穴之后，再回头来挖掘这个地方。然而，逐渐增多的金砂开始让他隐隐有些担心。将近黄昏的时候,他每次淘到的金砂已经增加到了三四美元。这个人困惑地抓了抓他的头皮,看着山坡上几英尺远的地方,那些熊果树丛大概就是“V”形顶点的记号。他点了点头,然后神秘地说道:

“两种可能之一,比尔,两种可能者之一。要么矿脉先生完全消失在这座小山下,要么矿脉先生非常丰富,你简直不能把它全部带走。如果不能带走的话,那可是真该死,啊?”想象着令人如此愉快的困境,他吃吃地笑起来。

黄昏降临了,他仍在小溪旁淘洗着泥沙,他的眼睛在黑暗中竭力睁得大大的,为了淘出一盘五美元的金砂。

“我多希望有一盏电灯,让我能继续干下去啊。”他说道。

那天晚上,他辗转难眠。他多次迫使自己镇定下来,闭上眼睛,希望能够尽快入睡,可是过于强烈的欲望使他热血沸腾,他又一次次睁开眼睛,然后疲倦地低声自语着:“多希望太阳升起来啊。”

最后,他终于睡着了,可是星光才刚刚开始暗淡下去,他便睁开了眼睛。当晨曦照在他身上的时候,他已经结束了早餐,然后爬上山坡,向着矿穴先生那秘密的寓所走去。

这个人画出的第一道横线,只能挖三个洞,因此富矿脉已经变得非常狭窄,而他寻找了四天的金脉的发源地已经非常近了。

“冷静,比尔,冷静。”他警告着自己,这时他正在挖最后一个洞,这里就是“V”形结构的两条斜边最终交汇的那个点。

“我已经牢牢抓住了你,矿穴先生,你再也不能甩掉我了。”当他将这个洞挖得越来越深的时候,他已经将这句话重复了很多次。

四英尺，五英尺，六英尺，他不停地向地下挖着。这时，挖掘已经变得非常艰难。他的鹤嘴锄撞到一块碎石上。他检查着这块岩石。

“风化的石英。”他得出了这个结论，然后用铁铲将洞底的松土铲净，又用鹤嘴锄敲打着这块碎石英石，随着每次敲打，这块正在分解的岩石便碎裂一些。他将他的铁铲插入那些散落的石块中。他看到一道黄色的微光。他丢开铁铲，猛地蹲了下去。正像一个农夫擦着新挖出的马铃薯上的泥土，这个人，双手捧着一片风化的石英，擦去上面的泥土。

“沙达纳帕里斯[①]也没有过这种经历！”他大叫着，“这是一块块的金块啊！这是一块块的金块啊！”

他捧在手中的只有一半是岩石，另一半则完全是纯金。他将它放在他的淘金盘里，然后又开始检查另一块。他一丝黄颜色都没有看到，可是他用有力的手指将风化的石英一层层剥掉，直到他的两手中满是亮闪闪的黄色。他一块块地擦去那些石英上的泥土，将它们扔进淘金盘。这简直是一个宝窟，因为那些石英大多已经被剥落，剩下的还没有金子多。不时，他会发现一块没有岩石附着的石英——那完全是一整块纯金。他用鹤嘴锄将一大块石英从中间敲开，那简直就像是一堆黄色的宝石在闪闪发光，他拿着一块石英抬头看着它，慢慢转动着它，从上到下观赏着它那丰富多彩的光芒。

“你们夸耀你们的矿，大金块多得不得了啊！”这个人的鼻子轻

①沙达纳帕里斯，亚述末代国王，以生活荒淫奢侈著称，后因无力抵御外族入侵，自焚而死。

蔑地哼了一声，“哎呀，和这个金矿比起来，你们那个矿就像个三十美分的硬币。这个矿全都是金子啊。现在，我要给这个峡谷起个合适的名字，就叫‘黄金谷’，他妈的！”

他蹲在那里，继续检查着那些石英碎块，然后将它们扔进淘金盘。突然，他产生了一种危险的预感。似乎有一片阴影落在了他的身上，可是这里不应该出现影子。他的心猛地一跳，几乎要跳到他的喉咙里，使他感到有些窒息。然后，他全身的血液开始慢慢变冷，他感到浸透汗水的衬衫冰凉地贴在他的皮肤上。

他既没有跳起来，也没有四处张望。他没有动。他正在思考他得到的这种预兆的自然性质，试图找到这个向他发出警告的神秘力量的来源，并竭力体会着这个忽然出现、他看不见却威胁着他的东西。有一种充满敌意的预兆是人可以感受到的，而那种预兆对于人的感知系统来说非常微妙。他感觉到了那种预兆，可是他并不知道他是如何感觉到的。他只是感到那就像是乌云忽然遮住了太阳。那似乎是在他和生命之间，掠过了一种阴暗、令人窒息的险恶的东西。那就像是一种阴沉的东西，它要吞噬人的生命，导致死亡——他的死亡。

他全身的力量都在促使他跳起来，去对抗那种看不见的危险，可是他的精神控制住了他的惊恐，因此他依然蹲伏在那里，双手捧着一大块金子。他不敢向四周张望，可是现在他已经知道有一种东西正在他的身后和头顶。他假装对手里的金子产生了兴趣，用研究的目光检查着它，将它反复转来转去，擦去沾在它上面的泥土。然而，他每时每刻都知道有一种东西正在他的背后，正越过他的肩膀看着他手里的金子。

他一边假装对手上的金块非常感兴趣，一边却专心致志地听着。他听到了他后面那个东西的呼吸声。他的目光在他前面的地上搜寻着武器，可是他只看到他挖出来的金子，而它们在他处于绝境的此时此刻，已经变得毫无价值。这里有他的鹤嘴锄，在必要时它倒是一把顺手的武器，可现在根本没有那样一个时机。这个人非常了解他的处境。他正在一个七英尺深的窄洞里，他的头根本不能露出地面。他是处在一个陷阱中。

他继续蹲在那里。他非常冷静和镇定，可他的脑子却在紧张地思考着各种可能性，最终却只是感到一筹莫展。他继续擦着石英碎块上的泥土，然后将金块扔进他的淘金盘。他再也没有其他事情可做了。不过，他知道他迟早会站起来，面对那个正在他背后呼吸着的危险。几分钟过去了，他知道随着每一分钟的消逝，他就愈加接近那个他必须站起来的时刻，否则——想到这里，他又感到他那潮湿的衬衫冰冷地贴在他的皮肤上——否则，在他俯身在他的财宝上的时候，他可能就会遭遇死亡。

他依然蹲在那里，一边擦着金子上的泥土，一边在内心和自己争论着他应该以哪种方式站起来。他可以猛地站起来，爬出洞口，在七英尺之上的地面迎接那个威胁着他的东西，或者也可以慢慢地、不经意地站起来，假装偶然发现了那个正在他背后呼吸的东西。他的本能和全身所有好战的肌肉纤维，都狂热地倾向于猛地冲上地面。他的理智和其中的狡诈，却倾向于缓慢而谨慎地遭遇那个威胁着他而他却又看不见的东西。正在他内心争论不休的时候，一种响亮的爆裂声传入他的耳中。与此同时，他的后背左侧受到剧烈的一击，从受到打击的那个点，他感到一道火焰穿透了他的身体。他的身体跳了起来，可是跳到一半便又倒了下来。他的身体蜷曲着，好像一片突然被烤焦的树叶。他身体朝下倒在那里，他的胸口正压在他的淘金盘上，他的脸贴着泥土和岩石，他的双腿扭曲着盘在一起，因为洞底的空间非常有限。有几次，他的腿痉挛性地猛然一抽。他的身体颤抖着，仿佛得了严重的疟疾。他的肺部慢慢地扩张着，伴随着一声深深的叹息。然后，他的气息越来越微弱，最后非常缓慢地消失了，而他的身体同时慢慢向下塌去，没有了任何生气。

上面，一个人手拿一把左轮手枪正在洞口向下窥视。他向下边这个趴着不动的身体窥视了很久。过了一会儿，这个陌生人在洞口旁坐下来，以便观察洞里的情况，左轮手枪就放在他的膝盖上。他将手伸进一只口袋，掏出一束棕色的纸片，然后在纸片上放了一些烟草碎末。中间一卷、两头一塞，两种东西合在一起就变成了一根又粗又短的褐色纸烟。他一次也没有将他的目光从洞底那个身体上移开。他点燃纸烟，美美地将一口烟吸进了他的肺中。他吸得很慢。有一次，纸烟灭了，他又点燃了它。他一直都在研究他下面的那个身体。

最后，他将烟蒂远远地一扔，站了起来。他走到小洞边缘，横跨在洞口上，然后两只手分别撑在洞口的两边，而手枪仍握在他的右手中。他靠着臂力将身体放下洞去。当他的脚距离洞底还有一码远的时候，他放开双手跳了下去。

他的双脚刚刚落到洞底，他便看到那个采矿工的胳膊猛地伸了出来，而他的两条腿随即被猛地抓住，向下一拉，他便摔倒在地上。在向下跳的时候，他那只拿枪的手本来举在他的头顶上，可是就在他的腿被抓住的那一刻,他已经迅速把手放了下来。当他开枪射击的时候,他的身体仍在半空,他还没有完全倒下去。在这个狭窄的空间,爆炸声震耳欲聋。烟雾弥漫在整个洞中,因此他看不见任何东西。当他仰面朝天摔在洞底的时候,那个采矿工立刻像一只猫一样跳到了他的身上。甚至当那个矿工的身体压在他身上的时候,这个陌生人仍弯转了他的右臂,准备再次射击。就在这一刻,那个矿工迅速用胳膊肘撞向他的手腕,枪口向上一斜,子弹“砰”地射入了洞边的泥土中。

随即,陌生人感到那个矿工的手抓住了他的手腕。于是,他们开始争夺那支左轮手枪,每个人都竭力将枪口转向对方的身体。洞里的烟雾正在慢慢消散。那个仰面朝天的陌生人开始模模糊糊看到一些东西,可是他的对手突然故意抓起一把泥土撒进他的眼睛,因此他又什么都看不见了。在震惊的那一刻,他紧握着的那支左轮手枪被夺走了。接下来,他感到一阵粉碎性的黑暗突然袭击了他的脑袋,然后他便陷入了一片黑暗之中,甚至连黑暗也消失了。

这个采矿工开了一枪又一枪,直到将左轮里的子弹全部打光。然后,他扔掉手里的枪,喘着粗气坐到死人的大腿上。

这个矿工呜咽着,大口大口地喘着气。

“卑鄙的东西!”他喘息着说,“下流地跟在我身后,让我干活儿,然后在背后开枪打我!”

由于愤怒和筋疲力尽,他几乎是在大哭。他凝视着那个死人的脸,由于上面撒满了泥土和砂砾,很难辨认出他的面部特征。

“以前从来没有见过他,”矿工仔细观察了一番,最后说道,“只不过是一个普通的毛贼,该死的！他从背后开枪打我！他竟然从背后开枪打我!"

他解开他的衬衣,然后摸了摸左侧的胸和背。

"已经完全打透了,可还不至于要命!"他高兴地大声叫着,"我敢打赌他瞄得准极了,可是他开枪的时候打偏了——这个该死的东西！不过,我干掉了他！哦,我干掉了他!"

他的手指摸索着身体一侧的弹孔,脸上掠过一丝遗憾的神情。

"这个伤口可能会他妈的很难受,"他说,"我得把它处理一下,然后离开这个地方。"

他爬出洞口,走下小山,向他的营地走去。半个小时后,他牵着他那匹驮东西的马走了回来。他的衬衫敞开着,露出里面包扎伤口的粗糙的绷带。他的左手的动作很慢、很笨拙,不过并不影响他使用手臂。

利用死人肩下捆背包的绳套,他将那具尸体从洞里拖了上来。然后,他开始动手收集他的金子。他一直干了几个小时,中间常常停下来,让他那僵硬的肩膀休息一下,同时嘴里大叫着:

"他竟然从我背后开枪打我,这个卑鄙的东西！他竟然从背后开枪打我!"

他将自己的财宝完全收好,然后用几条毯子严严实实地包起来,打成了几个小包裹。最后,他估计了一下这些财宝的价值。

"足有四百磅,不然我就是霍屯督人①,"他总结道,"如果说有两百磅石英和泥土——剩下的还有两百磅金子。比尔！醒醒吧！两百磅金子！四千美元啊！那是你的——全都是你的!"

---

①霍屯督人,一种非洲土著。

他快乐地抓了抓他的头皮,可他的手指无意间摸到一个新出现的凹槽。这个凹槽摸起来足有几英寸长。这是第二颗子弹擦过他的头皮时留下的痕迹。

他愤怒地走向那个死人。

“你要、你要打死我吗?”他威吓道,“你要打死我,啊?好了,我还是更漂亮地干掉了你,我还会好好埋了你。我对待你可比你对待我好多了。”他将那具尸体拖到洞口,然后将他推了进去。随着一阵沉闷的“轰隆”声,那具尸体侧身落到了洞底,而他的脸扭着,朝向洞口的亮光。那位矿工低头看着他。

“你竟然从背后开枪打我!”他用责备的口气说道。

他用鹤嘴锄和铁铲填上了那个洞。然后,他将装满金子的包裹放到他的马背上。对于那匹畜生来说,这实在是太重的负担,因此他回到营地便将一部分包裹转移到另外那匹配有马鞍的马上。尽管如此,他仍不得不丢掉一部分用具——鹤嘴锄、铁铲、淘金盘、大量的粮食和烹饪用具,还有各种零碎的东西。

当太阳升到头顶的时候,这个人已经牵着马走向那道由藤蔓和攀援植物织成的帷幕。为了登上那些巨大的岩石,那两匹牲口不得不抬起前腿,努力摸索着穿过那些缠绕在一起的植被。有一次,那匹配有马鞍的马重重地摔倒在地上,这个人只好卸下它背上的包裹,让这匹牲口站起来。当他们又开始迈步前进的时候,这个人猛然从树叶中间探出头来,凝视着那片山坡。

“卑鄙的东西!”说着,他就消失不见了。

一阵撕扯藤蔓和折断大树枝的声音响了起来。树丛急促地前后摇摆着,说明有一些动物正从它们中间穿过。在一阵铁蹄和岩石的撞击声中，不时夹杂着一声咒骂或尖厉的大声吆喝。然后，那个人的歌声嘹亮地响起来：

回身转过你的脸庞，
转向那甜蜜而优美的山冈，
（你要轻蔑罪恶的力量！）
环视周围，遥望四方，
将罪恶的包裹抛在地上。
（你将遇到上帝，在一个早上！）

歌声变得越来越微弱，在一片寂静中，这个地方又恢复了它的精神。小溪又开始昏昏欲睡、窃窃私语。蜜蜂又发出令人困倦的“嗡嗡”声。三叶杨雪白的绒毛在芳香的空气中飘来飘去，蝴蝶在树丛中进进出出地飞舞着，一切都沐浴在宁静的阳光下。只是，草地上的蹄痕和被破坏的山坡记录了生命残暴的痕迹，证明他们曾打破这里的和平，他们曾来过这里。

老人同盟

在兵营里，一个人正在接受将被判处死刑的审讯。他是一个老人，一个来自白鲑河的土著，那条河汇入巴尔杰湖下面的育空河。这件事轰动了整个道森，也同样轰动了育空河周边一千英里内的居民。那些在陆地上抢劫也在大海上抢劫的盎格鲁－萨克逊人[①]，一向以法律进行统治，而有时这种法律是非常严苛的。可是，对英勃尔这起案件而言，法律似乎显得有些不适和软弱无力。从数学角度来讲，他将受到的刑罚根本无法抵消他所犯下的罪行。他必然受到刑罚，这是人们可以预料到的结果，这是毫无疑问的。然而，作为死刑判决，英勃尔也不过只有一条性命，充其量只能抵消他所犯下的无数罪行的一件。

事实上，他手上沾满了太多人的血，人们简直无法精确地数算出他到底杀死过多少个人。当人们在路旁吸烟或是围在火炉旁闲聊的时候，曾经粗略地估算过那些死在他手中的人数。那些不幸

---

①盎格鲁－撒克逊人，为日耳曼民族，盎格鲁人、撒克逊人和朱特人的一支，5 世纪和 6 世纪居住在英国。

被他谋杀的人全都是白人,有的是单独被杀,有的是成双,有的则是成群被杀。如此毫无目的的肆意谋杀,是那些骑警很长时间都不能理解的,甚至在船长们统治这里的时代,以及稍后人们探明了各地的河流,并且从英国本土来了一位总督为当地的繁荣收税的时候,他们仍对此感到不可理喻。

不过,令人感到更为神秘的是,英勃尔竟然会跑到道森来投案自首。那正是春天即将结束的时候,育空河的河水开始在冰层下咆哮、翻腾,这个老印第安人艰难地从河道爬上堤岸,站在道森的主要街道上眨着眼睛。那些当时看到他到来的人,都注意到他非常衰弱、步履蹒跚,摇摇晃晃地走过一大堆用来修建木屋的木材,然后坐下来。他整整一天都坐在那里,目不转睛地凝视着在他面前仿佛洪水一样涌来涌去的白人。很多人忍不住好奇地转过头去,看到他正呆呆地盯着他们,惹得人们对这个带有一脸怪异表情的老西瓦人议论纷纷。很多人后来还记得,他那极为特别的形象令他们感到非常惊异,因此他们后来一直为他们对不寻常事物的敏锐的洞察力感到自豪。

可是,迪肯森记得最清楚。小迪肯森,他是当时的主要目击者。小迪肯森是带着他的伟大梦想和满满一口袋现金来到这里的。不过,随着现金的消失,他的梦想也就烟消云散了。为了赚到返回美国的路费,他在霍尔布鲁克同梅森联合经营的贸易公司里,谋到了一个职员的职位。霍尔布鲁克和梅森的事务所,就在英勃尔所坐的那堆木料的街道对面。迪肯森在出去吃午饭之前,曾透过事务所的窗户看见他坐在那里,等他吃完午饭回来,又向窗外看了一眼,那个老西瓦什人仍坐在那里。

迪肯森不断观察着窗外，他后来也一直为自己敏锐的洞察力感到自豪。他是一个浪漫的小伙子，他把这个一动不动的老异教徒看作了西瓦什种族的象征，而此刻正用冷静的目光凝视着一群群入侵的撒克逊人。几个小时飞快地过去了，可是英勃尔丝毫没有改变他的姿势，他坐在那里纹丝不动。迪肯森不由得想起了一个人。有一次，在人来人往的大街上，一个人直挺挺地坐在一架雪橇上。人们开始以为这个人正在休息，可是后来他们摸了摸他，发现他全身僵硬冰冷，已经冻死在热闹的街道中间。为了将他放平以便装进一口棺材，人们不得不把他拖到一堆火旁，让他稍稍化开一些。迪肯森一想起这个人便忍不住浑身发抖。

“金都”道森城位于育空河和克郎代克河的交汇处，是“淘金热”时期西北地区最大的城市之一。在夏天，泥泞的街道依旧有热切的人与牲畜往来穿梭；在漫长的冬季，由河下游向道森运输的航途会变得极其艰难。对于那些不能确保得到充分供给的贫困者，骑警们会尽其所能说服他们离开城市。

JO'S
NIGHT BOXES

稍后，迪肯森走到公司外面的人行道上吸了一支雪茄，渐渐冷静了下来。片刻之后，艾米莉·特拉维斯正好走过这里。艾米莉·特拉维斯是一个文雅而又高贵的美丽姑娘。无论在伦敦或者克朗代克，作为拥有百万财富的采矿工程师的女儿，她的衣着从来都符合她的身份。小迪肯森将他的雪茄放在窗台上一个他还能找得到的地方，摘下帽子向这位姑娘行了个礼。

他们闲聊了十分钟左右，这时艾米莉·特拉维斯向迪肯森的肩后看了一眼，忍不住惊讶得小声尖叫了一声。迪肯森转头看去，也不由得吃了一惊。这时，英勃尔已经穿过街道直挺挺地站在他们旁边，他面色憔悴，看上去一副饥饿的表情，而他的眼睛却牢牢地盯着眼前的姑娘。

“你想干什么?”小迪肯森鼓起勇气，充满恐惧地问道。

英勃尔低声咕哝着，走向艾米莉·特拉维斯。他敏锐而又仔细地上下打量着她，没有放过她身上每一英寸。对于她那丝一般柔顺的褐发，以及她那湿润、娇嫩的脸上犹如蝴蝶翅膀上的粉霜一样柔美的颜色，他似乎特别有兴趣。他围着她走来走去，用精确的目光观察着她，仿佛正在研究一匹马的线条，或者是一艘轮船的构造。在他这样一圈圈绕来绕去的时候，他忽然看见夕阳从后面照在她粉红色的耳轮上，于是他停下了脚步，凝视着那对透明的玫瑰色耳朵。然后，他又将目光转向她的脸，长时间端详着她的蓝眼睛。忽然，他又咕哝了几句，伸出一只手去抓她的胳膊，正抓在她的肩膀和手肘之间，然后他用他的另一只手举起她的前臂折上去。这时，他的脸上露出厌恶和惊奇的表情，他轻蔑地哼了一声，丢开了她的胳膊。最后，他嘀咕了几个喉音很重的字，转身背向她，对迪肯森说了些什么。

迪肯森不懂得他的语言，而艾米莉·特拉维斯却大笑起来。英勃尔转头看看这个，又看看另一个，皱起了眉，可他们两个都摇着头表示不明白他的意思。他正要走开的时候，艾米莉喊道：

“嘿，吉米！过来！”

吉米从街道的对面走了过来。他是一个身材高大、笨重的印第安人，穿着一套很好的白人服装，头上戴一顶理想中的黄金国国王式的宽边帽。他在和英勃尔谈话的时候结结巴巴，喉咙里一阵阵发着颤音。吉米是希特肯人，对内陆地区的方言懂得并不是很多。

“他是白鲑河人，”吉米对艾米莉·特拉维斯说，“我对他们的话懂的并不是太多。他想去见白人的首领。”

“是总督。”迪肯森提醒道。

是吉米和这个白鲑河人多谈了几句，他的脸色顿时严肃起来，而且充满了疑惑。

“我认为，他想见亚历山大队长，”他解释道，“他说他杀了白种男人、白种女人、白种小孩，他杀了很多白人。他想去死。”

“我猜，他疯了。”迪肯森说道。

“你是什么意思？”吉米疑惑地问道。

迪肯森象征性地用一根手指戳了一下自己的脑袋，画了一个圈。

“可能是这样，可能是这样。”吉米说道，然后他又继续和英勃尔谈了起来，可是英勃尔仍要求见白人的长官。

一个骑警（在克朗代克服役已经不骑马）走到他们中间，听说了英勃尔的再三要求。他是一个坚定的小伙子，宽宽的肩膀，健壮的胸脯，两条匀称的腿笔直而又修长，尽管英勃尔个子很高，可他比英勃尔还要高出半个头。他的眼睛为灰色，冷静而沉着，带着一种由血统和习惯而产生的罕见的自信。由于他格外年轻，因此看上去充满了英俊的男性气质——他还是一个纯粹的少年——他那光滑的脸颊像少女的脸颊一样，很容易脸红。

立刻，英勃尔被他吸引住了。看到年轻的骑警脸上的刀伤，他的眼睛里燃起了一团火。他用一只满是皱纹的手沿着年轻小伙子的大腿，抚摸着他那充满活力的肌肉，然后又用指节敲了敲他那宽阔的胸脯，最后按了按、戳了戳他那像铁甲一样肌肉厚实的肩膀。这时，一群好奇的路人围了过来——有爱斯基摩矿工，有山地人，也有生活在边境的人，他们都是那种长腿、宽肩的人的后代。英勃尔匆匆看了他们一遍，然后用白鲑河土语大声说了一句什么。

“他说什么?”迪肯森问道。

“他说，所有的人都和这位警察一样。”吉米解释道。

小迪肯森是个小个子，而特拉维斯小姐会怎么想呢，因此他为自己提出的问题感到懊丧不已。

那个警察为他感到难为情，因此站出来说道：“我认为，他说的那些事可能有一些道理。我要带他到队长那里接受审问。告诉他跟我走，吉米。”

吉米用更颤抖的喉音重复了警察的话。英勃尔听了咕哝着，看起来很满意。

“可是，你要问问他，吉米，他刚才抓住我的胳膊的时候，他说的那些话是什么意思，他想干什么。”

根据艾米莉·特拉维斯的要求，吉米将她的问题翻译过去，并得到了回答。

“他说，你不要害怕。”吉米说道。

艾米莉·特拉维斯听了，看上去很高兴。

“他说，你品种不好，也不壮实，到处都软得像个小婴孩一样。他用两只手就可以把你撕成一小片一小片。他认为这种事太有意思了，太奇怪了，像你这样的女人怎么会生出像那位警察那么高大、那么壮实的男人。”

艾米莉·特拉维斯的眼睛一直没有垂下去，而且很镇定，可是她的脸颊却飞上了一层红晕。小迪肯森一下脸红了，而且感到非常窘迫。至于那位警察，他那男孩子的血液涌上脸颊，简直像在燃烧一样。

“你，跟我走。”他粗声喝道，用肩头分开人群挤出了一条路。

因而，英勃尔就这样走进了兵营，他在这里完全坦白、自动供认了一切，从此他就再也没有走出过这里一步。

英勃尔看上去非常疲惫。在他的脸上，刻着那种因毫无希望和年纪老迈而产生的疲惫。他的肩膀郁闷地低垂着，目光一片暗淡。他那杂乱的头发本应该变白了，可是因饱经日晒和风雨已经变得枯干，因此软塌塌地毫无光泽，也看不出颜色。他对周围的一切已经毫无兴趣。法庭里挤满了渔夫和猎人，他们低沉的谈话声和抱怨带有一种不祥的预兆，传到英勃尔的耳中仿佛是来自深渊的海水的咆哮。

他坐在靠近窗口的地方，他那对漠然的眼睛时而闭上休息，时而看看窗外沉闷的景象。天空非常阴暗，飘着灰蒙蒙的细雨。这时正是育空河涨潮的季节。河水的冰层已经融化，河水开始漫入城区。人们乘着独木舟或小船，在主要街道上来来往往穿梭不停。他常常看到一些小船转过街角，驶入被水淹没的广场，也就是兵营的阅兵场。有时，小船消失在他的下面，可是他能够听到小船撞上房子的木头以及船上的人爬进窗户的声音。随后，传来人们趟着水走来的声音，他们费力地穿过楼下的房间，走上楼梯。最后，他们出现在房门口，手拿着摘下来的帽子和湿淋淋的水鞋，走进了等待的人群中。

这时，人们的眼睛全都看着他，都在残酷地享受着他将受到刑罚的乐趣。英勃尔看着他们，他沉思着这些人的生活方式，还有他们的从来不会睡觉的法律，它总是在不断地前进，无论是好的年头还是坏的年头，无论是在洪水还是饥荒的时候，无论是在人遭受苦难、恐怖还是死亡的时刻，法律总是在不断地发挥作用。在他看来，法律似乎会将自己的作用发挥到时间结束那一刻。

一个人用力拍着桌子，嘈杂的谈话声便安静了下来。英勃尔看着那个人。他看起来像是一个有权力的人，可是英勃尔仍然认为，那个远远地坐在后面一张桌子旁边、额头方方正正的人才是他们的长官，他的地位不但高于其他所有人，也高于那个拍桌子的人。这时，另一个和他坐在同一张桌子后面的人站了起来，开始高声宣读很多精美的纸上的内容。他每读到一页纸的开头，总要清一清喉咙，读到每一页结尾的时候，总要舔舔他的手指。英勃尔不明白他说的是什么，可是其他的人都明白，他知道那些话使他们非常愤怒。有时，那些话使他们非常愤怒，有一次一个人还一字字咒骂着他，声音刺耳而又激愤，直到一个人拍了一下桌子，他才安静下来。

那个人读了很长时间。他那单调、歌唱一样的发言，使得英勃尔开始进入梦境，当他读完的时候，英勃尔已经深深地沉入了梦乡。当一个人用他自己的白鲑河土语对他说话的时候，他醒了过来，然后看见了他姐姐的儿子那张脸，可是他并没有感到吃惊。这个年轻人多年前就离开了家乡，去和白人们住在一起。

“你不记得我了？”年轻人用问候的方式对他说道。

“记得，”英勃尔回答，“你就是远走高飞的霍肯。你妈死了。”

“她是一个老女人了。”霍肯说道。

可是，英勃尔没有听到他的话，霍肯用手摇摇他的肩膀，又把他摇醒过来。

“我要把刚才那个人说过的话，对你再说一遍，那些事都是你惹出的麻烦，那也是你，哦，傻瓜，是你告诉亚历山大队长的。你要明白，你得交代那些话到底是真的还是假的。这是命令。”

霍肯曾在一个民间布道团中待过，他们教会了他读书和写字。此刻，他的手中举着刚才那个人大声宣读过的很多精美的纸，上面是一个办事员记录下来的英勃尔第一次招认的口供，那是英勃尔通过吉米的嘴向亚历山大队长交代的。霍肯开始读了起来。英勃尔听了一段时间后，他的脸上露出惊奇的神色，然后他突然打断了霍肯的朗读。

“这都是我说的话，霍肯。你的耳朵并没有听见这些话，它们怎么会从你的嘴里说出来呢？”

霍肯得意地傻笑起来。他的头发从中间分向了两边。

“不,它们都是从纸上来的,哦,英勃尔。我的耳朵从来没有听见过它们。它们都是从纸上来的,通过我的眼睛,钻进我的脑袋里,然后再从我的嘴里说给你。它们就是这么来的。”

“这么来的?它们都在纸上?”英勃尔用敬畏的音调低声问道,同时他一边用拇指和食指摩挲着那些薄薄的纸片,一边盯着涂在上面的文字,“这真是一种了不起的法术,霍肯,你成了一个奇异的法师。”

“这没什么,这没什么。”年轻人骄傲而又满不在乎地回答,他从公文中随便拿起一页纸,继续读下去,“那一年,在冰解冻以前,来了一个老人还有一个一只脚瘸了的男孩子。他们也让我给杀了,那个老人不停地叫——”

“这是真的,”英勃尔气喘吁吁地打断了朗读,“他叫个不停,很长时间都没有死。可是,你怎么知道的,霍肯?或许,这是那个白人的长官告诉你的?没有一个人看见我,我只告诉过他一个人。”

霍肯急躁地摇了摇他的脑袋,说道:“我不是告诉你了,它们都写在纸上,哦,傻瓜。”

英勃尔死死盯着纸上那些涂抹的墨水:“你是不是像猎人看着雪说那样,昨天,有一只兔子从这里跑过去,它站在柳树丛旁边听着,它听到了什么,开始害怕,然后转身跑了。它在那儿跑得飞快,大步跳着。可是,跑来了一只山猫,在那儿跑得更快,跳得步子更大。在那儿,雪地上留下了很深的爪印,那是山猫跳了一大步,在那儿一扑,然后兔子就肚皮朝上被扑倒在下边。从那儿开始,雪地上只剩下了山猫的爪印,再也没有兔子的爪印了——就像猎人看见雪上的爪印会这么说,你也是这样看着这张纸说,老英勃尔在这儿干过这些事?”

“就是这样,”霍肯说道,“现在你听着,让你那女人一样的舌头老老实实地待在牙齿里边,直到叫你说话的时候你再说。”

从此之后,过了很长时间,霍肯都在宣读他的口供,而英勃尔一直沉思着,非常安静。最后,他说道:

“这都是我说的话,说的都是真的,可是我已经老了,霍肯,很多事情都忘了,可是现在我又想起来了,应该让那个做首领的人知道。开始,有一个人翻过冰山,他带着巧妙的铁夹子,要抓白鲑河里的海狸。我杀了他。很久以前还有三个到白鲑河找金子的人,我也杀了他们,然后把他们丢给了狼獾。还有在五指山那儿,有一个人划着一只带了很多肉的木筏。”

当英勃尔停止回忆的时候,霍肯就将他的话翻译过来,而一名办事员一直在进行记录。法庭里的人们麻木地听着每一桩未经加工的小小的惨案,直到英勃尔说起一个红头发、眼神不好的男人,他隔着很远一枪打死了那个人。

“该死,”一个坐在旁听席最前面的人骂道。他的声音充满了感情,非常悲哀。他长着一头红发。“该死,”他又骂了一句,“那是我的兄弟比尔。”在开庭过程中,他每隔一段时间就会严肃地骂一句“该死”,而他的伙伴们没有阻止他,坐在桌子旁边的那个人也没有拍桌子命令他住嘴。

英勃尔的头又垂了下去,他的目光开始呆滞,仿佛眼前升起了一层薄膜,挡住了他周围的世界。他梦到了只有老年人才会梦到的毫无意义的青春。

后来,霍肯又叫醒了他,对他说道:“站起来,哦,英勃尔。他们命令你说一说,你为什么要惹那些麻烦,杀了那些人,最后又跑到这儿来找法律处罚你。"

英勃尔虚弱地站起身来,身子前后摇晃着。他开始低声讲述起来,喉咙里发出微弱的"隆隆"声,可是霍肯打断了他的话。

"这个老家伙,他真是疯了,"他用英语对那个额头方方正正的人说,"他说的都是蠢话,就像个小孩子。"

"我们要听听他那像小孩子一样的话,"额头方方正正的人说,"他说的时候,我们会一个字一个字听下去。你明白吗?"

霍肯明白了。英勃尔的眼睛一亮,因为他亲眼看到了他姐姐的儿子和那个有权力的人之间的比赛。然后,他开始讲述他的故事,这是一位青铜色的爱国者的史诗,它有充分的理由被锻造成青铜纪念碑,留给未来的人们。人群中一片奇异的寂静,那个额头方方正正的法官用手支着头,思索着这个人的灵魂和他那个种族的灵魂。法庭上只听到英勃尔深沉的声音和那个翻译者尖厉的声音,它们有节奏地相互交替着,不时地,仿佛上帝的铃声,中间穿插着那个红头发男人带有疑惑和沉思的"该死"的骂声。

"我是白鲑河的英勃尔。"霍肯就这样翻译着,当老英勃尔用野蛮的口气讲述他的故事的时候,霍肯身上那与生俱来的野性便控制住了他,使他忘记了文明的教导和文明的伪装,"我父亲是奥斯鲍克,一个大力士。在我小的时候,太阳照得地上很暖和,我们活得很高兴。人们不会渴望那些奇怪的东西,也不会听到陌生的声音,人们像他们的父亲一样过着日子。那些女人都会得到年轻男人的喜欢,年轻的男人看着她们感到很满意。女人们抱着吃奶的孩子,她们生了很多孩子,屁股变得很大。那时候,男人就是男人。

无论是在平静和富裕的时候，还是在战争和饥荒的时候，他们都是男子汉。

“在那个时候，水里的鱼比现在多，森林里的野兽也比现在多。我们的狗都是狼种，厚厚的毛很暖和，足以抵抗冰霜和暴风雪。正像我们的狗一样，我们也可以抵抗冰霜和暴风雪。后来，佩里人来到我们的地盘上，我们就杀他们，也被他们杀死。因为我们是男子汉，我们白鲑河人和我们的父辈都和佩里人打过仗，划定了各自的地盘。

“就像我说过的，我们的狗是那样，我们也是那样。一天，我们这里来了第一个白人。他爬着，就这样，在雪地里用手和膝盖。他的皮紧包着身子，他的骨头都凸出来了。从来没有过这样的人啊，我们想，而且我们很奇怪他是哪个陌生部落的人，住在什么地方。他很虚弱，非常虚弱，就像一个小孩子，所以我们就在火边给他让出一个地方，让他躺在暖和的皮毛上，我们给了他食物就像给一个小孩子一样。

“他带着一条狗，个头儿大得抵得上我们三条狗，可是它也很虚弱。这条狗的毛很短，不暖和，它的尾巴冻得尾巴尖都掉了。我们也喂这条陌生的狗，让它卧在火边，还把我们的狗赶走，免得它们咬死它。这个人和他的狗吃了我们的鹿肉和干鲑鱼，他们开始有了力气。他们有了力气就变得自高自大起来，什么也不怕了。这个男人说话大声嚷嚷，嘲笑我们的老人和年轻人，还大胆地盯着我们的姑娘看。那条狗和我们的狗打架，虽说它的毛又短又软，可是它一天就咬死了我们的三条狗。

“后来，我们问这个人他是哪个部落的，他说：‘我有很多兄弟。'然后就有些不善地大笑起来。后来,等他气力养足了,他就走了,而且娜达也跟他走了,她是酋长的头生女儿。他走了以后,头一件事就是我们的母狗生了小狗。我们从来没见过那种狗——大脑袋、厚下巴,毛又短又没用。我记得很清楚,我的父亲奥斯鲍克,一个大力士,他看见那些没用的狗,脸气得发黑,他拿起一块石头,就这样,又这样,那些没用的东西就彻底完了。过了两个夏天,娜达又回到了我们这里,她怀里抱着一个小男孩。

"这刚是个开始。后来又来了第二个白人,带着好几条短毛狗,他走的时候丢下了它们。他带走了我们六条最强壮的狗,为了这个交易,他给了我母亲的兄弟库苏提一支很棒的手枪,能一连六次很快地开火。库苏提有了这支手枪就自高自大起来,还嘲笑我们的弓箭,说那是'女人用的东西',然后他就拿着那支手枪去打光脸灰熊。现在,我们都知道用手枪去打光脸熊根本不好,可是我们那时候怎么会知道呢?库苏提怎么会知道呢?所以他很勇敢地去打光脸熊,手枪很快开了六次火,可是光脸熊只是哼了一声,然后就像抓鸡蛋一样抓破了他的胸口,库苏提的脑浆就像蜂窝里的蜜流到了地上。他是一个好猎手,以后再也没有人带肉给他的女人和孩子吃了。我们都很难过,我们说:'那些东西对白种人好,对我们就不好。'这是真的。白种人有很多,而且都很肥胖,可是他们那些办法让我们又瘦又少。

"第三个白人来了,带了很多让所有的人都惊奇的食物和其他东西。他换走了我们二十条最强壮的狗。还有,他用礼物和很多许诺,带走了我们十个年轻的猎手,带他们去了没有一个人知道的地方。听说,他们死在了没有人去的冰山的雪里,要不就是死在了安静的大山里,那里远得到了世界的边上。不管怎么样,从那个时候起,白鲑河人再也没有看见过那些狗和年轻的猎手。

“一年年过去,白人来得更多了,他们不断用工钱和礼物让年轻人跟他们走。有时候,一些年轻人回来了,告诉我们他们在比佩里更远的地方遭受的危险和辛苦,有时候他们就再也没有回来。我们都说:‘如果那些白人,他们什么都不怕,那是因为他们人多,可是我们白鲑河人很少,年轻人再也不能走了。’可是,年轻人还是走了,年轻的女人也走了。我们都非常生气。

“那是真的,我们真的是吃了面粉、咸猪肉,喝了让人很高兴的茶。可是,等我们得不到茶的时候,那就太糟糕了,我们变得不想说话,很容易发火,所以我们开始渴望白人带着东西来和我们做交易。交易!交易!所有的时间都在做交易!一年冬天,我们卖了我们的肉,换了一些不能走的时钟、发条坏了的表、刀刃磨光了的锉刀、几支没有子弹的手枪,还有一些没有用的东西。然后,饥荒就来了,我们没有了肉,在春天之前死了四十个人。

“‘现在我们变弱了,’我们说,‘佩里人会来打我们了,会占领我们的地盘。’可是,正像我们的遭遇一样,佩里人也遭遇了同样的事情,他们也变得很弱,再也不能来攻打我们。

“我的父亲,奥斯鲍克,一个大力士,他这时已经老了可是很英明。他对我们的酋长说:‘看啊,我们的狗都没有用了。它们的厚毛不长了,也不强壮了,它们会死在雪地和缰绳里。让我们到村子里去,杀了它们吧,只留下那些狼种,让它们每天晚上都留在外边,它们会和森林里的野狼交配。这样,我们又会有毛又暖和又健壮的狗了。’

“他的话被采纳了，然后我们白鲑河人因为我们的狗变得有了名气，它们是我们那一带最好的狗。可是，我们自己却没有人知道。我们最好的小伙子和姑娘都跟着白人走了，他们从陆地或者从河上去了很远的地方。年轻的女人回来的时候，她们又老又有病，就像娜达回来的时候一样，或者她们就再也没有回来过。那些年轻的男人回来了，坐在我们的火边待上一段时间，他们满嘴都是下流话，行为非常粗鲁。他们喝着那种害人的酒，白天晚上都在赌博，而且他们心里总是不安宁，直到白人来叫他们跟他们走，他们就又去了那些没有人知道的地方。他们不懂得荣誉，不懂得尊重人，嘲笑以前的生活方式，面对面嘲笑酋长和巫师。

“正像我说过的，我们白鲑河人已经变成了一个软弱的民族。我们卖出暖和的皮毛，换来烟草、威士忌和单薄的棉布，让我们在寒冷里冻得发抖。然后，我们得了咳嗽病，男人和女人一夜一夜地咳嗽、出汗，打猎的人半路会在雪地上吐血。今天这一个、明天另一个，他们嘴里流血很快就都死了。女人们很少生孩子了，她们生的孩子又虚弱又有病。白人还给我们带来很多其他疾病，都是我们从来不知道的病，也不明白到底是什么。天花还有麻疹，我曾经听说过这些病的名字，我们中很多人得这些病死了，就像鲑鱼在秋天里产下它们的卵以后，再也不需要活很长时间了，就死在无风的漩涡里。

“可是，让人稀奇的是，白人就像死亡的气味吹到我们这里，他们自始至终都把人带向死亡，他们的鼻孔里充满了死亡的气味，可是他们自己却没有死。他们有威士忌、烟草和短毛狗，他们有很多疾病，有天花和麻疹，有咳嗽和吐血。他们的白皮肤对于冰霜和暴风雪来说太柔软了。他们有一连六次能很快开火的手枪,可是没有什么用。他们虽说有很多病,可是他们却长得很肥胖,也很兴旺,他们把整个世界都牢牢地掌握在手上,把人们重重地踩在他们脚下。他们的女人也一样,柔软得像个小婴孩,看上去很容易撕破却从来不会撕破。她们生了那么多男人。她们从所有的软弱、疾病和虚弱里面,涌出了力量、能力和威信。她们到底是神还是魔鬼,那要看情况来定了。这我不知道。我,白鲑河的老英勃尔,我能知道什么?我只知道他们是我所不能理解的,那些白人,他们游荡到很远的地方,然后到世界的各个地方去打仗。

"正像我说过的,森林里的野兽变得越来越少了。这是真的,白人的枪太好了,它们从很远的地方就能杀死野兽,可是到了没有野兽可杀的时候,那些枪又有什么用呢?在我小的时候,白鲑河的每一座山上都有驼鹿,每年还跑来数不清的驯鹿。可是,猎人现在走上十天,也看不见一头让人高兴的驼鹿,那些数不清的驯鹿也全都不来了。那些枪从很远的地方就能杀死野兽,可是等没有野兽可杀的时候,要我说,那些枪就没多大用了。

"至于我,英勃尔,看到整个白鲑河人、佩里人还有那个地带所有的部落,像森林里的野兽一样在慢慢地毁灭,我开始思考这些事情。我思考了很长时间。我和巫师还有那些英明的老年人谈论过这些事。为了不让村子里的那些声音打扰我,我就离开了村子住到别的地方去。我不吃肉,所以我的肚子不会让我感到胀得难受,也不会让我的眼睛和耳朵迟钝。我睡不着觉,在森林里一坐就是很长时间,我睁大眼睛看着征兆到来,我的耳朵耐心、敏锐地听着那些将要传来的话。我晚上一个人在黑暗里走来走去,走到河岸,那里有风在呻吟也有水在哭泣，我想在森林里找到死去很长时间的老巫师的鬼魂，让它给我智慧。

“最后，好像是一种幻影，一群讨厌的短毛狗向我走过来，办法似乎很简单了。当年正是靠着奥斯鲍克的智慧，我的父亲，一个大力士，我们的狼狗才保住了纯粹的血统，所以它们才保住了温暖的毛，才有力气干活儿。就这样，我又回到了村子里，对人们说：‘那些白人是一个部落，他们有很多白人，是个大极了的部落。毫无疑问，他们那个地方肯定是没有兽肉了，他们跑到我们中间来就是为了给他们找一个新地盘。可是，他们让我们弱下去了，我们不断在死人。他们是一些过于贪婪的人。我们的兽肉已经没有了，假如我们还想活下去，我们对付他们就应该像对付他们的狗一样。’

“接下来，我忠告人们要和白人打仗。白鲑河人听了我的话后，有人说这事，有人说那事，还有一些人说了其他没用的事，就是没有一个人勇敢地说到该怎么做和打仗的事。尽管那些年轻人像水一样虚弱，而且还是胆小鬼，可是我看到那些老人却默默地坐在那儿，他们的眼睛里有火闪来闪去。最后，等村子里的人都睡下了，没有人知道了，我就把老人们集合到森林里，偷偷谈了很多。我们都同意商量好的意见，我们想起我们年轻时候的好光景：生活得自由自在、不缺吃穿、每天高高兴兴的，还有太阳。然后，我们号召我们自己结成兄弟，而且严守秘密，发重誓要除去我们地盘上那些有害的种族。这很简单，我们都是傻瓜，我们这些白鲑河的老人，又能知道些什么呢？

“为了鼓励其他那些人，我必须先去做。我一直守在育空河上，直到第一条独木舟从上游划过来。小舟里有两个白人，我站在河岸上朝他们招招手，他们就改变了路线向我这边划来。坐在船头的那个人抬起脑袋，就这样，他可能想知道我为什么要朝他招手，我的箭就“嗖”地飞过去插进了他的咽喉里，这时候他才知道我要干什么。第二个人，他正在船尾划桨，他的步枪还没有被举到肩膀的一半高，我那三根长矛里的第一根就扎住了他。

“‘这是开始，’等老人们都被我集合起来，我对他们说，‘我们以后要把所有部落里的老人们都召集起来，然后再去召集那些身体还强壮的年轻人，这样我们做起事来就容易了。’

“后来，我们把那两个死了的白人丢进了河里。至于那条独木舟，那是一条非常好的小舟，我们点了一把火烧了它，一把火也烧了小舟里的东西。不过，在烧之前我们看了看那些东西，那都是一些皮口袋，我们用刀子割开了它们。口袋里有很多纸，就像你读的那些纸，哦，霍肯，上面画着一些记号，我们看了都很奇怪可是不明白那是什么东西。现在，我已经变得英明了，我知道那都是人们说的话，就像你刚才告诉我的那样。”

当霍肯将独木舟事件翻译完毕，法庭上响起一阵耳语和乱哄哄跑来跑去的声音，其中有一个人大声说道：“那是 1891 年丢失的邮件，由彼得·詹姆士和德雷尼负责发送这些邮件，最后看到他们两个的人是马修斯，他在巴尔杰湖边还和他们交谈过。”负责记录的办事员不停地写着，因此北方的历史又增添了一个新段落。

“我还要说的已经不多了，”英勃尔继续慢慢地说下去，“我们干过的事都写在纸上了。我们是老人，我们懂得的不多，甚至我英勃尔，现在也不明白什么。我们就是背地里杀人，一直不停地杀人，因为我们年岁越来越大，我们也越来越英明，我们学得很快，干起事来也不慌张。后来,一些白人走到我们中间恶狠狠地看着我们,还粗鲁地骂我们,给我们的六个年轻人戴上了铁链子,可是没有人帮他们。他们把六个年轻人全都带走了。这时候,我们明白了,我们必须杀得更广,杀得更远,所以我们这些老人就一个接一个顺着河到上游或者下游那些我们不知道的地方去。这是一桩勇敢的事。我们已经老了,我们什么也不怕了,可是一个人老了到很远的地方去,那还是一件很可怕的事。

“我们杀人的时候从不慌张,我们做得很英明。在奇尔库特、德尔塔,我们杀人;从关口到大海,只要有白人宿营或者是开路的地方,我们都在杀人。这是真的,他们死了,可是并没有什么用处,因为还会有人不断从山那边翻过来,他们越来越多,可是我们这些老人变得越来越少。我记得,在驯鹿关口,一个白人在那里扎营。他是一个个子很小的白人,三个老人在他睡觉的时候去杀他。第二天,我找到了他们四个人,只有那个白人一个人还有气,他在死以前,还在那里喘着气诅咒了我。

“就这样,今天一个老人,明天另一个老人,一个接一个死了。有时候,过了很长时间我们才听到消息,知道他们是怎么死的,有时候我们却听不到任何消息。另外那些部落里的老人,他们又虚弱又害怕,都不愿意加入到我们中间来。就像我说过的,老人们一个接一个死了,直到最后剩下了我一个人。我叫英勃尔,是白鲑河人。我父亲是奥斯鲍克,一个大力士。现在,没有白鲑河人了,我是最后一个白鲑河的老人了。那些年轻的男人和年轻的女人全都走了,有的人去和佩里人一起住了,有的人去和塞门人一起住了,更多的人去和白人一起住了。我是一个很老的老人了,我很累了,跟法律斗下去也没有什么用了，就像你说的，霍肯，我到这儿来找法律处罚我。”

“哦，英勃尔，你真是一个傻瓜。”霍肯说道。

可是，英勃尔正在做梦。那个额头方方正正的法官同样也在做梦，他们整个种族都站在他的面前，像一个巨大的不断变幻的幻影——这是一个脚穿钢靴、身披盔甲的种族，他们是整个人类大家族的立法者和创造者。他看见这个幻影的黎明红光闪闪，穿过黑暗的森林和阴沉的大海。他看到它在燃烧，血腥而又殷红，变成了完美壮观的中午。然后，在阴暗的斜坡下，他看到血红的砂砾正在坠入黑夜。透过所有这一切，他看到了无情、有力的法律，永远不会改变，永远在颁布命令，比那些遵守法律的人强大，比被法律碾碎的人强大，比他还要强大，他的心柔软得仿佛要开口说话。

叛　逆

我现在清醒过来去工作，
祈求上帝保佑我不退缩。
如果天黑之前我会死去，
你保佑我的工作很出色。
阿门。

“如果你还不起床，约翰尼，我一点儿东西都不给你吃！”

这种威吓对那个男孩子根本不会产生任何影响。他顽固地躺在那里继续睡着，竭力争取多睡一会儿，正像那些梦想家为他们的梦想而战一样。这个男孩子的手很随意地握着，无力而又痉挛地捶打了几下空气。这几拳本来是故意对准他的母亲的，可她早就熟悉了这一切，因此熟练地避开了他的拳头，同时抓住他的肩膀用力摇晃着。

“放开我！”

这声大叫由于沉浸在深深的睡眠中而显得有些压抑，但是它很快便提高了音量，像一声哀号，随即变成了满含情绪的挑战，然后渐渐微弱、低沉下去，最终变成了一种喃喃的哭诉。这简直是一种残忍的大叫，就像一个饱受折磨的灵魂发出的充满无限抗议和痛苦的呐喊。

可是，她并不在意这些。她是一个目光忧愁、满脸疲惫的女人，她早已经习惯了这种苦差事，因为在她的生活中每天都要重复这样的劳役。她抓住他的被子，试图将它掀起来，可是那个男孩子立刻停止了他的捶打，拼命抓着被子。他在床角缩成一团，仍竭力留在被子里。于是，她努力将被褥拖到地板上，而那个男孩子却顽强地抗拒着她。她用力拉住被子不放，由于她的身体更重一些，男孩子和被子再也无法抵抗，因此他为了裹住身体本能地随着被子一起移动，以免房间里的寒气使他的身体着凉。

当他被拖到床边的时候，看起来他一定会头朝下跌到地板上。可是，他的意识开始清醒。他坐起来，在那里危险地晃动了几下身子，然后站到了地板上。这时，他的母亲立刻抓住他的肩膀，摇晃着他。他的拳头又开始挥舞起来，这次的捶打比较有力，而且也比较准确了。与此同时，他的眼睛终于睁开了。她放开了他。他清醒了过来。

“好吧。”他喃喃地说。

她端起灯，匆匆走出房间，将他独自留在黑暗中。

“你会被扣除工钱的。”她回头警告道。

他并不在意黑暗。他穿好衣服，然后走出房间，来到了厨房中。他的脚步显得很重，因为这是一个又瘦又轻的男孩子。他的两条腿简直是在拖着自己的重量向前，这似乎有些不合情理，因为那是皮包骨头的两条腿。他拉过一把坐垫已经破了的椅子,坐到餐桌旁。

“约翰尼!”他的母亲尖厉地大叫了一声。

他猛地从椅子上站起来,然后一声不吭地走向水池。这是一个油腻、肮脏的水池。一股臭气从排水口直冒出来,可是他并没有注意到这一点。对于他来说,水池有臭气那是自然的一部分,正像肥皂被洗碗水弄脏后再也难以产生肥皂泡一样,那是很自然的事情。他并没有试图让肥皂产生肥皂泡的愿望。他用水龙头里流出的凉水随便洗了几下,就算完成了洗脸这项任务。他并没有刷他的牙齿,因为问题是,他从来就没有看到过一只牙刷,他也不知道世界上居然有人会为清洗牙齿这种巨大的蠢事而遭受痛苦。

“即使没人告诉你,你也要每天洗洗你的脸啊。”他的母亲抱怨道。

她拿起水壶上的破盖子,倒了两杯咖啡。他没有说什么,因为他们两个为洗脸吵架已经是常事,而他的母亲在这件事上态度异常顽固。“洗脸”是他每天必须做的,他应该洗他的脸。他用一条油腻腻、又湿又脏又粗糙的毛巾擦干脸,结果脸上留下了一些破麻布的碎屑。

“我多希望我们住得不是这么远啊,”当他坐下的时候,她说道,“我已经尽我的全力试过了。你清楚那些情况。可是,一美元在房租上可是一笔很大的节约,我们在这儿的房间又多一些。你清楚这个情况。”

他几乎没有顺着她的话听下去。这些话他以前早就听过,而且听过很多次了。她的思路很狭窄,她总是说他们受苦是因为他们住得离工厂太远了。

“一美元意味着很多食物，”他简单地评价道，“我宁可多走走路，也要吃东西。”

他吃得很仓促，只是简单地嚼一嚼便用咖啡将大块的面包冲了下去。他们称之为咖啡的东西其实只不过是一种热腾腾、黑乎乎的液体。约翰尼认为这就是咖啡——一种极好的咖啡。这是他一直残存的几种生活幻觉之一，因为他活到现在从来没有喝过真正的咖啡。

除了面包之外，还有一小片冷猪肉。他的母亲给他的杯子里加满了咖啡。当他吃完那块面包的时候，他开始观察是否还有一些可以吃的东西，而她却拦阻了他那巡视的目光。

“好了，不要太贪婪，约翰尼，”她发表着自己的意见，“你已经吃了你那一份。弟弟和妹妹们都比你小。”

他没有反驳这种指责。他不是一个多话的人。他那饥饿的目光已经不再期望更多的食物。他是一个可以忍受痛苦的男孩子，他的耐性与让他学会忍耐的那个学校同样可怕。他喝完杯子里的咖啡，用手背擦了擦他的嘴，然后站起身来。

“稍等一会儿，”她急忙说道，“我想，这条面包还可以让你再吃一片——一小薄片。”

她的动作带有一种巧妙的花招。看上去，她完全像是从那条面包上为他切下了一片，随即将那条面包和她切下的那片薄片放回了面包箱，然后从她自己的那两薄片面包里拿了一片给他。她认为她骗过了他，没想到他早已经识破了她的花招。不过，他仍不知羞耻地拿过了那片面包。他有自己的一套观念，他认为像他母亲这种有慢性病的人，无论如何是吃不多的。

她看他咀嚼着干面包，于是伸手将她的那杯咖啡倒进了他的杯子里。

“不知道为什么，今天早上我的胃好像不大舒服。”她解释道。

远处传来一阵汽笛声，它长长地尖叫着，他们两个不由得全都站了起来。她看看搁板上那只马口铁闹钟。表针正好指向五点半。这时，这个厂区其余那些人刚刚从睡梦中被汽笛惊醒。她拉过一条披巾，披在自己的肩膀上，然后将一顶暗黑色又旧又不成形的帽子扣在了头上。

“我们得赶快跑了。”她一边说着，一边转动着油灯的灯芯，然后对着灯罩里吹了一口气。

他们摸索着走出家门，走下楼梯。天气晴朗而寒冷，约翰尼刚开始接触到外面的空气时，忍不住颤抖了一下。天幕上的繁星还没有开始暗淡，整座城市仍隐藏在一片黑暗之中。约翰尼和他母亲两个人都拖着脚向前走着。他们腿上的肌肉似乎都没有信心将他们的脚从地面上拉起来。

静静地走了十五分钟之后，他的母亲转身向右走去。

“不要迟到啊。”她最后的警告从黑暗中传来，然后她便被黑暗吞没了。

他没有回答，只是一如既往地走着他的路。在这个厂区，各处的门都打开了，他很快便随着一大群人穿过黑暗向前走去。当他走进工厂大门的时候，汽笛又响了起来。他向东方看了一眼，越过屋顶高低不平的天际线，只见一缕暗淡的光线刚刚开始爬上来。他一天中只能看到这么多天光。然后，他转回头来，走进了他的一群工友之中。

天幕上的繁星还没有开始暗淡,整座城市仍隐藏在一片黑暗之中。

在长长的一列列机器中间,他走到自己的位置上。在他面前,上方有一只装满小线轴的箱子,同时有一些巨大的线轴正在飞快地旋转。他要把这些小线轴上的麻线绕到那些大线轴上。这种工作很简单,唯一的要求就是动作敏捷。那些小线轴转空得太快,而那些空空的大线轴又实在是多得不得了,因此工作起来简直是没有片刻空闲。

他机械地工作着。当一只小线轴的麻线放光后,他用他的左手作为刹闸让大线轴停下来,同时用拇指和食指抓住飞舞的线头,而在同一时刻他又用他的右手抓起了一只小线轴上松懈的线头。这些不同的动作,都要用他那两只手同时准确而又迅速地完成。随后,他接好线头,两手一闪松开了线轴。接线头并不是一件难事。他有一次曾经自夸,即使在睡眠中他也能接好它们。对于这种事情,他有时候真的能够做到,因为在一个晚上的睡梦中他曾经连续不停地接过无数线头,仿佛他已经那样干了几百年。

一些男孩子却很会偷懒，当小线轴转空了的时候，他们浪费着时间和机器并不更换小线轴。不过，工厂配有一个监工来防止这种事情发生。当监工发现约翰尼旁边有人在耍这种诡计后，立刻打了那人一个耳光。

“看看约翰尼——为什么你不像他那样?”那个监工愤怒地问道。

约翰尼的线轴全都在一阵风似的转动，可是这种间接的称赞并没有让他感到一丝陶醉。倒是曾经有过一次——不过，那是很久以前的事了，已经非常遥远。现在，当他听到自己被推举成一个光彩夺目的榜样时，他那无动于衷的脸上已经不会出现任何表情。他是一个熟练的工人，他很清楚这一点。他也常常这样告诉自己。这不过是一句很平常的话而已，除此之外对他不会有任何更多的意义。他已经从一个熟练的工人进化成一台熟练的机器。当他的工作出现了差错，那就像是机器出现故障一样，只能归结于人的肉体不够完善。如果他有可能出现一次失误，那就像一部完善的钢钉机冲出了有缺陷的钉子一样，完全正常。

真是一个小小的奇迹。他还从来没有过不和机器发生密切关系的时候。机器几乎已经进入他的身体内部，至少他是在机器上长大的。十二年前，在这个工厂的织布车间，曾经发生过一场小小的骚乱。约翰尼的母亲晕倒了。他们把她放在尖叫的机器当中的地板上。两个年龄稍老的女工被人从织布机旁叫了过来。领班也过来帮忙。几分钟后，在那些从门口走进织布车间的人中，又多出了一个小生命。这就是约翰尼。他伴随着机器的撞击出生，他的耳中回响着织布机那非凡的吼叫声，他呼吸的第一口空气又热又潮，里面还充满了飞舞的线毛。为了排出肺里的线毛，他出生的第一天就咳嗽起来，而且由于相同的缘故，他从那时到现在一直都在咳嗽。

约翰尼旁边的那个男孩子呜呜咽咽地喘着气。这个男孩子的脸抽搐着，带着憎恨的表情，因为那个监工一直在远处用充满威胁的目光瞪着他。不过，每一个线轴都在完美地旋转。那个男孩子用可怕的声音大声咒骂着在他面前旋转的线轴，可是他的声音不会传到六英尺之外，因为车间里的咆哮声像一面墙，挡住了他的声音，然后吞没了它们。

这一切，约翰尼根本不会注意，对待这些事情他有自己的一套思路。另外，由于这些事情的一再重复已经变得非常乏味，像刚才那种情节他已经看到过很多次。对于他来说，反对监工就像违抗一台机器的意志一样毫无意义。机器就是要按照确定的路线运转，然后完成确定的任务。对于监工来说同样如此。

然而，到了十一点钟的时候，车间里出现了一阵骚动。显然，这种骚动沿着一条秘密通道很快便渗透到了车间的每个地方。在约翰尼对面工作的那个一条腿的男孩子，迅速在地板上跳着跑到一个空箱子跟前，然后带着他的拐杖钻进去，再也看不见了。这时，工厂的主管陪着一个年轻人向这里走来。年轻人的衣着非常考究，而且他还穿着一件上了浆的衬衣——在约翰尼对人的分类中，这是一位绅士，也是一位“巡视员”。

当年轻人走过的时候，他用锐利的目光巡视着男孩子们。有时，他会停下来问一些问题。当他这样做的时候，为了让男孩子们能够听到他的话，他不得不将肺的功能发挥到顶点用来大喊，这时他的脸会由于过度用力而滑稽地扭曲成一副可笑的模样。他那敏锐的目光注意到,约翰尼旁边那部机器在空转,可是他并没有说什么。他也看到了约翰尼,于是他突然停下了脚步。他一把抓住约翰尼的胳膊,将他从机器旁边向后拉了一步。可是,随着一声吃惊的大叫,他立刻放开了约翰尼的胳膊。

"的确是太瘦了。"那位主管不安地笑着说。

"简直是烟斗杆,"巡视员回应到,"看看那两条腿。这个男孩子患有软骨病——正在初期,不过他已经得了这种病。如果他最后没有死在癫痫上,那肯定是因为肺结核先要了他的命。"

约翰尼听着他的话,可是他并不明白这些话的意思。另外,他对将来的那些病毫无兴趣。现在,有一种更紧急、更严重的病在威胁着他,而这种病正是来自这位巡视员。

"好了,我的孩子,我希望你能诚实地告诉我,"巡视员说着,或者说大喊着,为了让约翰尼听到他的话,他弯下腰对着这个男孩子的耳朵大喊着,"你多大了?"

"十四岁。"约翰尼撒了一个谎,而他的这个谎话让他的肺也用尽了全气。他的谎话声音太大了,以至于引得他开始干咳起来,咳得他将整个早上沉淀在肺里的线毛都咳了出来。

"看上去至少有十六岁。"那位主管说。

"或者六十岁。"巡视员猛地说道。

"他看上去一直是这样。"

"多长时间了?"巡视员很快问道。

"几年了。个子一点儿都没有长。"

"或许更矮小了,我敢打赌。我猜,他这些年都是在这里工作吧?”

“断断续续——不过,那些都是新法律通过之前的事了。”主管急忙补充了一句。

“这部机器空转?”巡视员说着,指向约翰尼旁边那台没人看管的机器,那上面没有绕满的线轴正像发疯一样飞转。

“看上去是这样。”那位主管说着,招手让监工过来,然后指着那台机器对准他的耳朵大叫着。最后,他向巡视员汇报道:“这台机器是空转的。”

他们走过去之后,约翰尼又回到机器旁边继续工作。他放心了,因为那种病并没有转移到他的身上。可是,那个一条腿的男孩子却没有这样幸运。那位目光敏锐的巡视员将胳膊伸进那只空木箱,将他硬拖了出来。那个男孩子嘴唇颤抖,脸上的表情急剧变化着,仿佛陷入了某种意义深远而又无法挽回的灾难之中。当主管脸上很快露出震惊和不满的神情时,那位监工看上去似乎大吃了一惊,好像他这是第一次看到这个男孩子。

“我知道他,”巡视员说道,“他十二岁。在这一年里,我已经三次把他从工厂解雇出来了。这次是第四次。”

他转身对那个一条腿的男孩子说道:“你凭诺言和荣誉答应过我,你要去学校读书。”

一条腿的男孩子忽然大哭起来:“求求你了,巡视员先生,我们家里已经有两个孩子饿死了,我们穷极了。”

“为什么你咳嗽得这么厉害?”巡视员问道,好像在谴责他的犯罪行为似的。

好像在否认自己的罪行,一条腿的男孩子答道:“没什么,我只是上星期得了感冒，巡视员先生，完全没有什么。”

最后，那个一条腿的男孩子还是随着巡视员走出了车间，后面跟着那位焦虑不安、一路抗议的主管。在此之后，车间里又恢复了固有的单调。漫长的上午和更漫长的下午终于过去了，收工的汽笛响了起来。当约翰尼经过工厂的大门走出去的时候，夜幕已经降落。在这一天之中，太阳在天空架起了一架金色的梯子，使整个世界都充满了它那亲切的温暖，然后它向西方落下去，消失在屋顶上方那高低不平的天际线后面。

晚餐是这个家庭每天共同的一顿饭——只有在这顿饭的时候，约翰尼才能遇到他的小弟弟和小妹妹们。对于他来说，这种自然的相遇简直就是一场遭遇战，因为他已经太成熟了，而他们却年幼得令人痛苦。他无法忍受他们那种过分的、令人惊异的幼小。他无法理解这一切，因为他自己的童年已经留在他身后太遥远的地方了。他就像一个老人，而且暴躁易怒。弟弟、妹妹那幼小心灵的骚动使他感到很不耐烦，对于他来说那是极大的愚蠢。他愤怒地瞪着眼睛，默默地看着那些食物，由于想到他们不久以后也要出去工作，他心里才得到了一些安慰。工作会磨去他们的锋芒，而且会使他们变得稳重和严肃起来——像他一样。正是如此，约翰尼模仿着人们的习气，将自己作为准绳去衡量世上的一切。

在吃饭的时候，他母亲用各种各样的方法不停地反复向他解释，她正竭尽全力设法将一切做好。约翰尼将这顿根本不够吃的晚饭吃完，把椅子向身后一推站起身来，这时他才感到痛苦减轻了一些。在床和前门这两者之间，他内心斗争了一会儿，最后他终于走了出去，不过他并没有走远。他在门口的台阶上坐下，两个膝盖曲起，而他那窄窄的肩膀向前垂着，然后他把两肘撑在膝盖上，用手掌支撑着下巴。当他坐在那里的时候，他并没有想什么。他只是在休息。他的大脑关心的东西很少，它睡着了。这时，他的弟弟和妹妹走了出来，他们吵吵闹闹地和其他孩子在他周围玩耍着。角落里有一盏电灯照耀着他们欢乐的嬉戏。他们知道他暴躁易怒，可是他们那喜欢冒险的天性引诱着他们来取笑他。他们在他面前手拉手，根据节拍摇晃着身体，对他唱着一些怪异、低劣的打油诗。开始，他吼叫着咒骂他们——咒骂是他从各种监工那里学来的。后来，他发现咒骂没有什么效果，想到自己的尊严，于是他又顽固地陷入了沉默之中。

他的弟弟威尔的年龄仅次于他，已经过了他的十岁生日，他是这群孩子的头目。约翰尼对他没有任何好感。由于不断为威尔作出牺牲和让步，他的生活早已经痛苦不堪。他确切地感到，威尔是一个对他负债累累却从不对此领情的孩子。在他身后那些已经模糊的过去，在那些遥远的游戏时间，他被夺去了大部分游戏时间被迫来照看威尔。当时，威尔还是个婴儿，那时正像现在这样，他们的母亲整天的时间都用来在工厂做工。对于约翰尼来说，小父亲和小母亲的一部分责任正好就落在了他的身上。

威尔似乎正显示了从他的牺牲和让步中得到的好处。他体格匀称、身体健康，身高和他的哥哥一样，甚至体重比他还要重，似乎一个人的生命力都转移到了另一个的血管里。在精神上也同样如此。约翰尼总是疲惫不堪，没有愉快的心情，可是他的弟弟似乎总是生机勃勃，精力旺盛得简直要溢出来。

嘲笑的歌声越来越高了。威尔跳着舞、吐着舌头，向他凑了过来。约翰尼伸出左胳膊,猛地搂住了威尔的脖子。与此同时,他挥起他那瘦骨嶙峋的拳头打向威尔的鼻子。这是一个可怜的瘦骨嶙峋的拳头,可是打起人来却很有利,这明显可以从威尔因疼痛而发出的长长的尖叫声中体现出来。另外那些孩子全都吓得大叫起来,他的妹妹詹尼急忙冲进了房子里。

他猛地推开威尔,残忍地踢着他的小腿,然后又抓住他将他脸朝下用力推倒在泥土中。随后,他仍没有放过威尔,直到将他的脸按在泥土里来回蹭了好几次。他的母亲急匆匆赶过来,她焦灼无力、忿怒地责骂着他。

"为什么他不让我安静一会儿?"面对她的谴责,约翰尼回答说,"他看不见我很累吗?"

"我已经像你一样大了,"威尔在母亲的怀里愤怒地大叫着,他的脸被眼泪、泥土和鲜血弄得一团糟,"我现在已经像你一样大了,我还会长得更大。然后我会揍你——你看我会不会揍你。"

"你看见你已经大了,你就应该出去工作,"约翰尼怒吼道,"这就是你的毛病。你应该出去工作。你妈应该让你出去工作。"

"可是,他太小了,"她抗议道,"他还是一个小孩子。"

"我开始工作的时候比他还小。"

约翰尼张开嘴,想要将他感到的不公平进一步发泄出来,可是他的嘴忽然闭上了。他沮丧地向后转过身去,大踏步走进房子上床睡觉去了。他的房门大开着,以便让厨房里的热气流通进来。当他在幽暗的房间里脱衣服的时候,他能够听见他的母亲正和附近一个顺便来访的女人说着话。他的母亲哭着,语音里夹杂着一阵阵无精打采的抽泣。

“我不明白是什么东西跑进了约翰尼的脑子里，”他听到她说，“他平常从不是这样。他过去是一个耐心的小天使。”

“他现在也是一个好孩子，”她急忙又为他辩护道，“他工作起来总是很诚实可靠，他出去工作的时候太小了。可是，这并不是我的错，我确信我已经尽了最大努力。”

从厨房里又传来一阵长长的抽泣声，当约翰尼闭上他的眼皮时，他低声喃喃自语道：“你可以用生命打赌，我总是诚实可靠地工作。”

第二天早晨，他的身体又从沉睡中被他的母亲硬拖了起来。然后，又开始吃少得可怜的早饭，在黑暗中迈着沉重的脚步向前走去，然后他又看到了这天在屋顶上方那片苍白的天光，然后他转身背向它，走进了工厂的大门。这是另外的一天，也是每一天，所有的日子都一样。

不过，在他的生活中也发生过变化——有时，他从这种工作换成了另一种工作，或者是他生了病。在他六岁的时候，他就做了威尔和其他还小的孩子们的小母亲和小父亲。在七岁那年他进了工厂——绕线轴。八岁的时候，他在另外一家工厂找到了工作。他的新工作容易极了。他所做的只是坐在那里，用手中的一根小木棒，引导着一条布的河流在他面前不停地流过。这条布的河流从机器的胃里流出来之后，经过一个加热的压光辊，然后继续向前流到其他地方去了。可是，他总是坐在同一个地方，在阳光远远照耀不到的地方，只有一盏煤气灯照在他的身上，他自己变成了机器的一部分。

那份工作使他感到非常幸福，尽管那里又潮又热，因为那时他还小，还有很多梦想和幻想。当他看着布匹流过去，永不停息地从他旁边流动着，他便开始梦想那些奇妙的好梦。然而，这是一种不需要训练的工作，不需要用脑子，因此当他的脑子变得迟钝和昏昏欲睡的时候，他做梦的时候也就变得越来越少。可是，他一个星期可以挣到两美元，而这两美元所表现出的不同，就是剧烈的饥饿和慢慢吃到一点儿东西之间的不同。

然而，在他九岁的时候，他失去了那份工作，那是因为麻疹造成的。他痊愈后，在一家玻璃厂找到了工作。他的工资高了一些，可是那份工作需要技能。那是一种计件工作，他的技能越高，他挣到的工钱也就越多。这其中有一种激励的力量。在这种激励下，他变成了一个非凡的工人。

那是一种简单的工作，给小瓶子的玻璃塞系上绳子。他腰里带着一捆麻线，然后他把瓶子夹在他的两膝中间，以便能够腾出两只手用来工作。这样，由于总是一个坐姿俯向自己的膝盖，他那狭窄的双肩就长成了拱形，而他的胸部每天被压缩十个小时，这对他的肺非常不利，可是他一天能系三千六百多个瓶子。

主管因他而感到非常自豪，常常带一些来访者参观他的工作。在十个小时中，三千六百多个瓶子经过他的手系好了。这意味着他已经达到了机器般的熟练程度。所有多余的运动都被排除了，他那小细胳膊的每个动作，他那小细手指上的肌肉的每次运动，都是迅速而准确的。他工作起来总是处于高度紧张状态，结果使他开始变得神经紧张。夜里，他的肌肉在睡梦中都会猛然抽搐一下，而在白天的时候，他根本不能放松和休息。他一直处于紧张状态，他的肌肉继续猛地抽搐一下。同样，他的脸色变成了菜色，他因线毛引起的咳嗽也越来越严重。后来，肺炎侵袭到他那已经收缩了的胸腔内部的肺，因为它非常虚弱，于是他失去了在玻璃厂的那份工作。

现在，他又回到了麻布厂，就是他最初绕线轴的那个地方。不过，提升正在等待着他。他是一个出色的工人，他下一步就会被提升为上浆工，再稍后他还会升入织布车间。那时，他就没有提升的机会了，除了提升工作效率。

机器比他刚开始来工作的时候转得快多了，可他的脑子却转得慢了。他已经不再梦想，尽管早年他充满了梦想。有一次，他还陷入了爱情之中。那是在他刚刚开始引导布匹绕过加热的压光辊的时候，而他爱上的是主管的女儿。她年龄比他大很多，已经是一个年轻的姑娘，他只是远远地看见过她五六次。不过，那有什么关系。在那道流过他身旁的布河的表面，他描绘着自己光明的未来，他会用辛苦的劳动创造出奇迹，发明不可思议的机器，成为很多家工厂的主人，最后将她抱在怀中，庄重地吻她的额头。

可是，那都是很久以前的事，他早已经变得太老、太累，不能恋爱了。另外，她已经结婚并搬到别的地方去住，于是他的脑子开始睡觉。不过，这仍是一段令人愉快的经历，他也常常回想这段往事，正像其他男人和女人回忆他们当年曾经相信的仙女一样。他从来不相信仙女或是圣诞老人，可是他曾在心底相信过他用想象在冒着热气的布河里编织出的美好未来。

他很早就长大成人了。在七岁那年，当他第一次领取工资的时候，他就开始进入他的青春期①。那时，一种独立的感觉开始在

①青春期，一般指成年以前13岁至15岁的发育期。

他心中产生,然后他和他母亲之间的关系发生了改变。不知道为什么,由于他已经成了一个开始挣钱和养家的人,在这个世界上有着自己的工作,他在家里的地位差不多开始和她不相上下。在他十一岁的时候,他就成年了,变成了一个成熟的大人。那一年,他干夜班整整干了六个月。没有一个干过夜班的孩子还能残留下一颗童心。

在他的人生中,也发生过几起重大事件。有一次,他的母亲买回来一些加利福尼亚洋李干。其他那两次,是她煮了两次奶油蛋羹。这都是他人生中具有事件意义的大事,他常常亲切地回忆起这些美好的往事。那时,他的母亲还告诉他,她将来有一天会做一盘非常美味的食物——“浮岛”,她这样称呼那种东西,“比牛奶蛋羹还好吃”。多年来,他一直期盼着那一天,期盼着当他在餐桌旁坐下,有一盘“浮岛”摆在他的面前,直到最后他终于放弃了那种念头,认为那不过是一种难以企及的想象。

有一次,他发现一枚二十五美分的银币正躺在人行道上。同样,那次也是他人生中的一起重大事件,同时也是一场悲剧。当银币的光芒反射到他的眼睛上,甚至在他将它捡起来之前,他立刻意识到了他的责任。在家里,他们通常是吃不饱的,他应该将这枚银币带回家正像他每星期六晚上把工资带回家一样。在这件事上,应该怎样做才对是显而易见的,可是他从来没有花过一次自己的钱,而且他是那么痛苦地想吃到糖果。他对糖果充满了渴望,因为在他的生活中只有重大节日,才能品尝到糖果的甜蜜。

他并没有努力欺骗自己。他知道这是罪过,可是他故意犯了罪。他买了十五美分的糖果让自己放纵了一次,节省下十个美分,留着将来再放纵一次,可是他并不习惯带钱,因此他丢了那十个美分。丢钱的时候,他正因为良心的各种折磨而痛苦,这对他来说简直就是上帝的惩罚。他惊恐地感到,一位可怕、愤怒的上帝就在他的附近。上帝看到了他的行为,而且上帝很快便惩罚了他,甚至不让他完全享受罪恶的果实。

在他的记忆中,他常常回想起这起事件,并将它看作他人生中的一起重大罪行,而且每次在回想的时候,他的良心总会醒过来,让他再次感到一阵阵的剧痛。这件事是他心里的一件丑事。同时,由于他的性格和所处的环境,他每次回想起自己的行为都会感到遗憾。他很不满意自己用那种方式分配那二十五美分,因为他应该更好地花掉它,而且如果他早知道上帝的惩罚来得很快,他应该用同样凶猛的飞扑动作,一下将那二十五美分全部花光,把上帝打败。在回忆中,他上千次重新分配着那二十五美分,而且每次都对他更为有利。

在他过去的记忆中还有另外一件事,这件事有些模糊不清,可是却深深地刻在他的心里,那就是他父亲的那双凶残的脚。那差不多像是一场恶梦,而不是回忆中可以看到的一种有形的东西——那更像一个人在睡梦中回忆起原始人种,并回到了他的祖先在树上居住的时代。

在白天完全清醒的时候,约翰尼从来没有想起过这个特殊的记忆。它总是在晚上到来,当他躺在床上开始意识模糊,最后终于睡着的那个时刻,它才会抓住他。它常常把他惊醒然后使他恐惧得再也无法入睡,而在他刚刚惊醒、头晕目眩的那一刻,他似乎感到自己仍横躺在床脚。在床上,模模糊糊地露出他的父亲和母亲的轮廓。他从来没有看到过他父亲的外貌。他对他的父亲只有一个印象,那就是他有一双残酷无情的脚。

早年的这些记忆常常在他的脑子里游荡,可是那里却没有后来的记忆。所有的日子都一样。昨天和去年都一样,正像过了一千年——或者是一分钟。从来没有什么意外发生,没有任何事件作为时间在前进的标志。时间根本没有前进,它停在那里再也不动了。只有那些旋转的机器在不停地前进,可它们也跑不到哪里去——不管事实怎样,它们却是转得更快了。

约翰尼十四岁的时候,他升到上浆车间去工作了。这是一起重大的事件。在一夜的睡眠或每星期的发工资日之外,终于发生了一件值得回忆的事情。这是一个时代的记号。这是一台机器的"奥林匹克",象征了一个新的开端。从这一天开始,"在我去上浆车间工作的时候",或者"在我到上浆车间工作之前",或者"在我到上浆车间工作之后",类似的句子经常挂在的嘴边。

他十六岁生日那天,令人难忘的是他升入了织布车间,负责一台织布机。这又是一次激励,因为它是计件工作。他的工作非常出色,因为他的肉体已经被工厂铸造成了一部理想的机器。三个月结束的时候,他已经开始在两台织布机之间跑来跑去,然后是第三台、第四台。

在第二年结束的时候,他在织布车间生产的布匹码数,已经远远地超过了其他任何一个织布工,更是超出了那些技术不熟练的工人的两倍以上。这时,在他的赚钱能力接近顶峰的时候,家里的一切也开始好转。不过,这并不是说他增加的收入超过了他们的需要。家里的孩子们都在长大,他们吃得更多了,而且他们都进了学校念书,可学校的用书是要花钱买的。另外,不知道为什么,他工作得越快,物价也攀升得越快,甚至连房子的租金也在上涨,虽然这座房子由于缺乏维修,已经变得越来越糟糕。

他长高了一些。不过,随着他的身材的增高,他似乎比以前更瘦了。另外,他的神经变得更加紧张。随着神经过敏的增强,他也越来越暴躁易怒。家里的孩子们从痛苦的功课中都学会了躲开他。他的母亲因他的赚钱能力很尊敬他,可是不知道为什么她的尊敬中夹杂着害怕。

对于他来说,生活中没有任何欢乐。他从来没有注意到一天天是怎样过去的。晚上,他在无意识的颤抖和抽搐中沉睡过去。至于其他时间,他都是在工作,而他的意识已经是机器的意识。除此之外,他的大脑是一片空白。他没有理想,只有一种幻想,那就是他喝的是极好的咖啡。他只是一头工作的畜生。他没有任何一种精神生活,然而在他头脑最隐秘的深处,他不自觉地在衡量和审视他每一个小时的辛劳、他的双手的每一个动作、他的肌肉每一次猛然的抽搐,而这为他将来一连串的行为做好了准备,那将使他和他那个小世界里所有的人都感到惊骇。

那是晚春时节,一天晚上他从工厂回到家里,感到异乎寻常的疲惫。当他在餐桌旁坐下的时候,四周弥漫着一种热烈的期待气氛,可是他并没有注意到这些。他在忧悒的沉默中审视着这顿饭,机械地吃着他面前的食物。家里的孩子们哼哼哈哈,嘴里发出一种响亮的声音,可他对这一切竟然充耳不闻。

“你知道你吃的是什么吗?”最后,他的母亲失望地问道。

他茫然地看着他面前的盘子，然后茫然地看着她。

“浮岛啊。”她得意地宣告。

“哦。”他说。

“浮岛啊！”孩子们一起大声说道。

“哦。”他说道。不过，在吃了两三口之后，他又补充了一句，“我想，今天晚上我不太饿。”

他放下勺子，把他的椅子向身后一推，疲惫地从餐桌旁站了起来。

“我想，我该上床去了。”

他拖着比平时更为沉重的脚步，走过厨房的地板。他脱下衣服似乎用了一个泰坦①的力气，可怕的是他的努力没有多少效果，当他爬上床的时候，一只鞋子仍穿在他的脚上，于是他虚弱地哭泣起来。他感到在他脑子里有某种东西正在上涌，正在猛涨，使他的大脑一片混乱，意识模糊不清。他感觉他消瘦的手指像手腕一样粗大，而他的指尖也像他的大脑一样，隐隐地有一种麻木和模糊不清的感觉。他的腰部和背部疼痛难忍。他全身的骨头都在疼痛，全身每个地方都在疼痛。然后，他的脑子里开始响起上百万台织布机的尖叫声、撞击声、爆裂声、咆哮声。整个世界都充满了飞来飞去的梭子。它们在群星中间飞进飞出，乱成一团。他一个人负责管理着一千台织布机，而它们在不断地加速，越来越快，他的脑子也失去了控制，越转越快，最后变成了供应那一千只飞梭的纱线。

---

①泰坦，希腊神话中一个力大无穷的巨人，他所在的家族都是乌拉诺斯和盖亚的子女，他们试图统治天国，但被宙斯家族推翻并取代。

第二天早晨，他没有去工厂工作。他正在他脑子里那一千台织布机之间跑来跑去，异常忙碌地织着布。他母亲去工作了，不过她先请来了医生。他说，这是一种严重的流行性感冒发作了。詹尼遵照医生的指示，负责照看他。

这是一场非常严重的疾病，过了将近一个星期，约翰尼才能够穿上衣服，摇晃着虚弱的身体在房间里走一走。又过了一个星期，那位医生说他可以适当地回去工作了。

星期天下午，也就是约翰尼逐渐康复的第一天，织布车间的领班来看望他。领班告诉他的母亲，约翰尼是车间里最好的织布工。他的工作他们一直为他保留着，从一个星期后的星期一开始，他可以回去工作。

“为什么你不表示感谢呢，约翰尼？”他的母亲不安地问道。

“他病得太重了，他现在还没有完全恢复过来。”她充满歉意地向来访的客人解释说。

约翰尼驼着背坐在那里，眼睛一直盯着地板。在领班走了之后，他依然一动不动在那里坐了很久。屋外已经很暖和了，一天下午，他坐在门口的台阶上，有时他的嘴唇会动一下，似乎正沉浸在没完没了的计算中。

第二天早上，天气变得暖和起来之后，他又坐在了门口的台阶上。这一次，他带了铅笔和纸继续进行他的计算，他算得很痛苦，也很震惊。

“百万后边是什么呢？”中午，当威尔放学回到家里的时候，他问道，“你是怎么算它们的？”

这天下午，他完成了他的计算。每一天，他都要坐到那个台阶上,不过不再带着纸和铅笔。他专注地观察着一棵树,一棵生长在街道对面的树。他会一连几个小时来研究它,当风摇动它的枝条吹得落叶纷飞的时候,他感到异常有趣。整整一个星期,他似乎都沉浸在一种重大的同自己的对话中。星期天,他坐在门口的台阶上,放声大笑了好几次,这使他的母亲感到心神不宁,因为她已经很多年没有听到过他大笑了。

第二天早晨,天还一片漆黑,她走到他的床边去叫醒他。在这一个星期,他已经睡得非常充足,因此很容易醒来。他没有挣扎,当她从他身上掀掉被子时,他也没有紧紧抓住被子不放。他静静地躺在那里,说话的时候也很平静。

"这没有用,妈。"

"你要迟到了。"她说道,脑子里依然保留着他昏睡不醒的印象。

"我已经醒了,妈,我告诉过你,这没有用了。你最好让我一个人待着,我是不会起床的。"

"可是,你会丢掉你的工作!"她大叫道。

"我是不会起床的。"他用一种前所未有的声音,冷漠地重复了一遍。

这天早上,她自己也没有出去工作。这是一种不同寻常的疾病,她还从不清楚这种病。发热和昏迷她倒是能够明白,可这是疯狂的病啊。她给他盖好被子,然后让詹尼去找医生。

医生到来的时候,约翰尼已经又睡了过去。后来,他慢慢地醒了过来,让医生给他把了把脉。

"他没有什么问题,"医生说道,"只不过是身体劳累过度。身上都是骨头,没有多少肉。”

“他一直都是这样。”他的母亲主动解释道。

“走吧,妈,让我打完这个盹儿。”

约翰尼说得很亲切,也很平静,然后他很惬意、很平静地翻了一个身,又睡着了。

十点钟的时候,他醒过来,然后穿上了衣服。他走出房间,走进了厨房,他发现他母亲的脸上带着一种惊恐的表情。

“我要走了,妈,”他宣布说,“我想对你说一声再见。”

她猛地用围裙蒙住头,坐下,突然哭了起来。他耐心地等待着。

“我知道会有这一天。”她呜咽着说。

“去哪儿?”她终于问道,同时拉下头上的围裙,脸上带着一种伤痛、稍稍还有一丝好奇的表情看着他。

“我不知道——任何地方。”

他这样说的时候,他在内心深处看到街道对面那棵大树正闪烁着耀眼的光芒。那棵树似乎就潜藏在他的眼皮底下,无论什么时候只要他愿意,他就能够看到它。

“你的工作呢?”她颤抖着问。

“我再也不去工作了。”

“我的上帝,约翰尼!”她哀叫道,“不能说这种话!”

在她看来,他说的简直是一种亵渎的话语。正像一位母亲听到她的孩子否认上帝,约翰尼的母亲也被他的话惊呆了。

“到底是什么东西跑进了你的脑子里?”她竭力让自己带着一种半命令的口气问道。

“数字，”他回答说，“正是那些数字。这个星期，我算过很多数字，那太让人吃惊了。”

“我不明白那和数字有什么关系。”她抽泣着说。

约翰尼耐心地微笑着，而他的母亲看到他这么长时间都没有发火，一直很平静，更是感到一种新的震惊。

“我来告诉你，”他说道，“我太累了。什么东西让我这么累呢？运动。从我出生到现在，我一直都在不停地运动。我动得太累了，我再也不想有什么运动了。记得我在玻璃厂工作的时候吗？我习惯了一天系三千六百多个瓶子。现在，我估算了一下，我系每个瓶子大概要做十个不同的动作，那么一天要做三万六千个动作，十天就是三十六万个动作，一个月就是一百万零八千个动作。去掉那八千——”这时，他用慈善家那种仁慈的口气得意地说——“去掉那八千，每月还剩下一百万个动作——十二个月就是一千两百万个动作。

“在织布车间，我的动作快了两倍。那么一年就是两千五百万个动作。对我来说，我好像就这么动了一百万年。

“现在，这个星期我根本没有动。一连几个小时，我没有做一个动作。我告诉你吧，那真是太让人高兴了，我只是坐在那儿，一连几个小时什么都不干。我以前从来没有这么高兴过。我从来没有空闲时间，我所有的时间都在动。我根本没有办法高兴起来。我再也不做任何动作了。我要坐着，坐着，休息，休息，然后更多地休息。”

“可是，威尔和那些孩子们怎么办？”她绝望地问道。

“总是这样，‘威尔和那些孩子们’。”他重复着。

不过,在他的声音里再也没有了怨恨。很久以前,他就明白他母亲对那个小男孩儿抱有的希望,可是想到那些他再也没有怨恨了。很多事情都没有什么关系了。甚至这件事也没有关系了。

“我明白,妈,我明白你为威尔打算了什么——让他一直在学校读书,让他将来当个会计。可是,那没有用了,我要走了。他应该出去工作。”

“我把你养大了,结果却是这样。”她哭着,然后开始用围裙蒙她的头,可忽然又改变了主意。

“你从来没有把我养大,”他用悲哀的语气亲切地回答说,“我把我自己养大了,妈,我还养大了威尔。他比我大,比我重,比我高。在我还是一个小孩子的时候,我想我就没有吃饱过。当他生下来,还是一个小孩子的时候,我就已经开始工作了,还挣来食物给他吃。不过,这件事已经做完了。威尔已经能出去工作了,像我一样,要不然他就完蛋好了,我再也不管这件事了。我累了,我现在要走了。难道你不能对我说声再见吗?”

她没有回答。她用围裙蒙住头,哭了起来。他走到门口的时候,停了一下。

“我确信我已经尽了最大努力。”她呜咽着说。

他走出房子,走下台阶来到街上。看到那棵孤独的树,他脸上浮现出一丝凄凉的喜悦。

“我什么事都不会干了。”他对自己说道,他的声音不大,带着一种低低地歌唱的音调。他抬头充满渴望地仰望着天空,可是明亮的太阳照得他什么都没有看见。

他走了很长时间,可是走得并不快。他沿着街道走过麻布厂。

织布车间里那沉闷的轰鸣声传入他的耳中，他脸上露出微笑。这是一种亲切、平静的微笑。他并不恨谁，甚至不恨那些撞击、尖叫的机器。他心里没有一丝怨恨，只有一种杂乱的渴望，渴望休息。

当他走近乡村的时候，路边的房屋和工厂渐渐稀少起来，空旷的地方开始增多。最后，城市留在了他的身后，他沿着铁轨旁一条树木茂盛的小路走下去。他走路的样子简直不像是一个人，他看上去也不像是一个人。他只是一种滑稽的像人一样的东西。那是一种扭曲、发育不全、难以形容的生物，像一只有病的人猿摇摇晃晃地向前走着，两只胳膊无力地悬在身体两侧，肩膀前屈，胸部狭窄，形状奇异而又吓人。

他经过一个小火车站，在一片被大树荫蔽的草地上躺下来。整整一个下午他都躺在那里。有时他打着瞌睡，肌肉在他的睡眠中抽搐着。当他醒来，他躺在那里没有动，只是静静地观看着那些小鸟，或者透过树枝的缝隙仰望着天空。有一两次，他忽然大笑起来，不过这和他看到或者感受到的东西，没有任何关系。

黄昏过去之后，夜晚最初的黑暗开始降临，一列货车"隆隆"地驶入了小站。当机车在侧轨连接车厢的时候，约翰尼沿着列车的一侧爬了上去。他拉开一节空车厢的边门，笨拙而又吃力地爬了进去。他关上了车门。这时，火车头的汽笛响了起来。约翰尼躺了下去，在黑暗中微笑着。